내게 없는 것이

길이

된다

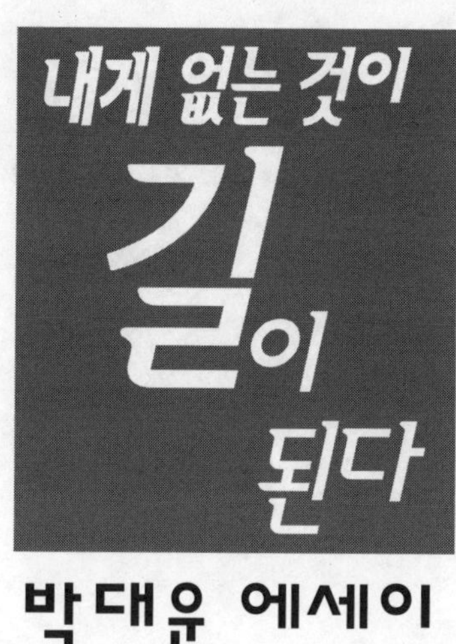

박대운 에세이

북하우스

앉아서 뛰는 아이의 꿈

언젠가, 누군가 내게 물었다. 왜 그렇게 남이 알아주지도 않는 힘든 일을 자초하냐고.

나의 꿈을 이루기 위해서. 젊음을 불태우기 위해서. 다 맞는 말이다. 하지만 그보다 더 큰 바람은 젊은 날을 회상하며 내 아이들에게 들려줄 꿈을 만드는 것이었다. 나이들어 삶의 무게에 힘겨워하며 젊은 날 꿈꾸었던 삶을 망각한 채 하루하루 힘겹게 살아가는 초라한 모습이 아닌, 아이와 같이 꿈을 얘기할 수 있는 청년의 아빠가 되고 싶었기에 미지의 세계로 나를 던졌다. "아빠는 젊었을 때 어떤 일을 했어요?"라고 아이가 물어오면, "아빤 휠체어에 꿈을 싣고 세계를 여행했단다" 하고 당당하게 말하겠다는 결의로 수만 리 길을 바퀴를 굴려 내가 지금껏 만나지 못했던 세상을 만났다.

꿈 많던 유년 시절과 세상에 눈뜨기 시작한 소년 시절, 난 아버지의 젊은 날도, 그의 꿈도 듣지 못한 채 가슴 한구석에는 누구에게도 말할 수 없는 상실감을 품고 살았다.

친구들이 아버지 이야기를 할 때, 그 무엇에도 기죽어본 적이 없는 나였지만, 그때만은 슬며시 자리를 피하곤 했던 슬픈 기억이 있다.

직접 아버지를 경험할 기회가 없었기 때문에, 영화 속에서나 TV 드라마에서 아버지 무릎에 앉아 아버지의 젊은 날 이야기를 듣는 장면을 보면서 아버지의 존재 의미에 대해서 어렴풋이 생각했다. 아버지의 존재 의미는 아이에게 꿈을 이야기하는 것이라고.

소년에서 청년으로 성인이 되면서 내 또래의 친구들이 겪지 못했던 여러 가지 삶을 살았지만 아직도 내 가슴 귀퉁이에 자리한 상실감은 쉬 없어지지 않고 있다. 죽는 날까지 아버지의 부재로 인한 나의 상실감은 없어질 것 같지 않다.

그렇지만 내 아이에게는 내가 느끼는 상실감을 물려주지 않겠다고, 단순히 존재하는 것으로 의미지어지는 아버지가 아닌, 아이가 커서 그의 자식에게도 들려줄 수 있는 그런 꿈 많은 아버지가 되겠다고 다짐해본다.

어릴 때 친구들이 "우린 아빠 힘이 세서 날 한 손으로도 들어. 우리 아빠 알통은 돌처럼 단단해. 우리 아빠……" 하고 아빠 자랑하는 것을 들으면서 '난 왜 저런 아빠가 없지?' 하며 마냥 부러워했던 기억이 난다. 자랑할 수 있는 아버지가 내 곁에는 계시지 않았기 때문에.

내 아이가 친구들 앞에서 아빠 자랑을 할 때 떳떳하게 "우리 아빤 휠체어를 타고 세계 여행을 했어. 그래서 우리 아빠 팔은 무쇠처럼 단단해"라고 마음껏 자랑할 수 있는 그런 아빠가 되었으면 한다.

엄마 아빠 말씀 잘 듣고 공부 열심히 해서 훌륭한 사람이 되어라 하고 누구나 하는 말만 되풀이하는 그런 평범한 아버지, 아이들의 꿈을 무시한 채 이런 건 나쁘고 저런 건 해서는 안 된다 하고 훈계조로 말하는 재미없고 권위적인 아버지는 되고 싶지 않다. 말이 아닌 행동으로 아이들에게 꿈을 키워주고 나를 모델로 아이가 자신의 미래를 설계할 수 있는 그런 아버지가 되고 싶었기에 시련 앞에서 희망을 키웠고 식지 않는 꿈을 만들기 위해서 유럽을 뛰었고 일본 열도를 달렸다.

남이 다 볼 수 있게 자기 이야기를 쓴다는 것은 참 힘든 작업이었다. 생각하고 싶지 않은 아픈 기억을 몇 번이나 곱씹어야 했고, 감추어두고픈 부끄러운 일들을 들추어내야 하는 작업이기 때문에. 부끄러운 일들을 쓸까 말까, 몇 날 며칠 고민했고, 고민 끝에 쓰기로 결정했던 일을 썼다 지웠다 다시 썼다 하며 몇 번을 반복했는지 모른다. 감추고픈 이야기도 있었고, 하기 싫은 이야기도 있었다. 하지만 그 무엇보다 고민한 것은, 솔직해지는 것이었고 꿈을 싣는 것이었다. 다름아닌 내 아이들이 읽을 글들이므로.

아주 많은 세월이 흘러 내 아이들이 책을 볼 나이가 된다면, "우리 아빠 이렇게 살았구나. 나도 아빠처럼 꿈을 오르며 희망에 도전하며 살아야지" 하고 말할 수 있는 그런 이야기였으면 한다. 그리고 평생을 고생하시며 사람들로부터 손가락질 받으며 힘겹게 살아오신 내 어머니. 그 어머니의 고통과 시련이 헛되지 않았음을, 당신의 삶은 헛되지 않았고 가치 있는 삶이었음을 느끼실 수 있는 글이 되기를 바란다.

2001년 7월

박대운

차례

제3부 내가 흘린 땀만큼 세상은 아름다웠다

길은 정직하다

프랑스의 보르도를 지나면서 멀리 피레네 산맥이 보이기 시작한 순간, 나는 긴장감에 사로잡혔다. 멀리서 아련히 보이는 피레네는 나를 공포로 몰아넣었다. 해발 3천 미터의 험준한 산맥을 넘을 생각을 하니 정신이 아찔했다.

마지막 종착지인 스페인으로 가기 위해서는 꼭 넘어야 할 산맥이었다. 유럽 2002킬로미터 횡단을 시작한 지도 30일이 넘었다. 산이 점점 가까워질수록 공포감은 더해갔다. 그러나 친구 동건이에게도 우리를 돌봐주던 성우 형에게도 겁이 난다고 말하지 못했다. 내가 힘든 내색을 하면 옆에서 지켜보는 사람들은 더 힘들다는 것을 알기 때문이었다.

피레네 산맥을 오르기 전 산 아래 마을에서 야영을 했다. 산은 자기 속을 낯선 이방인에게 쉽게 내보이지 않으려는 듯 구슬픈 비를 뿌리고 있었다. 텐트를 치는 순간부터 다음날까지, 우리를 경계하는 피레네 산맥은 나를 더욱 초조하게 만드는 비를 하염없이 뿌렸다.

테트 위로 떨어지는 빗방울 소리를 들으며 잠자리에 들었다.

'내가 과연 피레네를 넘을 수 있을까?'

'산을 오르다가 중도에 포기해버리면 어떡하지?'

'아니야, 난 오를 수 있어!'

'저딴 산 하나에 겁먹을 내가 아니잖아!'

이런저런 생각으로 뒤채며 잠 한숨 못 자고 다음날을 맞았다. 등정하는 날 아침, 나는 아무 말도 하지 않았다. 아니 할 수가 없었다. 너무나도 떨리고 긴장되었기 때문이다.

정상을 한번 확인하고 땅만 내려다보면서 묵묵히 오르기만 하면 되는 그런 언덕길이 아니었다. 어디가 정상인지 어느 만큼 올라야 하는지 예상할 수도 없었다.

'저 산허리를 돌면 내리막이 나올까?'

'저기 보이는 산봉우리가 정상일까?'

초조하고 두려웠지만 스스로를 다잡았다. 정상만을 염두에 두지 않고 조금씩 조금씩 인내심을 갖고 올라야 했다. 마음속으로 가까운 목표 지점을 하나씩 정해놓고 그곳을 지나면 스스로에게 새로운 용기를 불어넣었다. 그러나 아무리 기어올라도 피레네 정상은 좀처럼 나타나지 않았다. 땀에 젖어 엉덩이는 물러오고 휠체어를 미는 손마저 땀으로 범벅이 돼 헛바퀴를 돌리고 있었다. 점차 온몸의 기운이 빠지고 포기하고 싶은 욕구가 일었다. 생각할 힘조차 없었다. 숨이 가빠왔지만 숨쉴 힘조차 나지 않았다.

'포기해버려! 정상인도 넘기 힘든 이 산맥을 네가 포기한다고 해서 비난할 사람은 없어.'

'이까짓 산맥 하나 오른다고 네 인생이 달라지냐!'

간사한 마음이 나를 유혹했다.

오르막길에 휠체어를 비스듬히 세워놓고 휴식을 취했다. 한 시간 달리고 고작 십 분 쉬는 휴식은 피로를 달래주지 못했다.

더 쉬고 싶은 마음이 간절했지만 평소와 다른 페이스를 보이면 동건이와 성우 형이 걱정할까 봐 그럴 수도 없었다. 채 피로를 풀지 못하고 끝이 보이지 않는 정상을 향해 휠체어 바퀴를 다시 굴렸다.

휠체어를 타는 것이 아니라 휠체어에 매달렸다. 처음에는 팔이 저리다가 나중에는 끊어질 듯이 아팠다. 결국에는 감각 자체가 없어졌다. 피가 한쪽으로 몰려 정신마저 혼미했다. 앞장서서 가는 동건이의 자전거 바퀴가 춤을 추듯이 흔들렸다. 너무 힘들어 눈물이 나왔다. 땀과 눈물이 뒤섞여 휠체어 안장을 적셨다. 마치 물 위에 앉아 있는 듯했다.

너무 고통스러웠다. 고통을 잊고 싶어, 길 옆 낭떠러지로 바퀴를 밀어버릴까 하는 생각마저 들었다. 죽을힘을 다했지만 하루 종일 달린 거리는 겨우 10킬로미터도 되지 않았다. 산 중턱, 그나마 평탄한 곳을 찾아 텐트를 치기 위해 등에 메고 있던 배낭과 휠체어에 싣고 있던 짐을 내려놓았다. 손가락 하나를 까딱하는 것이 몇 톤의 바위를 움직이는 것보다 더 힘들게 느껴졌다. 마지막 한 방울 남은 기름을 짜내듯 몸 속에 남아 있는 최후의 에너지를 뽑아내기 위해서 안간힘을 썼다. 텐트를 땅에다 펼쳐놓고 한참을 내려다보았다.

식사 준비를 할 힘은 도저히 나지 않았다. 그리고 토할 것만 같아 밥 먹는 것을 포기했다. 땀을 너무 많이 흘렸기 때문에 몸에는 염분이 부족했다. 그래서 비상 식량으로 가져간 김을 바싹 말라버린 입 속으로 밀어넣었다. 김은 이내 입천장에 달라붙어버렸다. 침을 내기 위해서 혀를 깨물었다. 먹지 않으면 죽는다는 생각으로 넘어가지 않는 김을 마른침과 함께 위장 속으로 억지로 밀어넣었다.

김과 영양제 한 알만으로 저녁을 대신하고 텐트 속으로 지친 몸을 뉘었다. 굳었던 근육이 풀리면서 통증이 밀려왔다. 송곳으로 찌르듯이 전신에 통증을 느꼈다. 피레네 산맥에서의 첫날이 그렇게 지나갔다.

사흘에 걸쳐 피레네 산맥과 사투를 벌였다.

'이 언덕을 넘으면 정상이 보이겠지, 저 산모퉁이를 돌면 내리막이 나오겠지.'

참기 힘든 이 고통이 제발 끝나기를 갈구했지만 그때마다 예상은 빗나갔다. 처절한 피레네 산맥 넘기 삼일째, 드디어 정상이 눈에 들어왔다. 여기가 정상이라는 것을 말해주기라도 하듯 날씨는 예사롭지 않았다. 발 밑으로 구름이 내려다보였고 세찬 바람에 눈을 제대로 뜰 수조차 없었다.

"정상이다. 드디어 끝났다!"

두 팔을 번쩍 쳐들고 산 아래를 향해 소리쳤다. 산을 올라보지 않은 사람은 힘들게 정상에 섰을 때의 기분을 알지 못한다. 그렇게 힘들었던 고통의 시간들이 정상에서 지르는 "야호" 한마디로 다 잊혀져버리는 것도.

내려오는 길은 황홀할 정도로 수월했다. 손 하나 굴리지 않고 순식간에 정상에서 산 아래에 도착했다. 죽을힘을 다해 오른 산맥을 겨우 두 시간 만에 내려오니 한편으로는 너무 허탈해 웃음이 나왔다.

'이렇게 짧은 거리를 그렇게 힘들게 올랐나!'

산을 내려와서부터는 예전처럼 평지였다. 정상적인 속도로 기분좋게 달렸다. 그런데 피레네 산맥 정복의 기쁨이 채 가시기도 전에 또다시 저 멀리서 산이 보였다.

'그냥 작은 산이겠지.'

희미하게 보이는 산을 보며 가볍게 생각했다. 힘들게 산 하나를 넘었다. 그런데 다시 우리 앞을 산이 가로막았다. 뭔가 이상했다.

'분명히 피레네 산맥을 넘었는데 왜 또 산이 나오지?'

조금 불길한 마음으로 앞에 놓여 있는 산을 하나씩 넘었다. 하루를 꼬박 산을 넘었는데도 다시 산이 우리 앞을 가로막았다.

피레네 산맥은 끝나지 않은 것이었다. 우리는 피레네 산맥을 한국의 태백산맥쯤으로 생각했다. 그러나 오산이었다. 태백산맥은 도(道)를 경계짓지만 피레네는 나라를 경계짓는 산맥인 만큼 훨씬 높고 그 길이도 엄청나게 길다는 것을 잊고 있었다.

사흘에 걸쳐 첫번째 피레네를 넘고 이틀에 걸쳐 피레네를 다시 넘었다. 처음에 피레네는 산맥이라 생각하고 힘들 것을 각오했지만 두번째 만난 피레네는 산맥이 아니라 그저 산일 뿐이라고 생각해 안일하게 덤벼들었기 때문에, 하나를 넘고 나면 또하나가 나타나고 다시 하나를 정복하고 나면 또다른 산이 앞에 놓여 있는 상황이 계속되자 미칠 지경이었다. 사흘에 걸쳐 벌인 그 처절한 일정을 다시 반복해야 한다고 생각하니 눈앞이 캄캄했다. 스페인에 인접한 피레네 산맥을 오르면서는 아예 앞을 보지도 않았다. 그저 땅만 보고 기계적으로 휠체어 바퀴를 굴릴 뿐 아무런 기대도 예상도 하지 않았다. 총 닷새에 걸친 힘겨운 사투 끝에 피레네 산맥을 마침내 완전히 정복할 수 있었다. 멀리 까마득히 보이는 지평선을 보면서 '드디어 피레네가 우리의 발목을 놓아주는구나!' 하고 안도의 한숨을 내쉬었다.

피레네는 내게, 고통과 시련을 마주쳤을 때 얼마만큼 아픈 고통인지 얼마나 큰 시련인지 미리 알려고 하면 안 된다고 가르쳐주었다. 끝이 없는 언덕길은 없으며 오르막의 끝에는 반드시 내리막이 있다는 믿음을 가지고 그저 묵묵히 오르라고만 했다. 인생의 오르막을 만날 때도 힘겨운 삶의 저편에는 행복의 내리막이 있기 때문에 지금 느끼는 고통을 보지 말고 고통 뒤에 찾아올 행복을 보라고 피레네는 내게 말했다.

길은 정직하여 속이는 법이 없었다. 오르막이 길면 길수록 내리막 또한 길었다.

제1부

무쇠팔 무쇠다리 로케트 주먹

네 살 때 집에서 키우던 닭을 안고

가장 슬픈 눈물

내 손을 잡은 어머니의 손에 점점 더 힘이 들어갔다. 마지막 온기 한 점이라도 놓치고 싶지 않은 듯했다. 기차가 도착할 때까지 어머니는 한시도 내 손을 놓지 않았다. 기차가 플랫폼을 지나 서서히 달려오고 있었다. 이제 곧 헤어질 아들의 얼굴을 보면서 어머니는 눈물을 글썽였다. 나도 덩달아 울었다.

"엄마! 내 안 가면 안 되나?"

"……."

"안 가고 엄마캉 같이 살면 안 되나?"

"몇 달 후에 엄마가 데리러 갈 끼다. 고때까지만 할매 말씀 잘 듣고 있어라."

어머니는 눈물을 머금고 차마 떨어지지 않는 입을 열었다.

마침내 기차가 도착했다. 꼭 잡은 어머니의 손을 놓고, 나는 정호 아찌의 손에 이끌려 기차에 올랐다. 자리를 잡고, 창 밖에 서 있는 어머니를 보자 또 눈물이 흘렀다. 엄마와 떨어지는 것이 슬퍼서 울먹이는 아들을 보다 못한 어머니는 기차로 올라왔다. 아들의 손을 한 번이라도 더 잡아보기 위해서.

이제껏 조용히 눈물만 머금던 어머니가 소리내어 울기 시작했다. 어머니는 나를 끌어안고 볼을 비볐다. 어머니의 눈물과 내 눈물이 범벅이 되어 무릎 위로 하염없이 흘렀다.

"대운아 잘 지내라. 엄마가 곧 데리러 갈게!"

어머니는 다른 말은 못 하고 데리러 간다는 말만 계속해서 되풀이하였다.

"기차 떠나요, 빨리 내려요."

정호 아찌가 어머니를 재촉했다. 어머니는 아랑곳하지 않고 나를 부둥켜안은 채 울고만 있었다.

"기차 출발했어요, 어서 가요!"

아찌는 나를 끌어안은 어머니의 손을 억지로 풀어 어머니를 내게서 떼어냈다. 막 출발하기 시작한 기차에서 어머니는 떠밀리다시피 해서 내렸다. 그런데 그만 발을 헛디디고 말았다. 어머니는 선로 주변으로 나뒹굴었다.

"엄마!"

어머니의 손에서 피가 흐르고 있었다. 넘어지면서 날카로운 돌을 손으로 짚은 것이다. 그러나 어머니는 괜찮다며 손을 흔들었다.

기차 난간에 매달려 나는 울었다. 어머니와 헤어지는 것이 슬퍼서, 기차에서 떨어져 피흘리는 어머니가 애처로워 하염없이 눈물이 쏟아졌다. 달리는 기차 안에서 창문에 얼굴을 묻은 채 소리도 내지 못하고 설움에 북받친 눈물을 흘렸다.

20

그렇게 나는 어머니와 헤어졌다.

당시 아버지가 우리를 돌보지 않았기 때문에 어머니가 생계를 책임져야 했는데, 일 나가는 어머니에게 어린 나는 짐이었다. 그래서 어머니와 함께 닭 인공수정(수탉의 정액을 채취해 암탉에게 투입하는 것) 일을 하던 정호 아찌의 고향집인 충청도에 나를 맡겨야 했다. 엄마의 포근한 젖가슴에 안겨 어리광을 부려야 할 아직 어린 나이에 엄마 품을 떠나 한 번도 가보지 못한 물설고 낯선 충청도로 나는 떠났다.

다섯 살 어린 나이에 엄마 품을 떠나면서 흘린 눈물은 내 인생에서 가장 슬픈 눈물이었다.

새로운 삶의 시작

1976년 11월, 충청도 시골에서 다시 엄마 곁으로 돌아온 나는 마냥 행복한 나날을 보내고 있었다. 날마다 동네 이곳저곳을 돌아다니며 뛰어노느라 정신이 없었다. 그러던 어느 날이었다. 그날도 형과 나는 노는 데 정신이 팔려 때를 놓치고 늦은 점심을 먹었다. 먹성이 좋은 형은 밥 한 그릇을 이내 비웠다. 나를 남겨두고 형 혼자 나갈까 봐 나도 뒤질세라 밥 한 그릇을 후딱 해치우고 정신없이 따라나섰다.

"멀리 가지 말고 집 가차이에서 놀거라."

평소에는 우리가 어디를 가든 별말씀·없던 어머니가 당부를 하였다.

우리는 건성으로 대답하고 집 앞 마당에서 구슬을 치며 놀았다. 한참을 구슬치기를 하고 나서 집 밖으로 나가려는데 또 어머니가 말하였다.

"너무 멀리 가지 마래이. 오늘 저짜 대로변에 새로 길 내는데 다이너마이트로 폭파한다 카드라. 멀리서 그거나 구경하고 일찍 들어온내이.”

형과 나는 그 말에 눈이 번쩍 뜨였다. 잠깐 서로의 얼굴을 쳐다본 후에 부리나케 큰길로 향했다.

얼마 가지 않아 옆집 형들과 마주쳤다. 확실히 기억나지는 않지만, 형이 힘을 못 썼던 걸로 봐서 형보다도 몇 살이 더 많았던 것 같다.

“야 너그들 어디 가노?”

“응 저기 큰길에서 다이너마이트로 폭파한다 캐서 구경간대이.”

평소에 그리 친하지 않은 형들이라 나와 형은 짧게 대답하고 돌아섰다. 그런데 그들이 우리를 못 가게 붙잡았다. 자기들과 함께 과외 공부하는 데 가자고 억지를 부리는 것이었다. 폭파 장면을 한 번도 본 적이 없어 보고 싶은 마음이 굴뚝같았지만 하는 수 없었다. 안 따라가면 맞을 것 같았다.

그들이 데려간 곳은 집에서 꽤 멀었다. 걸어서 한 시간 가량이나 걸렸다. 멀리 가지 말라고 한 어머니 말씀을 까맣게 잊고 형과 나는 그들을 따라갔다. 도착한 곳은 대구 MBC 방송국 근처였다. 대구에 와서 이렇게 멀리는 처음이라 나는 다이너마이트 폭파는 어느새 잊어버리고 여기저기를 두리번거리기에 바빴다.

옆집 형들이 공부하는 동안, 형과 나는 그들이 들어간 집 밖에서 하릴없이 기다려야 했다. 한참이 지나고 나서야 그들이 나왔다.

이미 날이 어두워졌기 때문에 서둘러 집으로 향했다. 그런데 옆집 형이 자꾸 나를 괴롭혔다. 발로 엉덩이를 괜히 걷어차는 것이었다. 나는 맞지 않으려고 요리조리 피해 다녔다. 그 형은 나보다 훨씬 키가 컸기 때문에 내가 도망가도 금세 따라왔다. 한동안 그 형과 나는 길 위에서 엎치락뒤치락했다. 내가 잘도 피해다니자 그 형은 분을 참지 못하고 급기야 주먹으로 날 때리려고 했다. 순간 나는 겁에 질려 주먹질을 피하려고 큰길로 뛰어들었다.

바로 그때였다. 끼이익 하는 굉음과 함께 내 몸은 허공으로 날았다.

한참 후에 잠깐 의식이 들었다. 차 안이었다.

"다리가 아파요."

한 아저씨가 피가 철철 흐르는 내 다리를 부여잡고 있었다. 나는 피범벅이 된 내 다리를 한 번 보고는 다시 정신을 잃었다.

며칠이나 지났을까? 다시 정신이 들었다. 어머니가 병상 옆에서 내 손을 꼭 잡고 엎드려 있었다.

"엄마, 목말라."

어머니는 아무 말도 하지 않은 채 황급히 물을 가져왔다. 나는 물을 쭉 들이켠 후 여기가 어디냐고 물었다.

"응 병원이야."

순간 사고 당시가 떠올랐다.

출혈이 심해서 일 주일 동안이나 난 의식이 없었다고 한다. 의식을 차리고 얼마 지나지 않아 한쪽 다리가 없어졌음을 알았다. 사고 순간에 왼쪽 다리가 절단돼버린 것이다. 그리고 오른쪽 다리마저 근육이 다 떨어져나간 채 뼈만 앙상하게 남아 있었다. 내 온몸은 누더기를 기워놓은 듯 여기저기 철사줄로 꿰매어져 있었다.

사고 당시 운전사가 나를 죽여버리면 사고 수습이 쉬울 거라는 생각에 자동차를 후진시켜 나를 한 번 더 치었다고 했다. 때문에 나는 중상을 입었다. 생명을 건진 것만도 다행이 아닐 수 없었다.

병원은 연일 친척들의 병문안으로 어수선했다. 다들 침통한 표정이었고, 하나같이 걱정스러워 어쩔 줄을 몰라했다. 멀쩡하던 애가 다리 한쪽은 온데간데없고 나머지 다리마저 점점 썩어들어가고 있었으니…….

그때 나는, 이제부터는 전과 다르게 살아야 한다는 것을 알았다. 내 나이 여섯 살이었다.

반쪽

갑작스런 사고로 인한 병원 생활은 나뿐만 아니라 주위 사람 모두를 혼란에 빠뜨렸다. 특히 어머니는 혼이 나갈 지경이었다. 그런 와중에도 간병을 해야 했으니 여간 힘들지 않았을 게다. 검사를 받기 위해 나를 병원 여기저기로 데려가야 했고, 밤낮없는 병간호, 그리고 병실 바닥에서의 새우잠…… 아버지라도 곁에 있었으면 위안이 되었으련만, 사고 당시 아버지는 우리 곁에 있지 않았다.

사고의 충격에서 어느 정도 벗어났을 때, 의사가 담담한 목소리로 말했다.

"썩어가는 오른쪽 다리를 절단하지 않으면 생명이 위험합니다. 하루속히 절단해야 합니다."

다시 한번 하늘이 무너지는 순간이었다. 한쪽 다리만이라도 남아 있으면 목발을 짚고서라도 걸을 수 있는 희망이 있는데, 이제 그 실낱같은 희망마저도 사라지고 있었다. 어머니는 그래도 모르

니 조금만 더 지켜보자고 사정했다. 그래서 얼마간 경과를 지켜
본 후 수술 여부를 결정하기로 하고 절단하는 것은 일단 미루었
다. 하지만 다리는 좋아지기는커녕 점점 악화되어갔다. 살색에서
썩은 핏빛으로 점점 시커멓게 색깔이 변해갔다. 다리는 썩어가고
있었다. 썩는 냄새가 온 병실을 뒤덮었다.

　의사는 지금 당장 절단하지 않으면 큰일이라면서 자꾸 수술을
재촉했다. 하지만 어머니는 억지임을 알면서도 막무가내로 반대
하였다. 결국 의사와 어머니 사이에 타협이 이루어졌다. 무릎 밑
까지만 절단하기로 한 것이다.

　옷감도 아닌 아들의 다리를 놓고 '조금 더 잘라야 한다, 아니다
좀 덜 잘라야 한다' 며 옥신각신한 어머니의 마음이 오죽했으랴.

　뼈만 남은 채 겨우 다리 형체를 갖추고 있던 오른쪽 다리를 절
단했다. 하지만 어머니의 슬픔은 거기에서 그치지 않았다. 무릎
밑까지 절단했던 다리는 또다시 썩어들어갔고 의사는 다리를 완
전히 절단해야 한다고 청천벽력 같은 소리를 했다. 마침내 오른
쪽 다리가 거의 흔적도 알아보기 힘들 만큼 짧게 잘려나갔다. 땅
을 딛고 걷는 꿈은 영영 사라져버렸다. 처음 사고가 났을 때도 그
랬지만 남은 한쪽 다리마저 흔적도 없이 잘려나간 후 어머니는
더욱 슬픔에 잠겼다. 양다리가 다 잘려나가고 병상에는 상체만
덩그러니 남았다.

　나는 두 다리를 잃고 반쪽이 되었다. 온전하던 박대운은 두 다
리로 땅을 밟으며 걸었다. 그러나 반쪽의 박대운은 두 다리 대신
두 손으로 땅을 짚으며 바닥을 기어야 한다. 나의 겉모습은 확연
히 바뀌었다.

상처

퇴원할 즈음에 아버지가 찾아왔다. 아버지는 어머니가 나를 잘 돌보지 못해서 사고가 났다며 어머니를 심하게 나무랐다. 어머니는 아무 말도 하지 못했다. 당신의 잘못으로 내가 다쳤다고 항상 마음 아파했기 때문에 눈물만 흘릴 뿐이었다.

아버지는 자식을 잘못 키웠다면서 어머니와 우리를 갈라놓았다. 형과 나를 어머니에게서 데려다가 할머니 집에 맡기고는 작은집으로 다시 돌아갔다.

할머니 집에 있으면서 나는 할머니에게 갖은 구박을 다 받았다. 몸 불편한 손자를 돌보기가 힘들었는지 할머니는 나를 무척 싫어했다. 할머니가 꾸지람을 할 때면 난 너무 서러웠다. 어머니를 그리워하며 장롱 뒤에서, 다락방에서 흘린 눈물이 얼마인지 모른다. 하루하루를 눈물로 지새우며 보냈다.

한번은 어머니를 찾겠다고 할머니 집을 뛰쳐나왔다. 어머니가 어디 있는 줄도 모르면서 정처없는 길을 떠났다. 길에서 잠을 자고 쓰레기통을 뒤지면서 어머니를 찾았지만 찾을 수가 없었다. 며칠을 헤매고 돌아다니다가 결국 다시 할머니 집으로 돌아갔다.

"니 에미가 그렇게 보고 싶으면 아예 집을 나가라."

어머니를 찾겠다고 집 나간 손자를 할머니는 모질게 나무랐다. 어린 손자가 어머니를 보고 싶어하는데 달래줄 생각은 하지 않고 꾸지람만 했다. 철없는 나이였지만 그런 할머니가 너무 야속했다.

일 년쯤 지났을 때 할머니는 더이상 우리를 못 돌보겠다고 했다. 그래서 우리 두 형제는 어떤 젊은 여자에게 맡겨졌다. 아버지는 고학으로 고등학교를 다니고 있던 그 여자에게 단칸방을 얻어주고는 우리를 돌보게 했다. 우리는 그 여자와 얼마간 함께 살았다. 아버지는 한 달에 한 번씩 내려와서 생활비를 주고 다시 작은 집으로 돌아갔다.

피도 한 방울 섞이지 않은 낯선 사람 밑에서 우리는 자랐다. 일 년 정도 아버지는 생활비를 대주었는데 그러다가 어느 날 갑자기 발길을 끊어버렸다. 아버지에게서 소식이 끊겨 더이상 돈을 받을 수 없게 되자 우리를 돌보던 여자는 우리 두 형제를 다시 할머니 집에 맡겼다. 소식도 알 수 없는 아들의 자식이 달가울 리 없었다. 할머니는 예전보다 더 나를 구박했다. 밥 먹는 것조차 트집을 잡았다.

그러나 할머니가 돌아가시면서 형과 나는 더이상 그 집에서도 살 수 없게 되었다. 할아버지 혼자서는 형과 나를 돌볼 수 없었기 때문이다. 아버지에게서는 여전히 소식이 없었다. 길거리에 나앉게 된 우리 형제의 거처가 친척들 사이에서는 큰 골칫거리가 되었다. 큰아버지, 작은아버지, 삼촌, 고모 등 모두가 넉넉지 않은 형편이었으므로 누구 하나 선뜻 나서서 우리 두 형제를 돌보겠다는 사람이 없었다. 사고 책임을 어머니에게 돌리면서 우리 둘을 빼앗아온 터라 어머니에게 다시 데려가라는 말은 차마 못 하고 모두가 안절부절못했다. 그렇다고 부모가 다 살아 있고 직계 친척도 있는데 고아원으로 보낼 수도 없는 일이었다.

어린 나이였지만 아버지를 비롯한 친가 쪽 친척들이 원망스러웠다. 나의 교통 사고로 받은 보상금이 탐나서 우리 형제를 어머니와 생이별을 시켜놓고 이제 와서 발뺌을 하는 꼴이 보기 싫었다.

애물단지로 취급하는 친척들에게 돌봐달라고 구차하게 매달리고 싶지 않았다. 형과 나는 어머니한테 갈 테니 우리 형제의 거처에 신경쓰지 말라고 말하고 할아버지 집을 나와버렸다.

그러나 큰소리는 쳤지만 당장 갈 데가 없었다. 어머니는 우리를 받아서 키워줄 만한 형편이 되지 않았고, 그렇다고 어머니말고는 의지할 곳이란 세상 어디에도 없었다. 형과 나는 절망에 빠져 이리저리 헤매다녔다. 꼬박 하루를 방황한 끝에 찾아간 곳이 큰이모 댁이었다. 큰이모는 우리를 보자마자 곧바로 어머니에게 연락을 하였다. 소식을 듣고 어머니가 황급히 달려왔다. 어머니는 우리를 부둥켜안고 펑펑 울기 시작했다. 어머니를 다시 보게 되자 너무 기쁘고 또 서러워 나도 형도 엉엉 울었다.

"대운아, 대진아! 이 엄마가 죽기 전까지는 다시는 너희하고 헤어지는 일이 없을 끼다. 하루에 한 끼를 먹으면 어떻고, 또 굶으면 어떻노. 같이 살 수만 있다면 그딴 것은 문제되지 않는다. 우리 이제 절대로 헤어지지 말재이.”

마침내 우리 두 형제는 어머니와 함께 살 수 있게 되었다. 단칸
방에 궁색하기 이를 데 없는 형편이었지만 어머니와 함께 산다는
것으로도 나는 세상의 모든 것을 소유한 사람처럼 한없이 기뻤
다. 다시는 어머니와 헤어지지 않게 해달라고, 떨어져 살지 않게
해달라고 간절히 소원했다.

어머니와 떨어져 산 이 년은 내게는 가장 기억하고 싶지 않은
상처로 남아 있다.

어머니의 교통 사고

　어머니는 세 식구가 함께 살 방 한 칸을 구하기 위해 무척 애를 썼다. 먹을 것 못 먹고 돈을 모았지만 여자 혼자 힘으로 전셋집 구하기란 여간 어렵지 않았다. 주위 사람들에게 돈을 빌려 어렵게 방 한 칸 얻을 돈을 모았지만 두 다리가 없는 장애인 아들과 함께 살 보금자리를 꾸리는 것이 생각보다 쉽지 않았다.

　돈에 맞추어 방을 구하면 계단이 있거나 턱이 있어 휠체어 타고 다니기에 적당하지 않았고, 다니기 좋은 집은 돈이 맞지 않았다. 또 어렵게 방을 구하면, 장애인이 살면 집값이 떨어진다고 주인이 마다했다.

　겨우겨우 구한 첫번째 집은 잘못 지었는지 방 안에서 조금 움직여도 창문이 흔들리고, 바닥에서는 쿵쿵거리는 소리가 났다. 형하고 나하고 조금만 장난이라도 치면 지진이라도 난 듯 집 전체가 흔들렸다. 주인은 집이 잘못 지어진 것은 아랑곳하지 않고 우리 형제가 너무 시끄럽다며 말 같지 않은 이유를 대면서 집을 비워달라고 했다. 일 년이 채 되지 않아 우리는 이사를 해야 했다.

어머니는 또다시 어렵게 새집을 구했다. 전에 비해서 썩 좋은 집은 아니었다. 방 하나에 거실이 딸린 반지하였다.

그러나 새로 이사한 집은 날마다 작은 기쁨을 내게 안겨주었다. 그것은 퇴근하고 집으로 돌아오는 어머니의 모습을 멀리서 지켜볼 수 있는 작은 행복이었다. 어머니가 퇴근할 시간이 되면 문을 빠끔히 열고 버스 정류장을 향해 두 눈망울을 반짝였다. 운동을 하느라 형도 항상 늦게 귀가했기 때문에 수업이 끝나면 난 늘 혼자 집을 지켰다. 그런 나에게 어머니가 돌아오는 시간은 하루중 가장 큰 행복의 시간이었다.

버스에서 내려 집으로 걸어오는 어머니의 모습을 멀리서 지켜보는 즐거움이란 이루 말할 수 없었다. 그리고 어머니의 손에 들린 비닐 봉지 속에 무엇이 담겨 있을까 상상하는 것 또한 빼놓을 수 없는 즐거움이었다.

아버지 없는 결손가정에다가 옹색한 살림, 더욱이 남들이 손가락질하는 장애인 가족을 둔 가정, 지지리 복도 없는 불행의 온상으로 보일지 몰라도 우리 세 식구는 행복했다. 서로의 아픔을 이해하고 자신의 존재보다 피붙이를 더 사랑하는 마음이 있었기에 지하 단칸방의 삶도 여느 저택의 윤택한 삶 못지않게 값지고 행복한 삶이 되었다.

나는 매일 버스 정류장을 바라보면서 어머니가 언제 내릴까 기대에 차, 버스에서 내리는 사람들을 하나하나 유심히 살펴보았다. 기대한 차에서 어머니가 내리지 않으면 실망했고, 그러다가 또 버스가 오면 이번에는 반드시 어머니가 타고 있을 거라는 희망을 걸었고, 그러다가 또 안 내리면 또 실망했다. 드디어 기대한 버스에서 어머니가 두 손에 먹을 것을 잔뜩 사들고 내리면 "엄마다!"라고 외마디 탄성을 지르며 뛸 듯이 기뻐했다.

그러던 어느 날이었다. 그날도 평소와 다름없이 어머니 퇴근 시간에 맞춰 문을 열고는 정류장에 정차하는 버스에서 내리는 사람들 속에서 어머니를 열심히 찾았다. 한 대를 보내면 다음 버스를 기다리고, 또 한 대를 보내면 또 다음 버스를 기다렸다. 그렇게 한참을 어머니를 찾았다.

정류장에 정차하는 수십 대의 버스 어디에서도 어머니는 내리지 않았다. 불길한 예감이 들었다. 운동을 마치고 형이 늦게 집에 돌아왔다.

"어머니 아직 안 오셨나?"

나는 아무 말 없이 고개만 끄덕였다.

형과 나는 문을 열고 함께 버스 정류장을 바라보았다. 한동안 서로 말이 없었다. 그러다 불안한 나머지 형이 버스 정류장으로 달려나갔다. 나도 기어서 뒤따라갔다. 어느새 자정이 가까워지고 있었다. 버스 정류장에는 더이상 버스가 서지 않았다. 형과 나는 어떻게 해야 할지 몰랐다. 둘이서 영문도 모른 채 발만 동동 구르고 있었다.

자정이 훨씬 지났는데도 어머니에게서는 아무 소식이 없었다. 큰이모와 작은이모에게는 물론 어머니가 가실 만한 곳엔 다 연락을 해봤지만 누구도 어머니의 행방을 알지 못했다. 칠흑 같은 암흑 속으로 떨어지는 듯한 공포가 형과 나를 사로잡았다.

두려움에 나는 울기 시작했다. 나를 달래던 형도 울음을 참지 못하고 같이 울었다. 한참이 지나고 누가 방문을 두드렸다. 주인 아주머니였다.

주인 아주머니는 난처한 표정을 지으며 말문을 열었다.

"어머니가 교통 사고로 병원에 입원하셨대. 방금 연락 왔다."

하늘이 무너져내리고 땅이 꺼지는 듯했다. 어머니의 사고 소식은 우리에겐 남달랐다. 나의 사고로 인해 가족 모두가 평생 치유되지 않는 상처를 가슴에 품고 살고 있기 때문에 어머니의 사고 소식은 그 상처를 예리한 칼날로 난도질하는 것이나 다름없었다.

청천벽력 같은 불행의 소식은 형과 나를 두려움에 떨게 했다. 심장은 터질 듯이 벌렁거렸고, 온몸은 사시나무 떨듯이 떨렸다. 불길한 상상은 머릿속을 흔들어 정신을 잃을 것 같은 아찔함으로 나의 이성을 내동댕이쳤다. 나처럼 평생 휠체어 신세를 져야 하는 것은 아닌지, 혹시 생명이 위독한 건 아닌지 온갖 악몽이 머릿속을 어지럽혔다. 그러면서도 한편으로는 별 사고 아닐 거라는 실낱같은 희망의 끈을 놓지 않으려고 안간힘을 썼다.

당장 어머니에게로 달려가고 싶었지만 시간이 너무 늦어 갈 수가 없었다. 아무도 없는 무인도에 형과 나 단둘이만 버려진 듯한 고독하고 적막한 심정으로 기나긴 밤을 뜬눈으로 지샜다. 아침이 밝자마자 어머니가 입원한 병원으로 달려갔다. 가면서 제발 큰 사고가 아니길, 생명에만 지장이 없기를 하느님께 간절히 기도했다.

응급실에 도착했다. 하지만 선뜻 응급실 문을 열지 못했다. 혹시 불길한 상상이 현실이 될까 두려웠다. 형이 먼저 조심스럽게 응급실 문을 열었다. 형을 뒤따라 응급실 안으로 들어갔다. 응급실 안은 상상한 것보다 훨씬 더 처참했다. 방금 사고를 당해 피투성이가 된 채 병상에 누워 신음하는 사람, 고통을 참지 못해 의사에게 진통제를 달라고 소리치는 사람, 병상에 처참히 누운 아들을 보고 오열하는 어머니, 촌각을 다투어 생사를 오가는 위급한 환자들의 생명을 구하기 위해 이리저리 분주히 뛰어다니는 의사와 간호사들, 응급실 안은 흡사 전쟁터를 방불케 할 만큼 처참하고 긴박했다.

순간 응급실에 누워 있는 환자들이 모두 어머니로 보였다. 얼굴을 알아볼 수 없는 환자를 볼 때면 혹시 어머니가 아닌가 하는 생각으로 깜짝 놀랐다. 중환자 중에 어머니가 있으면 어떡하나 너무 불안하고 긴장됐다. 응급실 이곳저곳을 살폈지만 다행히 어머니의 모습은 보이지 않았다. 밖으로 나와 간호사에게 어머니 성함을 대면서 어디에 계신지 물었다. 새벽에 일반 병동으로 옮겼다고 했다. 중환자실이 아닌 일반 병실이라는 말에 조금은 마음이 놓였다. 간호사가 일러준 병실로 달려갔다.

조금 전 응급실의 긴박한 분위기와 달리 일반 병실은 평온했다. 여섯 개의 병상 중 어머니는 오른쪽 창가 구석진 침대에 누워 있었다. 어머니 모습이 눈에 들어오는 순간 팔다리가 제대로 붙어 있는지부터 살폈다. 다행히 팔과 다리는 무사했다. 언뜻 보기에 큰 사고는 아닌 듯했다. 손에만 붕대가 감겨 있을 뿐 다른 곳은 별 지장이 없어 보였다. 어머니가 누워 있는 병상으로 조용히 다가갔다.

"어머니! 저희 왔어요."

"너그들 왔나. 많이 놀랐제?"

"난 어머니가 돌아가시는 줄 알았어요."

"엄마는 괜찮다. 가벼운 타박상만 입어서 곧 퇴원할 수 있다 카드라."

어머니의 목소리를 듣는 순간 밤새워 걱정하던 불안하고 초조한 마음이 한순간에 씻은 듯이 없어졌다. 가벼운 상처지만 적어도 한 달은 병원에 입원해야 한다고 했다. 교통 사고는 당시는 몰라도 후유증이 크기 때문에 병원에 있으면서 경과를 살펴야 한다는 것이었다.

어머니의 사고는 평소에 잘 타지 않던 택시를 탄 것이 화근이었다. 그것도 합승한 택시였다. 운전사는 조금이라도 더 많은 사람을 태우기 위해 과속을 했고, 그 바람에 택시가 빗길에 미끄러진 것이다. 퇴근이 늦어 집에 혼자 있는 나 때문에 택시를 탔는데, 택시가 가로수를 들이받은 것이었다. 운전석 옆쪽을 박았는데, 다행히 어머니는 조수석 뒤편에 앉아 있어서 큰 상처는 입지 않았다.

어머니의 교통 사고 소식을 접한 하루는 악몽과도 같은 시간이었다. 내가 당한 교통 사고의 상처가 채 아물기도 전에 우리 가족에게 또다시 닥친 불행이어서 아픔은 훨씬 더 컸다.

큰 고통을 경험한 사람은 그와 유사한 작은 고통을 당했을 때 예전의 아픔이 되살아나기 때문에 작은 고통 또한 크게 느껴지는 법이다.

어머니는 가벼운 타박상만 입어서 크게 걱정하지 않아도 되었지만, 문제는 어머니가 병원에 입원해 있는 동안 우리 형제를 돌볼 사람이 없다는 것이었다. 형이 어머니 대신 집안일을 했지만 형도 어렸기 때문에 쉽지 않은 일이었다. 그리고 가장 큰 문제는 어린 나에게 다가온 어머니의 공백이었다. 학교에서 돌아와도 하루 종일 어머니의 얼굴을 볼 수 없다는 것이 참을 수 없는 고통이었다. 휠체어를 타고 가기에는 어머니가 있는 병원이 너무 멀었기 때문에 어머니 얼굴을 자주 볼 수 없었다.

주말에 형이 나를 병원에 데리고 가거나 이모나 다른 친척들이 데리고 가야 겨우 어머니 얼굴을 볼 수 있었다. 하루 스물네 시간 어머니의 숨결을 느끼지 못하고 지내는 것이 나에게는 너무 큰 시련이었다. 한참을 어머니와 떨어져 살다가 같이 살게 된 지 얼마 되지 않아 겪은 생이별인지라 아픔은 몇 배 더했다.

어머니가 병원에 입원해 있는 한 달이 너무도 길었다. 달력을 보면서 어머니의 퇴원 날짜를 손꼽아 기다렸다. 시간은 왜 그렇게 더디게 흘러가던지, 하루가 한 달 같고 일 주일이 일 년같이 느껴졌다. 사는 것이 너무 싫었다. 학교에 가도 재미없었고, 집에 돌아오면 쓸쓸하기 그지없었다.

정지한 것만 같던 시간도 흘러 드디어 어머니가 퇴원했다. 집으로 돌아온 어머니의 품에 안겨 한참을 울었다. 다시는 어머니와 헤어지지 않겠다고 어머니 품에 안겨 그 동안의 설움을 토해냈다.

어머니의 퇴원으로 우리 가족은 다시 평온을 찾았고, 나는 예전과 같이 어머니의 퇴근 모습을 먼발치에서 지켜보는 작은 행복을 누릴 수 있었다.

휠체어 탄 대통령

　사고 전의 나의 삶과 사고 후의 나의 삶은 판이하게 달랐다. 갓 난아기가 걸음마를 배우듯 난 새로운 삶을 살기 위해서 제2의 걸음마를 배워야 했다. 갓 태어난 아기가 세상을 배워가듯 장애인으로 새로이 태어난 나는 그 동안 습득한 삶의 방식을 버리고 새로운 방식을 몸에 익혀갔다. 시간은 좀 걸렸지만 그런 대로 새로운 삶에 잘 적응해갔다. 무서워 피하던 바깥 나들이도 용기를 내어 했고, 달라진 나의 모습을 나뿐 아니라 주위 사람들에게도 적응시키고자 애썼다.

　나도 주위 사람들도 두 다리로 걷던 대운이를 잊고 휠체어를 타는 대운이로 점점 인식해갈 무렵이었다. 어머니와 장을 보기 위해서 동네 시장을 갔다. 장 보는 어머니 뒤를 신기해하면서 부지런히 따랐다. 물건값을 깎는 어머니를 따라 나도 가게 주인에게 깎아달라고 떼를 써보기도 하고, 내가 좋아하는 반찬을 사자고 어머니를 조르기도 하면서 장 보는 재미에 푹 빠졌다. 장바구니에 내가 좋아하는 반찬을 가득 채워서 흐뭇한 마음으로 집으로 향했다.

시장을 다 빠져나갈 무렵이었다. 흥정하는 사람과 물건을 파는 상인들의 시끄러운 소음 속에서 구슬픈 노랫소리가 흘러나왔다. 시장통에 웬 노래인가 싶었지만 의구심도 잠깐, 나는 어머니를 따라가던 길을 계속 갔다. 그런데 노랫소리가 점점 가까워지면서 충격적인 장면이 눈앞에 펼쳐졌다. 작은 바퀴를 단 판자에 비누, 수세미, 수건, 세제 등 가정용품을 한가득 싣고 두 다리가 없는 장애인이 폐타이어로 하체를 동여매고 땅바닥을 기면서 물건을 팔고 있었다. 한 손에는 마이크를 들고 초라하고 불쌍한 표정으로 노래를 부르며 물건을 사달라고 사람들에게 호소하고 있었다.

시커먼 폐타이어로 허리까지 동여매고, 한 손으로는 마이크를 들고 다른 한 손으로는 팔 물건을 실은 바퀴 달린 판자를 밀면서 온갖 오물과 쓰레기로 가득한 시장 바닥을 엉덩이로 질질 끌며 가는 모습은 둔탁한 둔기에 머리를 얻어맞은 듯 정신을 아찔하게 만들었다.

나와 흡사하게 생긴 사람이 세상에서 가장 초라한 모습으로 내 눈앞에 있는 것도 충격이었지만, 전기에 감전된 것처럼 나를 소스라치게 놀라게 한 것은 나도 저렇게 될 수 있다는 불안감이었다.

땅바닥을 기고 있는 그 사람에게로 나의 모습이 투영되었다. 애써 외면하려 했지만, 좀처럼 눈길이 떨어지지 않았다. 뭔가에 홀린 사람처럼 한참 동안 길 위에 앉아 있는 아저씨를 쳐다보았다. 점차 그의 얼굴은 희미해지고 대신 그의 얼굴 속에서 나의 모습이 보이기 시작했다. 알 수 없는 불안감으로 몸이 떨려왔다. 막연한 불안감. 그것은 나 역시도 저 아저씨처럼 시장 바닥에서 사람들의 멸시와 동정을 받으며 평생을 초라하게 살 수 있다는 암울한 미래상이었다.

어머니의 손에 이끌려 그 자리를 떠났지만 충격적인 장면은 뇌리에 각인된 채 좀처럼 지워지지 않았다. 뭔가에 쫓기듯 휠체어 바퀴를 굴려 집으로 돌아왔다.

불도 켜지 않고 방구석에 쪼그리고 앉았다. 무서웠다. 사고 당시 허공으로 튀어오른 나의 모습, 썩어들어가는 다리를 절단하는 수술 장면, 시장 바닥에 엎드려 사람들에게 구걸하는 장애인 아저씨, 사람들의 조롱거리가 되어 불쌍하게 사는 악몽 같은 미래상 등 혼란한 이미지들이 눈앞에 어른거렸다. 점점 공포가 엄습해왔다. 끝내 나는 정신을 잃고 말았다.

시장에서 본 아저씨가 이전보다 더 무서운 얼굴로 내게 말했다.

'발버둥쳐도 소용없다. 너도 다리 병신인데 별수 있냐. 나처럼 시장 바닥에서 비누나 팔면서 평생을 살아야지.'

저승사자가 죄인을 지옥으로 끌고 가듯 아저씨는 처참한 미래로 나를 이끌었다.

'난 아니야, 난 아저씨처럼 살기 싫어요.'

'무슨 소리야, 넌 나와 똑같아. 너를 한번 봐. 넌 병신이야. 병신은 병신처럼 살아야 해.'

'싫어요, 난 병신이 아니에요.'

며칠이 지나고 몇 달이 지나도 아저씨의 환영은 지워지지 않았다. 절단된 다리를 동여맨 시커먼 폐타이어와 손에 긴 시커먼 고

무장갑이 내 다리와 양손에 감겨지는 환영이 하루에도 몇 번씩이나 보였다. 빠져나오려고 발버둥치면 칠수록 더욱 깊이 빠져드는 늪처럼 시커먼 폐타이어와 장갑은 더욱더 나를 동여맸다.

시장에서 기어다니며 물건을 파는 아저씨처럼 살지 않을 수 있다고 자신하다가도 그렇게 될 수도 있다는 절망감이 밀려오면 목을 조여오는 듯한 답답함을 느꼈다. 잊혀질 만하면 땅바닥을 기던 아저씨 얼굴이 어느새 내 얼굴로 바뀌는 상상이 들어 화들짝 놀라고, 생각이 지워질 만하면 구걸하며 부르던 아저씨의 노랫소리가 귓전을 맴돌았다.

나는 우연히 시장에서 만난 초라하고 불쌍한 그 장애인 아저씨로 인해 미칠 듯이 괴로워하고 절망하면서 우울한 나날을 보냈다.

그후 몇 달이 지났다. 우연히 텔레비전에서 휠체어를 탄 사람이 경호원의 호위를 받으며 수많은 군중 앞을 지나가는 모습을 보았다. 처음에는 대수롭지 않게 보다가 점점 텔레비전 속으로 빨려들어갔다. 그는 다름아닌 미국 대통령이었다. 비록 휠체어를 타고 있었지만 너무 당당하고 멋있었다. 자신의 장애와는 상관없이 많은 사람들 앞에서 당당하고 거침없이 자기 주장을 펼치고 있었다. 미국의 32대 대통령 루스벨트였다.

그 순간 시장 바닥을 초라하게 기면서 자기 한 몸 밥벌이하기 위해 구걸을 하던 장애인 아저씨와 장애에 구애받지 않고 떳떳하고 당당하게 사람들 앞에 서 있는 루스벨트 대통령이 교차되었다. 신체가 그 사람의 삶을 지배하는 것이 아니라 생각이 인생을 지배한다는 깨달음이 섬광처럼 스쳐 지나갔다.

나와 같은 장애인이 어떻게 살아야 하는지 보고 배울 모델이 없는 상황에서 시장 바닥에서 구걸하는 장애인 아저씨를 만났고 그런 아저씨의 모습이 나의 미래의 모습이 될지도 모른다는 절망감이 나를 괴롭혔었다. 하지만 루스벨트 대통령의 모습은 나에게 또다른 인생을 열어주었다. 장애인일지라도 자신이 마음먹기에 따라 얼마든지 다른 삶을 살 수 있다는 것을 보여준 것이다.

시장 바닥을 기던 장애인 아저씨의 모습이 텔레비전에서 본 루스벨트 대통령의 당당한 모습으로 대체되었다. 그리고 초라한 장애인 아저씨의 모습에 투영되었던 나의 얼굴이 점차 휠체어를 타고 군중을 호령하는 당당한 루스벨트의 모습에 투영되기 시작했다. 마침내 밤낮으로 나를 괴롭히던 아저씨의 환영에서 해방될 수 있었다.

휠체어를 타고 대통령이 될 수도 있고 온갖 멸시와 동정의 대상이 되는 불쌍한 잡상인이 될 수도 있다. 대통령을 택하느냐 잡상인을 택하느냐는 전적으로 나의 몫이다. 나 자신이 무슨 길을 택하느냐에 따라 대통령이 될 수도 잡상인이 될 수도 있다. 나는 루스벨트 대통령을 모델로 내 삶의 도화지에 미래를 그려넣기로 했다.

초등학교에 입학하며

입원 생활을 오래 한 탓에 나는 또래 애들보다 삼 년 늦게 초등
학교에 입학했다. 입학은 순탄하지 못했다. 사람들은 내가 몸이
불편하니 일반 학교가 아닌 특수 학교에 진학시켜야 한다고 말했
다. 일반 학교에 보내면 제대로 공부할 수 없고 또 받아주지도 않
을 거라고 했다.

하지만 어머니는 주위의 반대에도 불구하고 나를 특수 학교가
아닌 일반 학교에 진학시키려 하였다. 어머니가 일반 학교에 입
학 원서를 냈을 때 사람들은 이러쿵저러쿵 말이 많았다.

"집의 아를 대덕초등학교 보낸다며? 우째 공부시킬라꼬 거기
보내노?"

"화장실은 우짜고 교실에는 또 우째 들어가노?"

"학교에서 받아준다 카드나?"

내가 일반 초등학교에 입학한다는 말을 들은 주위 사람들의 한
결같은 반응이었다.

물론 내가 특수 학교가 아닌 일반 학교에 다니는 것은 나 자신은 말할 것도 없고 어머니와 가족 모두를 힘들게 하는 일이었다. 어머니는 등교 때마다 나를 학교에 데려다주어야 하고, 나는 계단이 많은 교실을 힘들게 오르락내리락해야 하며, 장애인 화장실이 따로 없기 때문에 소대변을 고통스럽게 참아야 했다.

어려움을 감수하면서도 어머니가 굳이 나를 특수 학교가 아닌 일반 학교에 입학시킨 것은 내가 특수 학교에 입학해 장애인들만 보고 장애인 교육만 받으면 진짜 장애인이 될 수밖에 없다고 판단하였기 때문이다. 어머니는 이론적인 뒷받침은 없었지만 통합 교육의 중요성을 일찍 인식했던 것이다.

일반 학교 입학은 주위 사람들의 곱지 않은 시선에만 그치지 않았다. 학교 당국의 입학 거부라는 실제적인 문제와 부딪쳐야 했다.

집에서 제일 가까운 대덕초등학교에 입학 원서를 냈는데, 결과는 입학 불허였다. 휠체어를 탄 내 모습을 보고 저능아로 판단해 입학을 허가하지 않은 것이다. 어머니는 당신의 아들이 다리가 불편해 휠체어를 탈 뿐이지 저능아는 아니라고 호소했지만, 학교 당국은 입학을 허가할 수 없다는 말만 되풀이했다. 입학 여부를 두고 학교와의 힘겨운 줄다리기가 시작되었다. 결국 공부해보고 다른 애들보다 성적이 월등히 떨어지면 특수 학교로 전학간다는 전제 조건을 달고서야 나는 겨우 입학 허가를 받을 수 있었다. 남들은 원서만 접수하면 갈 수 있는 학교를 나는 갖가지 차별과 주위의 따가운 시선을 받으며 입학해야 했다.

학교에서 나는 그야말로 움직이는 텔레비전 그 자체였다. 사람들의 시선이 모두 내게 향해 있었다. 내가 무슨 행동을 해도 다른 아이들의 관심거리가 되었다.

나는 특수 학교가 아닌 일반 학교에 다니면서 사람들의 시선에 대해서 무관심해지는 법을 배웠다. 타인의 시선에 대한 무관심은 나아가 나를 이상하게 쳐다보는 무수한 시선들 앞에서 당당해지는 자신감으로까지 발전했다. 볼 테면 봐라. 그 시선이 날 뚫고 들어오냐?

목숨 걸고 학교 다니기

내가 죽을 각오로 공부했다고 하면 친구들은 웃을 것이다. 나는 항상 공부 이외의 것에 관심이 더 많았기 때문이다. 하지만 난 목숨 걸고 공부했다. 공부에 목숨을 걸었다기보다는 학교 다니는 것에 목숨을 걸었다.

일반 학교에는 나 같은 휠체어 장애인을 위한 편의 시설이 전혀 없다. 장애인 화장실도 따로 없고 경사로도 설치되어 있지 않다. 1층이 아닌 위층의 교실에 배정을 받게 되면 혼자서는 도저히 교실에 들어갈 수 없다. 친구들의 도움을 받아야만 한다. 휠체어를 끌고 계단을 힘겹게 오르는 친구가 실수로 발을 헛디디는 경우도 있다. 그러면 내가 탄 휠체어는 영락없이 계단 밑으로 곤두박질치게 된다. 자칫 재수라도 없으면 크게 다친다. 계단이라면 그나마 낫다. 목숨을 건 학교 다니기는 계단에서 굴러떨어지는 것에 그치지 않았다.

초등학교 2학년 때의 일이다.

　언덕을 깎아 지었기 때문에 학교는 상당히 높은 지대에 있었다. 아마 대구에서 가장 높은 곳에 위치한 초등학교일 것이다. 교문을 나서면 바로 내리막이 시작된다. 그 길이가 족히 1킬로미터는 되었다.

　어느 날 하교길이었다. 교문을 나와 내리막길에 접어들었다. 그런데 내내 멀쩡하던 브레이크가 갑자기 말을 듣지 않았다. 브레이크 와이어가 끊어진 것이다. '어' 하는 순간도 잠시 휠체어는 어느새 쏜살같이 내리막길을 달렸다. 뒤에서 지켜보고 있던 선생님이 휠체어를 붙잡으려고 급히 달려왔지만 역부족이었다.

　휠체어는 아무런 제약도 받지 않고 내리막길을 빠르게 미끄러져 내려갔다. 점점 가속이 붙어 옆에서 달리는 자동차를 추월할 만큼 속도가 빨라졌다. 쏜살같이 달리는 휠체어를 보고 사람들은 비명을 내질렀다. 선생님과 친구들도 연신 내 이름을 부르며 쫓아왔다. 브레이크 장치가 고장난 휠체어를 세울 방법이 없었다.

　이내로 큰길에 접어든다면 자동차와 충돌해 큰 사고가 날 것은 불을 보듯 뻔한 일이었다. 나는 휠체어 위에서 어찌할 바를 몰랐다. 손으로 바퀴를 잡아 휠체어를 세울 수도 없고, 방향을 틀자니 달리는 관성으로 휠체어가 전복될 것이기 때문에 이러지도 저러지도 못하는 상황이었다.

　사람들은 달려오는 휠체어를 피하기 위해 겁에 질려 몸을 벽 쪽으로 붙였고, 옆을 지나가던 차들은 영문도 모른 채 내달리는 휠체어를 향해 경적을 울렸다. 너무 겁이 났다. 죽을지도 모른다는 공포가 엄습해왔다. 드디어 큰길과 만나는 교차로가 시야에 들어왔다. 빠른 속도로 지나가는 자동차들이 보였다. 정신이 아찔했다.

그 짧은 순간에 별의별 생각이 다 들었다. 어머니와 형의 얼굴이 빠르게 스쳐 지나갔다.

마침내 달리는 자동차와 충돌하기 일보 직전, 나는 앞을 가로질러 달리는 버스를 피하기 위해 오른쪽으로 급히 방향을 틀었다. 휠체어는 관성을 이기지 못해 옆으로 나뒹굴었고, 내 몸은 허공으로 솟구쳤다. 잠시 후 나는 도로 위에 그대로 내동댕이쳐져 데굴데굴 굴렀다. 온몸은 다 까지고, 휠체어에서 퉁겨져 나오면서 휠체어에 머리를 부딪쳐 피가 났다.

뒤따라온 선생님과 친구들 얼굴이 눈에 들어왔다. 사람들이 황급히 내 주위로 몰려들었다. 사람들은 웅성거렸고, 길에 쓰러진 나를 선생님이 끌어안았다.

"대운아! 괜찮나?"

선생님의 걱정스런 말을 듣고 그만 난 정신을 잃고 말았다.

시간이 얼마나 지났을까. 눈을 떴을 때는 병원이었다. 휠체어에 부딪친 머리가 심하게 욱신거렸다. 다행히 두피가 조금 찢어졌을 뿐 별탈은 없다고 했다. 천만다행으로 가벼운 상처였기에 입원까지는 하지 않아도 괜찮았다.

학교 다니면서 경험한 첫번째 목숨 건 사건이었다.

꿈을 실어 날린 종이 비행기

하늘은 파랗다 못해 투명한 빛을 내뿜고 있었다. 눈이 부셔 제대로 쳐다볼 수 없을 정도로 푸르렀다. 따사로운 봄볕이 내리쬐는 마당 한 귀퉁이에서 나는 의자에, 아니 휠체어에 몸을 의지해 하늘을 올려다보고 있었다. 날씨가 흐려 하늘이 잿빛을 낼 때는 내 눈에 힘이 없어졌다. 그러다 날씨가 개어 하늘이 파랗게 빛날 때면 내 눈은 다시 반짝반짝 빛났다.

구름 한 점 없이 파란 하늘에, 그림을 그리듯 흰 선을 그으며 무언가가 지나갔다. 너무 높아 한 개의 점으로밖에 보이지 않는 조그만 물체가 지나가며 하늘에 하얀 줄을 그려놓았다. 조금 있으니 흰 선은 점점 더 커졌다. 그러다 금세 사라졌다. 나는 하늘을 올려다보는 것도 좋아했지만 파란 하늘을 가로질러 흰구름을 만드는 물체를 더 좋아했다.

그 물체는 비행기라고 하였다.

"비행기에는 사람이 탈 수 있어?"

　"물론 탈 수 있지."

　"이 다음에 크면 꼭 비행기 타는 사람이 되어야지…… 엄마, 난 크면 푸른 하늘에 멋신 그림을 그리는 비행기 소종사가 될 거야."

　내 말에 어머니의 안색이 이내 어두워졌다. 내 몸으로는 비행기를 조종할 수 없다는 것을 어머니는 차마 말하지 못했다. 내가 좀 더 커서 비행기 조종사가 될 수 없다는 것을 알게 되면 크게 상처 입을 것을 알기 때문에 어머니는 마음이 더 아팠다. 아들의 불가능한 꿈을 들으며 마음 아파해야 하는 어머니의 심정을 그때 나는 몰랐다.

　"내가 비행기 조종사가 되면 엄마를 태워 저 비행기보다 훨씬 더 높이 날 거야."

　"그래 꼭 태워줘야 해."

　"물론이지. 난 꼭 비행기 조종사가 될 거야."

　훗날 나는 비행기 조종사를 파일럿이라고 부른다는 것을 알게 되었다. 그리고 파일럿이 되기 위해서는 공군사관학교에 들어가야 한다는 것도 알았다. 공군사관학교는 신체 검사가 까다로워 몸에 조그만 상처만 있어도 들어갈 수 없다는 것을 나는 또 알았다. 두 다리가 없는 나로서는 공군사관학교에 진학하는 것이 불가능하다는 것도…… 누가 가르쳐주지 않았는데도 나는 파일럿이 될 수 없다는 것을 알아버렸다.

　그후 나는 더이상 하늘을 보지 않았다. 아니 보지 못했다. 하늘을 바라보는 대신 귀를 막고 땅을 처다봤다. 하늘에다 시선을 두는 대신 땅에다 시선을 묻어버렸다. 나는 꿈을 빼앗겨버리고 오랫동안 슬퍼했다. 어린 소년의 가슴으로 꿈을 빼앗긴 현실을 버티어내기란 여간 힘겨운 것이 아니었다. 하늘에 꿈을 새기는 대신 땅에다 내 꿈을 묻어버렸다. 그리고 한동안 꿈을 새기던 하늘 대신에 꿈을 묻어버린 땅만 쳐다봤다.

꿈을 잃은 나는 활기를 잃었다. 몸은 불편했지만 그 누구보다 더 활달하고 밝았던 얼굴에 웃음 대신 그늘이 드리워지기 시작했다. 친구들과 잘 어울려 놀지도 않고, 그렇게 좋아하던 야구도 하지 않았다.

몇 달 동안 꿈을 빼앗긴 현실을 비관하며 우울하게 살았다.

그러던 어느 날 꿈을 잃어버린 나에게 꿈을 되찾을 수 있는 기회가 찾아왔다. 모형 비행기를 직접 만들어 하늘에 날리는 대회가 개최된다는 소식이었다. 나는 비행기를 조종할 수 있는 꿈은 잃어버렸지만 비행기를 직접 만들어 하늘을 향해 날릴 수 있다면 꿈을 다시 찾을 수 있을 거라는 기대를 가지게 되었다.

대회 공고가 난 다음날부터 나는 곧바로 준비에 들어갔다. 꼼꼼히 그리고 정성스럽게 모형 항공기를 만들었다. 아주 예쁜 모형 항공기가 만들어졌다. 그리고는 날마다 띄우는 연습을 반복했다.

드디어 대회가 열렸다.

앞서 비행기를 날리던 아이들의 비행기는 얼마 날지 못하고 모두 운동장으로 고꾸라졌다. 내 차례가 다가왔다. 약간 긴장은 되었지만 그 동안 열심히 연습했기 때문에 자신이 있었다. 프로펠러를 힘차게 돌려 이륙 준비를 하고 하늘을 향해 비행기를 던졌다. 비행기는 공중에서 한 번 주춤했다. 순간 가슴이 덜컹 내려앉았다. 그러나 이내 비행기는 하늘을 향해 다시 힘차게 이륙했다. 창공을 가르며 비행기는 힘차게 힘차게 위로 올라갔다.

“우와! 저것 봐라, 진짜로 잘 난다.”

여기저기서 탄성이 터져나왔다. 함께 대회에 참가한 친구들이 모두 나를 부러워했다. 내가 날려 올린 비행기는 힘차게 창공을 비행한 후 무사히 착륙했다.

“52초.”

심사를 맡은 선생님이 큰 소리로 외쳤다.

나는 우승했다.

꿈을 잃고 한동안 좌절했던 나는 예전처럼 다시 밝아졌다. 비록 비행기를 직접 조종하면서 하늘에 그림을 그리는 꿈은 잃어버렸지만 비행기를 만들어 하늘로 날려보낼 수 있다는 새로운 꿈을 찾게 된 것이다.

나에게 모형 비행기 대회는 다른 친구들보다 그 의미가 절실했다. 그래서 어느 누구보다도 더 열심히 비행기를 만들고 날리는 연습을 했던 것이다. 땅에 묻었던 내 꿈을 다시 되찾기 위해서 나는 열심히 비행기를 만들었다. 그리고 하늘을 나는 종이 비행기를 보면서 내가 하늘을 나는 것이라 생각했다. 종이 비행기는 내 꿈을 실은 희망의 비행기였다.

첫사랑

대회 이후에도 계속 비행기를 날리고 싶어 하루는 동네의 공원 광장을 찾아갔다. 하늘을 나는 모형 비행기는 무척 아름다웠다. 힘차게 날렸다가 착륙하면 휠체어를 타고 달려가 주워서 다시 날렸다. 비행기는 나의 전부나 다름없었다.

한번은 창공을 가로질러 날던 비행기가 그만 나뭇가지에 걸려버렸다. 나무 둥치를 세게 흔들어보았지만 비행기는 미동도 하지 않았다. 어쩔 도리 없이 나는 비행기를 안타까운 눈으로 쳐다볼 뿐이었다. 일어나 손만 뻗으면 닿을 듯한 높이인데, 휠체어를 타고 있기 때문에 비행기를 내릴 수 없었다. 그렇게 한참을 나는 나뭇가지에 걸려 있는 비행기를 애가 타서 쳐다만 보고 있었다. 주위에는 도움을 청할 만한 사람이 아무도 없었다. 나는 점점 더 애가 탔다. 뚫어지게 쳐다보지만 비행기는 꿈쩍도 하지 않았다. 나는 그냥 가버릴까 마음먹어보았지만 몇 날 며칠을 공들여 만든 비행기를 포기하기란 마음만큼 쉽지 않았다.

그렇게 애만 태우고 있는데, 누군가가 성큼성큼 다가오더니 나뭇가지에 걸려 있는 비행기를 내렸다. 그리고는 내게 가져다주었다. 키가 무척 큰 여자였다.

"네 비행기 맞지?"

나는 고맙다는 말도 못 하고 고개만 끄덕였다.

"저기 멀리서 지켜보다가 너무 안타까워 이렇게 달려왔다. 난 윤숙이라고 해. 이름이 뭐니?"

"대운이요, 박대운."

"이름이 참 예쁘구나. 이 공원에 자주 오니?"

"아뇨, 오늘 처음이에요. 학교 운동장은 너무 좁아서 비행기가 자꾸 운동장 밖으로 날아가버리거든요. 그래서 여기 온 거예요."

"난 여기 자주 오는데 앞으로 서로 아는 척하자."

나무에서 비행기를 내려준 키 큰 누나는 안녕이라 말하고 친구들에게 다시 돌아갔다.

나도 비행기 날리는 연습을 끝내고 집으로 돌아왔다. 윤숙이 누나의 모습이 자꾸 눈에 밟혔다.

'이상하다. 오늘 처음 만난 사람인데 왜 자꾸 생각나는 걸까?'

내 마음속은 온통 낮에 만난 키 큰 누나로 가득했다. 나는 나뭇가지에 걸린 모형 비행기를 내려주던 누나의 하얀 손을 생각하며 잠이 들었다. 꿈에 누나가 나타나기를 기대하면서.

다음날 나는 학교를 파한 후에 다시 공원 광장으로 향했다. 비행기 날리는 연습을 하러 가는 것이었지만 내심 윤숙이 누나를 만나고 싶은 마음이 더 컸다.

'누나가 없으면 어떻게 하지! 아냐, 공원에 자주 온다고 했으니

까 꼭 만날 수 있을 거야.'

나는 공원으로 가면서 윤숙이 누나를 만나지 못하면 어쩌나 걱정하고 있었다. 어제 처음 본 사람이건만 내 마음은 온통 누나 생각으로 가득 차 있었다. 공원에 도착해 사방을 둘러보았지만 키 큰 누나는 보이지 않았다.

실망이 밀려왔다. 하늘을 나는 비행기도 눈에 들어오지 않았다.

비행기를 날리면서 내 모든 신경은 윤숙이 누나를 찾는 데 집중되어 있었다. 간절히 기다렸지만 누나는 결국 나타나지 않았다. 날리던 비행기를 휠체어에 싣고 떨어지지 않는 발걸음을 옮겨 집으로 향했다.

'내일은 나올까?'

'내일도 누나가 안 나오면 어떡하지?'

누나를 다시 만나지 못할까 봐 나는 초조했다.

'다시 만나면 무슨 말을 하지? 보고 싶었어요, 라고 할까? 아니면 누나를 만난 후부터 줄곧 누나 생각만 했어요, 라고? 아냐, 한 번밖에 안 만났는데 이런 말을 하면 이상하게 생각할 거야.'

나는 윤숙이 누나에게 이상한 감정을 느끼고 있었다. 그것은 지금까지 느껴보지 못한 감정이었다.

다음날 또다시 공원을 찾았다. 공원 광장 벤치에 누나가 앉아 있었다. 친구들과 얘기를 나누고 있었다.

내 가슴은 콩당콩당 뛰었다. 가서 먼저 말을 걸고 싶었지만 용기가 나지 않았다. 모르는 척하고 나는 비행기를 날렸다. 하지만 속으로는 누나가 다가와 말을 걸어주기를 간절히 바라고 있었다.

시간이 꽤 흘렀지만 키 큰 누나는 내게 다가오지 않았다.

'나를 못 본 걸까, 아니면 보고도 모른 척하는 것일까?'

나는 불안했다. 이대로 있으면 영영 누나를 만나지 못할 것 같았다. 용기를 내어 누나가 있는 곳으로 다가갔다. 누나 앞에서 쭈뼛쭈뼛하고 있을 때 누나가 나를 알아보고 말을 건넸다.

"어! 대운이구나, 잘 있었니?"

누나가 내 이름을 불러주는 것이 무척 기뻤다. 나를 잊지 않고 기억하고 있다는 것이 고맙기까지 했다.

윤숙이 누나는 오래 전부터 알고 지내던 동생처럼 나를 자기 친구들에게 소개했다. 나를 배려해주는 누나가 한없이 고마웠다.

공원에서 우연히 만난 사람 같지 않게 누나는 나를 친절하게 대해주었다. 휠체어도 밀어주고 가보지 못한 공원 이곳저곳을 구경시켜주기도 했다.

나는 내게 잘해주는 누나가 너무 좋아서 친누나처럼 따랐다. 누나도 나를 친동생처럼 여기고 잘해주었다.

나는 누나에게 무언가 감사의 선물을 해야겠다고 마음먹었다. 무엇이 좋을까 숙고하다가 종이학을 접기로 했다. 며칠을 온통 누나만을 생각하며 열심히 학을 접었다. 드디어 종이학 천 마리가 완성되었다. 학을 받고 기뻐할 누나의 모습이 눈에 선했다.

유리병에 넣어 예쁘게 포장해 누나에게 선물했다.

"이게 뭐니?"

누나는 포장을 조심스럽게 풀었다.

"이거 정말 네가 다 만들었니?"

천 마리의 학을 받고 윤숙이 누나는 기뻐 어쩔 줄 몰라했다. 나도 덩달아 행복에 겨웠다.

누나에게 학을 선물한 이후 누나와 나는 더욱 가까워졌다. 누나는 예전보다 더 친절하고 따뜻하게 대해주었다. 모형 비행기를 날리고 집에 돌아갈 때면 항상 집까지 배웅해주었고 비가 와서 내가 공원에 못 나가면 전화로 꼭 나의 안부를 물어왔다.

일 나간 어머니를 기다리며 늘 혼자 집에서 보내야 했던 나는 정에 목말라 있었고 그런 나의 갈증을 윤숙이 누나가 채워주고 있었다. 그렇게 몇 달을 윤숙이 누나를 만나면서 가족에게서 경험하지 못했던 또다른 정을 느끼며 행복한 나날을 보냈다.

그런데 얼마 후 윤숙이 누나는 이사를 가버리고 말았다. 집안에 안 좋은 일이 생겨 급히 이사를 가느라 내게 연락조차 못 하고 떠나버린 것이다. 나는 공원에서 더이상 누나를 만날 수 없었다. 누나를 만날 수 없는 공원에 나는 더이상 가지 않았다.

누나의 공백은 생각했던 것보다 훨씬 나를 힘들게 했다. 익숙한 나의 일부를 상실한 듯 허전함과 휑함이 온몸을 쓸고 지나갔다. 알 수 없는 상실감으로 한동안 우울증에 빠졌다.

기억 속에서 누나의 모습이 설핏 잊혀져갈 무렵 누나에게서 연락이 왔다. 아버지의 사업이 부도가 나서 한동안 어렵게 지냈는데 이제는 안정이 되었다고. 그렇게 누나에게서 몇 번 편지를 받다가 우리 집이 이사가면서 다시 소식이 끊기고 말았다. 나는 중학교에 입학했고 또다른 환경에 적응하느라 온 힘을 쏟았다. 누나에 대한 나의 기억은 점점 희미해졌다. 그녀에게서 느꼈던 나의 감정도 이제는 아련한 옛 추억으로 잔잔히 내려앉았다.

윤숙이 누나, 그녀는 나의 첫사랑이었다.

비 오는 등교길

"내일은 태평양에서 형성된 저기압의 영향으로 전국에 비가 오
겠습니다."

비 소식을 들으면 나도 모르게 미간이 찌푸려진다. 우산을 쓸
수 없기 때문에 내리는 비를 쫄딱 맞으며 학교에 가야 한다.

비옷을 걸치긴 하지만 비에 젖지 않을 순 없다. 비옷의 여기저
기 틈으로 빗물이 흘러들어 학교에 도착할 즈음이 되면 온몸은
비에 흠뻑 젖어버린다. 비가 오는 날이면 나는 어느 누구보다도
더 서글픈 마음을 안고 집을 나서 억지 등교길에 오른다.

그래서 나는 비 오는 날을 제일 싫어한다. 휠체어를 굴려야 하
기 때문에 나에게는 우산을 쓸 손이 남지 않는다. 비가 오는 날
학교 가는 것은 죽기보다 싫다. 머리가 젖고, 휠체어 시트 위에
고인 물이 서서히 엉덩이를 적신다. 머리 위를 타고 내린 빗물과
엉덩이를 적신 빗물이 허리에서 만나면 전신이 비에 흠뻑 젖어버
린다.

옷이 다 젖으면, 옷에 스며든 빗물이 이제는 피부 깊숙이 파고 든다. 학교에 도착하면 나는 소금물에 전 배추처럼 빗물에 절어 있다. 온몸이 비에 젖어 축 늘어지면 마음은 서글픔으로 몇 배 더 처져 볼을 타고 내리는 빗물에 눈물을 실어 보내게 된다.

비가 오면 옷이 젖는 것 외에도 또하나 힘든 것이 있다. 빗물에 손이 미끄러져 휠체어를 제대로 굴릴 수 없게 되는 것이다. 미끄 러지지 않기 위해 온 힘을 다해 휠체어 바퀴를 잡아 굴리지만 별 효과가 없다. 그래서 비 오는 날 휠체어를 타는 것은 맑은 날 휠 체어를 타는 것보다 수십 배 더 힘이 든다.

겨우겨우 등교를 해도 문제는 거기서 끝나지 않는다. 빗물이 뚝 뚝 떨어지는 채로 수업을 받을 수는 없기 때문에 젖은 옷의 물기 를 빼야 한다. 그래서 곧장 교실로 가지 못하고 화장실로 향해야 한다. 화장실 구석에서 젖은 옷의 물기를 짜내기 위해 팬티만 남 겨두고 옷을 모두 벗는다. 오돌오돌 한기를 느끼면서 비에 젖은 옷에서 한 방울의 물기라도 더 빼내기 위해 있는 힘을 다해 물을 짜낸다. 빗물이 대강 빠진 옷을 다시 입고는 뒤늦게 교실로 향해 늦은 수업 준비를 한다.

젖은 옷을 입고 있자니 찜찜하기가 이루 말할 수가 없다. 젖은 옷을 깔고 앉아 있는 엉덩이는 가렵고, 젖은 옷이 여기저기 달라 붙어 움직일 때마다 불쾌감이 이만저만이 아니다.

1교시가 끝나고 2교시가 끝나도 비에 젖은 옷은 잘 마르지 않고 계속해서 나를 괴롭힌다. 비 오는 날에는 공부는 뒷전이 된다. 정 신은 온통 젖은 옷에 가 있고 선생님의 말씀은 귀에 하나도 들어 오지 않는다. 체온에 의해서 옷이 다 말라갈 무렵 겨우 정신을 집중할 수 있게 되면 수업은 끝나고 집에 돌아갈 시간이 되어버린다. 비 오는 날 학교 생활은 그렇게 젖은 옷과 한판 씨름을 하는 것으로 끝나고 만다. 학교가 파할 때까지도 비가 계속 내리면 체온으로 겨우 말린 옷은 이내 또 젖고 하교길은 또 힘겹게 서글픈 고행의 길이 되고 만다.

날씨가 따뜻하면 그나마 다행인데, 이른봄이나 늦가을의 등교길은 더 고행이었다. 젖은 옷은 체온을 빼앗아 한기를 뼛속까지 느끼게 한다. 비 맞고 학교에 도착하면 옷이 마를 때까지 오돌오돌 떨면서 수업을 받아야 했다.

떨지 않기 위해서 어금니에 힘을 꽉 주고 힘껏 깨문다. 몇 시간 입에 힘을 주고 있으면 턱이 저려온다. 너무 힘을 많이 준 날은 점심 시간에 턱이 아파 도시락을 먹지 못할 때도 있었다.

비 오는 날은 너무 슬펐다. 대문을 나서면서 느끼는 서글픔, 비옷 속으로 스며드는 빗물, 빗물에 미끄러지기만 하는 휠체어 바퀴를 안간힘을 쓰며 굴리는 일, 젖은 옷을 입고 수업을 받는 일 등 모든 것이 나를 무척 우울하게 만들었다.

우산을 팽그르르 돌려 앞서가는 친구에게 빗물을 튀기며 장난을 치는 것도, 다정하게 한 우산을 쓰고 가는 모습도, 우산을 챙겨주기 위해 교문 앞에 서 있는 친구 어머니들도 모두가 부러운 풍경이었다. 비 오는 날 난 외톨이가 된다. 친구들이 우산을 받쳐 들고 가벼운 발걸음을 옮길 때 혼자 도살장에 끌려가는 소처럼 무거운 기분으로 힘겹게 휠체어 바퀴를 굴리며 온몸으로 빗줄기와 씨름을 했다. 우산을 들고 있는 친구들의 모습을 부러워하면서……

손에 신어본 양말

　교통 사고를 당하기 전 어머니는 항상 무릎까지 오는 긴 양말을 신겨주었다. 멜빵 반바지를 입히고 마지막에는 늘 하얀색 긴 양말을 내 두 발에 신겨주었다. 딸이 없어서인지 어머니는 막내인 나를 딸처럼 예쁘게 치장하는 것을 좋아했다. 어떤 때는 머리를 노란색 고무줄로 묶어 진짜 여자아이처럼 꾸며줄 때도 있었다.

　나도 어머니가 신겨주는 긴 양말을 무척 좋아했다. 멋있게 보이는 것도 좋았지만 종아리를 살며시 조여주는 느낌이 무척 좋았기 때문이다.

　멜빵 반바지를 입고 하얀색 긴 양말에다 하얀색 등산모를 쓰고 어머니 손을 잡고 외출하면 딸이냐고 묻는 사람이 많았다. 어머니는 나를 딸처럼 곱고 예쁘게 키우고 싶었던 모양이다.

　사고를 당한 후부터는 어머니는 더이상 멜빵 반바지도, 무릎까지 오는 하얀색 긴 양말도 내게 신겨주지 못했다. 나에게는 멜빵 반바지를 입을 다리도, 하얀색 긴 양말을 신을 발도 없었기 때문에.

교통 사고 후 예전의 내 모습에 대해서 부러워한 적이 별로 없었는데, 유독 무릎까지 오는 하얀색 긴 양말을 신은 모습만은 부럽게 느껴졌다. 초등학교에 입학할 무렵 소위 말하는 브랜드 신발들이 인기였다. '나이키' '프로스펙스' '타이거' 등. 친구들 사이에선 새로 산 브랜드 신발을 자랑하는 것이 유행이었다. 형형색색의 멋있는 신발을 신은 친구들이 부럽기도 했지만, 정말 내가 부러워한 것은 신발에 반쯤 가려진 하얀색 양말이었다. 기죽기 싫어서 너희보다 몇 배 더 비싼 바퀴 달린 신발을 신고 다닌다고, 나는 고무로 만든 양말(휠체어 타이어)을 신고 다닌다고 뻐졌지만, 양말을 신을 수 없다는 절망감을 떨쳐버릴 수는 없었다.

어머니도 그런 내 마음을 알았는지 가급적 내 눈에 양말이 보이는 일이 없도록 하였다. 빨래를 할 때도, 말릴 때도, 마른 옷을 챙겨넣을 때도 양말이 내 눈에 띄는 일은 좀체 없었다. 누가 말한 것도 아닌데, 우리 집에서는 아침에 양말이 어디 있느냐고 묻는 사람이 없다. 아무 말 없이 조심스레 자기 양말을 찾아서 신을 뿐이다.

초등학교 3학년 때쯤의 일이다.

학교에서 돌아와보니 방 안에 새 운동복 한 벌이 가지런히 놓여 있었다. 형의 것이었다. 대구시 육상 대표선수였던 형은 계절이 바뀔 때마다 학교나 시에서 운동복을 새로 지급받았다. 평소 같으면 새 신발이나 양말 같은 것은 내가 보지 못하는 곳에 두었을 텐데, 그날은 부주의하게도 방바닥에 그대로 놓아두었던 것이다.

가지런히 놓인 운동복 위에 파란색 신발과 함께 하얀색 양말이 눈에 띄었다. 하얀색 바탕에 빨간색과 파란색 줄무늬가 있는 양말이었다. 순간, 다른 것은 눈에 들어오지 않고 그 하얀색 양말만이 내 눈에 들어왔다. 형의 운동복 위에 놓여 있는 양말이 세상의 그 어떤 것보다도 멋져 보였다. 나는 양말 곁으로 천천히 다가갔다. 직접 만져보고 싶었다. 그러나 막상 양말 앞에 이르니 알 수 없는 전율이 밀려오기 시작했다. 물끄러미 바라만 볼 뿐 쉽게 양말에 손을 가져갈 수가 없었다. 몇 번을 내밀어보려고 했지만 내 손은 꼼짝도 하지 않았다. 처음에는 손만 움직이지 않던 것이 점점 몸 전체가 돌덩이처럼 굳어 미동도 할 수 없게 되었다. 그렇게 형의 양말 앞에서 한참을 앉아 있었다. 가슴속에서는 양말을 집으라고 소리쳤지만 몸은 뜻대로 움직여주지 않았다. 그렇게 또 한참을 망부석처럼 보이지 않는 힘에 싸여 우두커니 있었다.

안간힘을 다해 코앞에 있는 형의 양말로 손을 가져갔다. 만지지 못할 것을 만지는 사람처럼 나의 손은 사시나무 떨듯이 떨리기 시작했다. 조심스럽게 조금씩 양말로 손을 가지고 가서는 움직이는 새라도 잡듯이 양말을 덥석 집었다. 막상 양말을 손에 집었지만 어떻게 해야 할지 몰랐다. 손에 쥔 양말을 들고 뚫어지게 쳐다봤다. 그러다가 양말을 볼에도 비벼보고, 입에도 대보고 또 냄새도 맡아봤다. 면 냄새와 석유 냄새가 섞인 싫지 않은 냄새였다.

양말을 손에 들고 아래를 내려다보았다. 바지로 가려진 짧은 다리만 보일 뿐 양말을 신을 발은 보이지 않았다. 무릎 위까지 잘려나간 짧은 다리에 양말을 신어보려고 안간힘을 썼지만 양말은 신겨지지 않았다.

갑자기 두 눈에서 하염없는 눈물이 쏟아지기 시작했다. 형의 양말을 양손에 들고 실성한 사람처럼 목놓아 울었다. 지금껏 살아오면서 그때처럼 내게 다리가 없다는 사실이 그토록 서글펐던 적은 없었을 것이다.

북받쳐오는 설움을 가라앉히고 양말을 발 대신에 손에 끼웠다. 장딴지를 감싸야 할 양말은 나의 팔뚝을 감쌌다. 나의 팔에 신겨진 형의 양말을 보면서 예전에 내 장딴지를 기분좋게 조여주던 하얀색 양말을 떠올렸다. 그때의 느낌을 다시는 느낄 수 없다는 것에 나는 절망했다.

양말을 손에 끼고 조심스럽게 신발도 신었다. 그러나 역시 양말과 신발은 손과는 잘 어울리지 않았다. 양말과 신발을 손에 신고 거울 속에 내 모습을 비추어보았다. 벼랑 끝으로 내몰리는 좌절감이 밀려듦과 동시에 웃음이 터져나왔다. 거울 속의 모습에 나는 울다가 웃다가를 반복했다.

그 일이 있고 난 후 무의식중에라도 양말이 눈에 들어오면 깜짝 놀라곤 했다. 길을 갈 때도 사람들의 양말이 내 눈에 들어오는 것을 피하기 위해 의식적으로 시선을 높은 곳에다 두었다. 그렇게 한동안 나는 양말 공포증에 시달리면서 살았다. 양말을 무서워한다면 사람들은 웃을지 모르겠지만 그때는 진짜 양말이 무서웠다.

다리 없는 4번 타자

사람들은 내가 야구를 한다고 하면 의아해한다. "다리도 없는 사람이 어떻게 야구를 해?"라며 좀체 믿으려 들지 않는다. 그러나 나는 야구를 좋아하고 즐겨 한다.

흔히들 생각하는 것과는 달리 내가 야구하는 방법은 그리 복잡하지 않다. 땅바닥에 주저앉은 자세로 타석에 들어서서는 마음껏 방망이를 휘두른다. 다리는 없지만 팔을 쓰는 데는 아무런 불편함이 없기 때문에 힘들지도 않다. 내 방망이에 맞은 공은 외야 깊숙이 떨어진다. 그러면 옆에 대기하고 있던 친구가 나 대신 재빨리 1루를 돌아 2루를 향해 내달린다. 나는 뛰어난 타자이다.

공수가 바뀐다. 그러면 나는 마운드를 향해 기어간다. 왼손을 하늘 높이 들고 오른손을 뒤로 젖힌 후 포수를 향해 힘껏 공을 던진다. 공은 힘찬 소리를 내며 포수 글러브 속으로 빨려들어간다. 타석에 서 있던 친구는 멍하니 뒤만 바라본다.

투수에 4번 타자, 야구 만화에 자주 등장하는 주인공의 모습이

다. 난 야구를 무척 좋아했다. 학교가 파하면 항상 방망이와 글러
브를 챙겨 들고 운동장으로 갔다. 그리고 해가 질 때까지 친구들
과 공을 던지고 방망이로 치며 배고픈 줄 모르고 놀았다. 몸이 불
편하지 않은 친구들과 야구를 하면서도 나는 실력으로는 그들에
게 조금도 뒤지지 않았다. 다른 동네 팀과 야구 시합이 있으면 친
구들이 항상 나를 찾을 정도였다. 그러니까 나는 자타가 인정하
는 '야구 소년'이었다.

　내가 야구를 시작한 것은 초등학교 4학년 때다. 동네 형들이 골
목에서 서로 공받기를 하면서 놀고 있었다. 그 놀이가 재미있어
보여 나는 호기심 어린 눈으로 지켜보았다. 그러다 그중 한 형에
게 나도 한번 하게 해달라고 부탁했다.

"니가 이거 할 수 있겠나?"

"아니, 그래도 해보고 싶다. 한 번만 하게 해주라."

근심 어린 눈으로 쳐다보는 형에게 떼를 썼다.

"야! 내는 모른대이. 다쳐도 책임 안 진대이."

그 형은 자기가 끼고 있던 포수 글러브를 내게 벗어주었다.

　난 휠체어에서 내려 땅바닥에 주저앉았다. 포수 글러브를 끼고
다른 형에게 공을 던져보라고 소리쳤다. 조금 떨렸지만 왠지 기
분은 좋았다. 첫번째 공이 포물선을 그리며 나에게 날아왔다. 공
이 내 앞에 오는 순간 나는 그만 눈을 감았다. 그래도 공은 정확
하게 글러브 안으로 빨려들어왔다. 의심스러운 표정으로 글러브
를 건네주었던 형이 놀란 눈으로 날 쳐다봤다.

"그놈 제법이대이."

　하나도 놓치지 않고 날아오는 공을 다 받아냈다. 지켜보고 있던

사람들이 모두 놀랐다.

다음날 나는 어머니에게 야구 글러브를 사달라고 말했다.

"니 야구할 줄 아나?"

난 고개를 끄덕였다.

어머니는 더이상 물어보지 않으셨다. 며칠 후, 어머니는 야구 글러브와 방망이, 공, 마스크, 심지어는 가슴 보호대까지 사오셨다.

야구한다고 매일 옷을 더럽혀도 어머니는 싫은 내색 한 번 하지 않으셨다. 오히려 엉덩이로 땅바닥을 기면 아프다고 엉덩이 보호대를 손수 만들어주면서 더 열심히 하라고 격려해주셨다. 어머니의 그런 전폭적인 지지가 없었다면, 다리 없는 야구 소년, 4번 타자는 꿈에도 생각하지 못했을 것이다.

반장 선거

남들 앞에서 튀기 좋아하는 내가 반장 선거에 입후보 한 번 못한다는 것이 난 늘 불만이었다.

초등학교 4학년 때까지는 체육 시간에 늘 교실을 지켰다. 그래서 내 체육 성적은 항상 '미'였다. 전 과목 성적에서 '우' 조차 두 개 이하로 받아야만 반장 선거에 입후보할 수 있는데 체육에서 항상 '미'를 받은 나는 자격이 주어지지 않았다.

다른 애들보다 내가 공부를 더 잘하는데도 반장 선거에 나갈 수 없다는 것이 화가 났다. 더이상 이래선 안 되겠다 싶어 체육 시간에 운동장으로 뛰쳐(?)나갔다.

휠체어를 놔두고 두 팔로 기어서 운동장에 나가니 분위기가 참 묘했다. 선생님은 어이가 없어 말문이 막혀버렸고 반 친구들도 어떻게 해야 할지를 몰라 어리둥절한 표정이었다. 난 그런 이상야릇한 분위기를 한편으로는 즐겼다. 평소에도 항상 사람들의 '특별한' 시선 속에서 살았던 터라 이제 그런 것은 내게 문제되지 않았다.

첫날은 기본 체력 훈련으로 운동장을 한 바퀴 돌았다. 반 아이들이 선생님의 구령에 맞춰 하나 둘 셋 넷을 외치며 뛸 때 나는 뒤에 처져 열심히 기었다. 다들 내가 얼마만큼 버틸 수 있을까 지켜보고 있는 눈치였다.

두번째 체육 시간이 돌아왔다. 선생님과 반 아이들은 내가 다시 운동장에 나올 것인지 아니면 그냥 교실에 있을 것인지를 흥미에 찬 눈빛으로 살피는 것 같았다. 나는 아랑곳하지 않고 다른 아이들과 똑같이 체육복으로 갈아입고 운동장으로 기어서 나갔다.

그날은 축구공으로 드리블 연습을 했다. 다른 애들은 발로 공을 차며 자유자재로 드리블을 했지만, 나는 손으로 기면서 짧은 다리로 공을 몰았다. 운동장 반대편 끝까지 힘겹게 기어갔지만 내 모습은 누구 못지않게 당당했다. 내가 잘할 수 있을까 의심하던 시선들이 내심 놀라고 있는 것을 나는 느꼈다.

처음 체육 시간에 나설 때는 나 또한 막막했다. "이렇게 하라" "저렇게 하라"고 누구 하나 나에게 운동하는 법을 가르쳐주는 이 없었다. 아니 그들 모두가 가르쳐줄 수가 없었다. 두 다리가 없는 장애인이 운동장에서 어떤 식으로 체육 활동을 해야 하는지 그들이 어떻게 알 수 있겠는가. 모든 것을 나 혼자 연구하고 결정해야 했다. 차가운 눈빛으로 나를 바라보는 시선을 견디는 것도 힘든 일이었는데, 거기다가 운동하는 방법도 스스로 연구해야 했으니 체육 시간에 참여한다는 것이 나에게는 너무나 큰 고난으로 다가왔다.

선생님과 친구들이 내가 체육을 할 수 있을까 없을까 의심하는 상황 속에서 나는 약한 모습을 보이면 내가 지고 만다는 생각에 이를 악물었다. 아무렇지도 않은 듯 그들 앞에 당당히 서서 힘든 내색을 하지 않았다. 힘들다고 포기해버리면 모두들 "그러면 그렇지, 다리 없는 놈이 어떻게 운동을 해" 하면서 내 뒤에서 흉볼 거라는 것은 불을 보듯 뻔한 일이기 때문에 그런 말 듣기가 죽기보다 싫었던 나는 죽기살기로 체육 시간에 참여했다.

끝까지 포기하지 않고 매시간 운동장에 나간 지 한 달 남짓 지나자 그들의 태도가 달라졌다. 의심의 눈빛이 없어졌다. 또 신기한 짐승을 대하는 듯하던 조소의 눈빛도 사라졌다. 그들은 더이상 내가 체육 시간에 참여하는 것에 의구심을 품지 않고 당연하게 받아들이기 시작했다.

어린 나이였지만 나는 분명히 느꼈다. 사람들은 자기와 다른 사람을 처음 봤을 때는 낯설게 느껴 경계하지만 낯선 것이 익숙해지면 경계를 푼다는 것을…… 그후로 난 누군가 나를 빤히 쳐다보면 속으로 주문을 걸듯 '나 같은 사람을 처음 보는구나, 그래 실컷 봐라, 그래서 다음에는 이상하게 생각하지 마라' 라고 혼잣말을 하곤 한다.

사람들이 내 모습에 익숙해짐과 마찬가지로 나 역시 점차 체육 활동에 적응해갔다. 그러다 운동을 즐기게까지 되었다. 처음에는 단순히 반장 선거에 한번 나가볼 욕심으로 시작했지만 어느새 운동 그 자체가 재미있고 좋아진 것이다. 그건 내게 색다른 모험의 시작이었다. 훗날 미지의 세계에 대한 도전에 겁없이 뛰어들 수 있었던 것도 그때의 경험 덕분이 아닌가 싶다.

열심히 참여한 끝에 마침내 체육 성적이 '미'에서 '우'로 바뀌었다. 체육에 '미' 아닌 '우'가 씌어 있는 성적표를 처음 받았을 때 나는 세상이 전부 내 것만 같은 느낌이었다.

다음 학기에 나는 당당히 반장 선거에 입후보했다. 그런데 이것이 웬일인가. 내가 죽을 고생을 해가며 겨우 입후보 자격을 따냈는데도 담임 선생님이 반대하고 나선 것이다. 그 반대 이유라는 것이 또 기가 막혔다. 나 같은 장애인이 반장이 되어 학생들 앞에 나서게 되면 보기에도 흉할뿐더러 교육상으로도 좋지 않다는 것이었다. 서운하기 그지없었다. 어떻게 얻은 출마 자격인가 말이다. 이해 못 할 바는 아니지만 그렇다고 이제 와서 포기할 수도 없는 노릇이었다. 나는 선생님의 반대를 무릅쓰고 반장 선거에 입후보했다.

"박대운, 박대운, 박대운."

내 이름을 부르는 소리가 계속해서 들렸다.

"반장에 박대운 친구가 당선되었습니다."

개표를 하는 친구의 발표를 듣고 왈칵 눈물이 쏟아져나왔다. 그 순간 입학을 거부당했던 일, 다리 병신이라고 친구들에게 놀림받던 일, 항상 나를 짐승 보듯 하던 따가운 시선들, 일반 초등학교에 입학해 장애인이기 때문에 겪어야 했던 시련들이 하나하나 떠올랐다.

학업 능력을 의심받아 입학조차 거부당했던 장애인 학생이 일반 학교에 들어와 다른 학생들을 제치고 당당히 반장이 되었다. 반장 선거에 당선된 것은 내게 반장 이상의 의미였다. 나를 구속하고 억압하는 세상과 맞붙어 싸워 이긴 승리의 상징 같은 것이었다.

도둑맞은 다리

"야야! 니 와 그라고 가노? 집이 어디고? 아저씨가 너그 집까지
태워줄게."

기어서 길을 가고 있는 나를 자전거를 탄 아저씨가 친절하게 집
까지 태워다주었다.

그러나 그날 난 형한테 죽도록 맞았다. 다리를 떼어놓고 다니는
정신나간 놈이 어디 있느냐며 휠체어를 잃어버리고 집에 돌아온
나를 형은 모질게 나무랐다. 그날 난 형한테 맞아 죽는 줄 알았
다. 평소에도 조그만 잘못 하나에도 형은 하나밖에 없는 동생을
심하게 때렸는데, 그날은 여느 때보다 훨씬 더했다. 맷집이 센 편
이라 보통은 형의 매를 견딜 수 있었는데, 그날은 버티기가 힘들
었다. 매질을 당하다 너무 아파 옆집 가게로 도망칠 정도였으니.

초등학교 4학년 때의 일로 기억된다. 친구들과 같이 집 근처에
있는 두류공원에 갔다. 성당못이라는 제법 큰 연못과 그 옆의 도
살장을 허물고 새로이 만든 공원이었다. 친구들 사이에서는, 새

로운 모습으로 변신한 두류공원을 찾는 게 유행이다시피 했다. 공원 한켠에는 우리나라 지도 모양으로 파놓은 연못이 있었다. 그 연못을 한 바퀴 돌면 전국 일주를 한 듯 신이 났다.

그날도 우리나라 지도 모양의 연못을 몇 바퀴 돌면서 즐겁게 놀았다. 그러다 전국 일주 놀이에 싫증을 느낀 한 녀석이, 저기 언덕 너머 야구장에서 시합이 있으니 구경 가자고 불쑥 말을 꺼냈다. 야구 소년인 나는 솔깃했다. 그래서 주동이 되어 친구들을 데리고 야구장으로 향했다. 가기 싫다는 녀석들은 윽박지르고 협박을 해서, 그리고 망설이는 녀석들은 야구장 가면 휠체어 한 번 태워주겠다고 꼬드겨서 한 명도 빠짐없이 몽땅 데리고 언덕을 넘었다.

언덕을 몇 개 넘자마자 야구장이 한눈에 들어왔다. 사람들의 함성 소리, 야구 글러브에 공이 빨려들어가는 소리, 방망이에 공 맞는 경쾌한 소리가 한꺼번에 들려왔다. 나는 흥분하기 시작했다. 경기를 가까이에서 보고 싶어 마음이 급해졌다. 어떡하든 야구장 안으로 들어가야 했다.

그러나 입구는 이미 문이 잠겨 있었고, 담이 낮은 쪽은 사람들이 벌써 자리를 잡고 있어 내가 비집고 들어갈 틈이 보이지 않았다. 사람들 사이를 이리저리 비집고 경기를 보려고 안간힘을 썼지만, 서서 구경하는 사람들 속에서 휠체어를 타고 구경을 하는 것은 애초에 무리였다. 사람들의 함성 소리에 마음은 다급해지고 구경할 만한 곳은 보이지 않았다. 난감했다.

야구장 주위를 다람쥐 쳇바퀴 돌듯이 몇 바퀴 돌았다. 사람들의 함성 소리는 더욱 커져만 가고 야구를 보고 싶은 마음은 절정에

달했다. 소리만 듣고 있으려니 약이 올라 미칠 것 같았다. 빈틈을 찾기 위해 혈안이 되어 야구장 주위를 샅샅이 훑은 끝에 드디어 전망 좋은 빈자리를 하나 발견했다. 정문 옆에 높이 설치된 스탠드 쪽이었는데, 사람들이 몰려 있지도 않고 막혀 있지도 않았다. 그런데 한 가지 문제가 있었다. 스탠드가 설치된 쪽이 너무 가팔라서 휠체어를 타고는 갈 수가 없었다. 휠체어를 타고 올라가려고 안간힘을 썼지만 역부족이었다.

경기를 보고 싶은 마음에 휠체어를 구석진 곳에 세워두고 스탠드까지 기어올라갔다. 몇 번 미끄러지고 넘어지고 한 끝에 겨우 경기를 내려다볼 수 있는 위치에 도착했다. 멋진 유니폼, 텔레비전에서만 보던 하얀 베이스, 알루미늄 배트, 반짝반짝 빛나는 헬멧, 모든 것이 마음을 사로잡았다. 멋진 장면이 눈앞에 펼쳐지는 순간 와! 하는 감탄사가 절로 나왔다. 멋지게 유니폼을 차려입고 잘 정돈된 야구장에서의 폼나는 경기는 나를 한눈에 홀딱 반하게 만들었다. 어떤 팀들의 경기인가에는 상관없이 단지 야구 경기를 본다는 그 자체만으로도 나의 모든 관심을 빼앗기에 충분했다. 야구 경기에 너무 몰두한 나머지 같이 간 친구들은 나 몰라라 팽개치고 나 혼자 딴 세상에서 꿈을 꾸듯 황홀지경에 빠져 있었다.

경기는 끝났지만 쉽게 야구장을 떠날 수 없었다. 시합을 마친 선수들이 서로 인사를 하고 더그아웃에서 장비를 챙겨 야구장을 다 빠져나가는 그때까지 나는 야구장을 응시했다. 선수들이 하나둘씩 빠져나가고 마침내 야구장이 텅 빈 후에야 비로소 나도 야구장을 떠날 수 있었다. 언덕에 마련된 스탠드에서 다시 휠체어가 있는 곳으로 내려왔다. 올라갈 때는 야구를 본다는 일념 때문에 정신이 없어 미처 몰랐는데, 내려올 때 보니 길이 매우 가팔랐다. 내려오다 손을 잘못 짚어 그만 언덕에서 굴렀다. 다행히 미끄러지면서 구른 탓에 심하게 다치지는 않았다. 힘겹게 언덕을 내려와서 휠체어를 세워둔 곳으로 향했다.

그런데 흙투성이의 몸을 이끌고 도착해보니 휠체어가 보이지 않았다. 놓아둔 곳을 내가 착각했나 싶어 다른 곳을 찾아보았다. 하지만 주위를 아무리 둘러봐도 내 휠체어는 온데간데없었다. 순간 눈앞이 캄캄했다. 가슴이 내려앉고 정신이 아찔했다.

나도 모르게 눈물이 났다. 휠체어가 없으면 집에도 갈 수 없고 아무 데도 갈 수가 없는데, 다리와 같은 휠체어가 보이지 않으니 너무 난감했다. 물에 빠진 사람이 지푸라기라도 잡듯이 다급한 마음으로 주변 사람들에게 휠체어의 행방을 물었다. 휠체어를 봤다고 말하는 사람은 없었다. 더욱 초조하고 불안했다. 조금 있으면 곧 날이 어두워질 텐데…… 야구장 주위를 몇 번을 돌면서 다시 찾아보았지만 휠체어는 끝내 보이지 않았다. 나는 주저앉아 실성한 사람처럼 엉엉 소리내어 울었다.

울다 지쳐 넋을 놓고 앉아 있는데 어떤 할머니가 아까 고물상이 내 휠체어를 싣고 가는 것을 봤다고 말해주었다. 한 가닥 희망이 생겨 친구들을 다 동원해 공원 주위를 샅샅이 뒤지게 했다. 하지만 휠체어를 훔쳐간 고물상 아저씨를 찾을 수는 없었다. 철로 만들어진 휠체어를 고물로 판다면 제법 많은 돈을 받을 수 있다 싶어 고물상 아저씨가 휠체어를 훔쳐간 것이 틀림없었다. 휠체어 도둑은 멀리 달아난 지 이미 오래일 것이다. 눈에 불을 켜고 다시 한번 찾았지만 도망간 휠체어 도둑이 우리 눈에 보일 리가 만무

했다.

날이 어두워져 휠체어 찾는 것을 포기해야 했다. 친구들도 빨리 집에 가봐야 한다며 성화를 부렸고, 나도 더이상 휠체어를 찾는 것은 불가능하다는 것을 깨달았다. 기분이 착잡했다. 집까지는 족히 다섯 정거장이 넘는데, 기어서 가려니 엄두가 나지 않았다. 무서웠다. 집까지 기어가는 것도 그랬지만 무엇보다 어머니와 형에게 혼날 것이 더 두려웠다.

떨어지지 않는 손걸음을 억지로 옮겨 집으로 향했다. 남들이 다 걸어가는 길을 혼자서 기어가니 지나던 사람들은 동물원에서 무슨 신기한 원숭이라도 보는 듯이 힐끔힐끔 쳐다봤다. 휠체어를 타고 다니면서도 사람들로부터 따가운 시선을 많이 받았지만, 기어가면서 받는 시선은 더 따가웠다. 다들 신기해하기만 하고 어느 누구도 내게 따뜻한 관심을 가져주지 않았다. 그때 자전거를 타고 바삐 나를 지나쳐 달리던 아저씨 한 분이 되돌아와 내 앞에 멈춰 섰다. 반대 방향인데도 아저씨는 기꺼이 나를 자전거 뒷자석에 태워 집까지 데려다주었다.

고마운 아저씨 덕분에 기어서 집까지 가는 수고는 덜었지만 형과 어머니의 혹독한 꾸중은 면할 수 없었다. 그날 형한테 죽도록 얻어터지고, 어머니께는 머리털 나고 처음으로 호되게 혼이 났다.

야구장에서 도둑맞은 다리 사건은 다행히 하루 저녁 호되게 꾸중듣는 것으로 끝나고, 나는 다음날부터 언제 그랬냐는 식으로 또다시 희희낙락했다. 그리고 덤으로 며칠 학교를 가지 않는 행운도 챙겼다.

　며칠 후 나는 새 휠체어를 만들어 탔다. 도둑맞은 휠체어는 바퀴를 손으로 굴려서 가는 휠체어였는데 새로 만든 휠체어는 뒷바퀴에 체인을 연결해 앞에서 손으로 페달을 저으며 가는, 조금 편해진 휠체어였다. 새 휠체어는 손으로 바퀴를 굴리는 것보다 속도 면에서 훨씬 빨랐다. 그래서 전에는 느끼지 못한 속도감을 즐기며 나는 새 휠체어 타는 재미에 폭 빠져 행복에 젖었다.

제 2 부

사랑한다는 것

휠체어 강태공

초등학교 시절 나의 대표적인 이미지가 야구 소년이었다면 중학교 때는 휠체어 강태공이었다.

주말이 되면 마음 맞는 친구들과 함께 낚시를 다녔다. 그 당시만 해도 대구 근교에는 낚시할 만한 곳이 꽤 많았다. 학교 근교는 물론 멀리는 파동까지, 낚싯대를 휠체어에 싣고 고래 같은 붕어를 잡겠다는 일념으로 낚시를 부지런히 다녔다. 하지만 번번이 잡히는 것은 멸치만한 붕어가 고작이었다. 난 은근히 자존심도 상하고 또 장난기도 발동했다.

학교 근처에는 공원이 하나 있었다. 그 공원 연못에는 고래만한 잉어가 득실거린다는 소문이 자자했다. 관상을 위해 풀어놓은 거라고들 했다. 나는 친구들을 꼬드겼다.

"야! 우리 언제까지 멸치만한 붕어만 잡을 끼고. 우리도 고래만한 물고기를 한번 잡아봐야 할 거 아이가?"

친구들은 눈을 반짝였다.

"니 그라믄 큰 고기 많이 잡히는 데 아나?"

"당연하지."

난 학교 위쪽에 있는 공원을 가리키며 말했다.

"저기 두류 연못에 가면 진짜 고래만한 잉어들이 득실거린다 아이가. 우리 거기 가서 낚시 놓자."

"니 미쳤나. 거기서 낚시 놓으면 경비 아저씨가 잡으러 온다. 그카다가 잡히면 우린 죽는다."

"개안타. 새벽에 아저씨들 잘 때 낚시 놓으면 된다 아이가."

이렇게 친구들을 꼬드겨 공원에서 낚시 놓을 계획을 짰다. 거사일(?)은 일요일 새벽 4시로 정해졌다. 나무에 가려 잘 보이지 않는 곳을 목표 지점으로 정하고 우리는 거사일을 기다렸다.

나는 매일 공원에 가서 잡을 물고기를 점찍어두었다.

"조금만 기다려라. 넌 내 거다."

공원 연못에서 가장 큰 놈을 향해 혼잣말을 하며 나는 흐뭇한 미소를 흘렸다.

머릿속은 온통 고래만한 물고기를 잡을 거라는 생각으로 가득했다. 수업 시간에 칠판이 연못으로 보이고 선생님이 써놓은 글씨는 물고기로밖에 보이지 않았다.

드디어 계획한 날이 다가왔다.

나, 현규, 상엽, 종호, 창남 이렇게 다섯 명이 약속한 공원 입구에서 만났다. 우리는 전장에 나가는 군인들처럼 비장한 표정을 지었다. 목표 지점에 도착해 준비해간 미끼를 낚싯바늘에 달고 낚시를 시작했다. 연못은 듣던 대로 물 반 고기 반이었다. 처음에는 무척 불안했다. 가슴이 콩닥콩닥 뛰고 조금만 이상한 소리가 들려도 도둑이 제 발 저리는 심정으로 불안에 휩싸였다. 하지만 불안도 잠시, 낚싯대를 던질 때마다 걸려오는 팔뚝만한 물고기를 보면서 우리는 좋아서 어쩔 줄을 몰라했다. 고기 잡는 기쁨에 애초의 경계심은 점차 사라졌다. 한 시간쯤이나 지났을까? 공원 경비 아저씨가 우리에게 다가오는 줄도 모르고 고기 잡는 데만 정신을 팔고 있었다.

"너그들 여기서 머 하는 기고, 이놈들이 죽을라꼬 환장했나! 여기가 어디라꼬 낚시질을 하고 난리고……."

순간 애들은 일제히 줄행랑을 쳤다. 문제는 나였다. 내가 아무리 날렵하기로서니 경비 아저씨의 빠른 걸음을 피할 수는 없었다. 평소에 광속으로 질주하던 나의 애마도 그 순간에는 무용지물이었다. 다른 친구들은 아저씨가 급습하는 순간 총알같이 사라지고 나만 현장에서 붙잡혔다.

범행 현장을 습격당했으니 난 현행범이었다. 변명의 여지 없이 공공기물 훼손죄로 잡혀들어갈 판이었다.

나는 경비실로 끌려갔다. 거기에는 야간 근무중인 다른 경비 아저씨들이 있었다.

"야는 누꼬?"

"이 맹랑한 놈이 저기 연못 구석에서 낚시를 놓고 안 있능교."

"야가 말이가? 몸도 성치 않은 놈이 우짤라꼬 그런 짓을 했노?"

아저씨들은 일장 훈계를 늘어놓았다.

"야 이놈아, 몸도 불편한 놈이 행실이라도 발라야 할 거 아이가."

아저씨들은 나를 그냥 연못에서 낚시 놓은 아이로 보지 않고 나의 장애와 얽어 나를 나무랐다.

"그냥 고래만한 붕어를 잡고 싶었습니더. 나쁜 짓인 줄은 알지만 내가 다리 없는 것하고는 상관없으니까 그거는 말하지 마이소."

몸도 성치 않은 놈이 어쩌고 하는 말이 듣기 싫어 나는 순간적으로 큰 소리를 내질렀다.

나쁜 짓을 하고 끌려와서도 큰소리 치는 게 귀여웠는지 아저씨들은 한 시간쯤 벌을 세우고는 나를 풀어주었다. 다음에는 이런 짓 하지 말고 고래를 잡고 싶으면 바다로 가라는 말까지 해주었다.

우리의 거사는 그렇게 실패로 끝났다. 그래도 난 꿈꾸던 고래만한 붕어를 만져보았다. 그것으로 나의 거사는 이룬 것이나 다름없다고 자위했다.

지금 생각해도 참 맹랑한 짓이었다. 공원 연못에서 낚시를 했으니 말이다. 굳이 공원 연못에서 낚시를 한 것은 아마 나를 억누르는 여러 압박에 대한 반발 작용이었다고 생각한다. 나 자신을 인식해가던 사춘기 시절에 나를 억누르고 압박하는 것들에 대한 저항의 표현이 아니었을까. 연못에 낚싯대를 드리우면서 나는 일탈을 통한 카타르시스를 즐겼을지도 모른다. 흔히 말하는 삶에 대한 이유 없는 반항일지도. 사실 나는 경비 아저씨에게 잡히는 순간 알 수 없는 이상한 희열을 맛보기까지 했다.

나는 결코 선생님 말씀 잘 듣고 공부만 하는 모범생이 아니었다. 난 착한 학생이 싫었다. "넌 몸이 불편하니까 공부라도 열심히 해야지." "몸도 불편한 놈이 그러면 되겠나?" 따위의 말을 아주 싫어했다. 장애라는 틀로 나를 가두어 그 속에서 살기를 강요하는 사람들의 말을 견디지 못했다. 나를 '인간' 박대운으로 보지 않고 '장애인' 박대운으로 보는 것에는 화가 치밀어올랐다. 그래서 일부러 더 모범생의 모습을 거부하고 약간은 삐딱한 모습으로 살았다.

　내가 일탈적인 삶을 산 것은 나의 장애에 대한 비관 때문이 아니었다. 오히려 장애에 대한 적극적인 표현이었다. 장애인이라고 주눅들어 남들 앞에 나서는 것을 꺼리고 남의 주목을 억지로 피하는 것은 스스로를 낮추는 것이라고 생각했다. 그럴 필요가 없었다. 남들이 이상하게 쳐다본다고 해서 하고 싶은 일을 하지 않는 것은 자기 자신에게 더 비겁해지는 것이다. 나는 남의 시선을 피하기보다는 남이 나를 쳐다보는 것을 즐겼다. 그래서 일부러 남들 눈에 띄는 행동을 골라서 했다. 내가 공원 연못에서 낚시를 한 것도 어쩌면 들키기 위해서였을 것이다. "봐라, 나는 이런 놈이다. 몸이 불편해도 나는 하고 싶은 것은 다 한다. 나를 다리 병신으로 보지 마라." 공원 연못에서 몰래 낚시하면서 나는 세상을 향해 이런 말을 하고 싶었는지 모른다.

불량 장애인

"야 임마, 너 주머니 한번 털어봐."

길 가는 나를 불량배들이 협박했다. 휠체어를 타고 있는 내가 약하디약하게 보였나 보다. 난 은근히 자존심이 상했다. 그래서 불량배들을 향해 고함을 치듯 한마디 내뱉었다.

"이 씨발놈들아, 내 주머니에 니들이 웬 관심이야."

중학교 시절 학교 주위에는 불량배들이 많았다. 그래서 등하교 길에 자주 부딪쳤다. 난 불량배를 무서워하지 않았다. 아니 사실은 무서웠다. 하지만 약하게 보이는 내 모습이 싫어서 불량배들한테 마구 대들었다. 물론 실제로 싸웠으면 내가 죽도록 얻어맞았을 것이다. 불량배들도 그것을 알았을 것이다. 하지만 내가 가슴에 비수를 꽂을 듯한 강렬한 눈빛으로 째려보면 그들도 일단 겁을 먹었다. 난 누구에게도 기가 죽어본 적이 없었다. 그래서 기싸움만은 자신이 있었다. 처음에는 나를 협박하다가도 막상 나의 당당한 태도와 맞닥뜨리면 "이 새끼 웃기는 새끼 아냐" 하며 그냥 가버린다.

나는 누구한테 약하게 보이는 것이 싫었다. 약하게 보는 것은 나를 불쌍하게 여기는 것이라는 생각이 들어 더욱 그러했다. 연민은 딱 질색이었다. 장애인으로 살고 싶지 않지만 장애인으로 살아야 하는 운명이 견디기 힘들 때가 있는데, 사람들이 나를 장애인으로 대하는 것은 그보다 더 싫었다. 그래서 과장해서 나 자신을 드러내고 일부러 말도 험하게 하고 행동도 거칠게 했다.

친구들과 싸움도 참 많이 했다. 그냥 말로 해도 될 일을 난 꼭 주먹다짐으로까지 끌고 갔다. 지금 생각하면 싸움을 즐긴 것 같다. 나와 시비가 붙어 주먹다짐하던 놈이 꼬리를 내리고 도망가는 것을 재미있어했다.

자율학습 시간에 떠들거나 아니면 화장실에서 몰래 담배 피우는 친구들을 말리다가 싸우는 경우가 많았다. 다만 반에서 '논다' 하는 애들과만 싸웠다. 약한 애들하고 붙어봤자 별로 이름도 안 나기 때문에 일부러 센 애들하고만 싸운 것이다.

"임마, 좀 조용히 해!"

"니가 선생님이냐? 내가 떠드는데 니가 웬 상관이야."

"이 새끼 조용히 하라면 할 것이지 말이 많아."

이런 식으로 한바탕 싸움이 붙는다. 정말 치기어린 짓거리가 아닐 수 없다. 하지만 나라는 인간이 결코 불쌍한 존재가 아니라는 것을 이보다 더 확실히 각인시킬 수 있는 방법을 그땐 몰랐다.

화장실에서 몰래 담배 피우는 애를 봐도 나는 그냥 지나치지 못하고 꼭 한마디씩을 했다.

"야 거기 담배 피는 놈! 담배 꺼."

　마치 선생님처럼 위협적인 말을 뱉고 나면 시비가 붙고 싸움이 벌어진다. 상관하지 않아도 될 일을 싸움 못 해 안달이 난 사람처럼 괜히 끼여들어 종내는 싸움을 자초하는 것이다.

　싸울 때면 난 휠체어에서 내린다. 휠체어를 탄 상태에서는 행동이 부자유스럽기 때문에 여러모로 불리하다. 땅바닥에 앉아서 상대와 맞붙는다. 싸움에 이기기 위해서는 서 있는 상대를 일단 거꾸러뜨려야 한다. 그래야 상대를 때릴 수 있다. 앉아서, 서서 싸우는 놈을 상대하려면 다리밖에 때리지 못하기 때문에 치명타를 입히기 위해서는 상대방을 꼭 쓰러뜨려야 하는 것이다. 난 재빨리 휠체어에서 내려 놈의 다리를 끌어안는다. 그리고는 잡은 다리를 내 몸 쪽으로 힘껏 당겼다가 확 밀어버린다. 그러면 놈은 맥없이 뒤로 나동그라진다. 그 다음은 해보나마나이다. 넘어진 놈의 목을 잽싸게 팔로 감아 힘껏 조이면서 다른 손으로 인정사정 볼 것 없이 두들겨 패버리면 그걸로 끝이다. 난 다리가 없어 팔을 많이 쓰기 때문에 남들에 비해 팔힘이 무척 세다. 내 주먹에 맞은 놈은 비명을 내지르며 정신을 못 차린다.

　운이 좋아서인지 아니면 싸움을 원래 잘해서인지 몰라도 아직껏 싸워서 맞아본 적은 없다. 나한테 맞아본 아이들은 내 주먹맛을 알기 때문에 두 번 다시 덤비지 않는다.

　사춘기 시절 나는 싸움을 통해 나의 울분을 삭였다. 내가 약하게 느껴질 때는 어김없이 싸움을 걸었다. 싸우면서 나는 약하지 않다고, 장애인이 아니라고 자위했다.

　장애인이 남과 다른 행동을 하면 보통 사람이 할 때보다 훨씬 눈에 잘 띈다. 그리고 사람들은 일탈적인 행동을 하는 장애인을 보고 몸이 성하지 않으면 행동이라도 바르게 해야지 하고 한마디씩 한다. 장애와 일탈적인 행동을 분리해서 바라보지 않기 때문이다. 그래서 장애인들은 남에게 욕먹지 않기 위해서라도 남보다 더 바르게 살아야 한다는 강박관념에 사로잡혀 살아가는 경우가 많다.

나는 나를 억누르는 그런 강박관념이 싫었다. 그래서 의도적으로 남에게 튀는 행동을 하고 다른 사람들에게 욕을 얻어먹기를 자초하는 경우가 많았다. 남에게 잘 보이기 위한 행동을 하기보다는 내가 하고 싶은 대로 행동했다. 다른 사람의 눈치를 봐가며 하고 싶은 일을 참아야 하는 것을 견딜 수가 없었다.

나는 육체의 장애에 정신이 노예처럼 속박되는 것은 옳지 않다고 일찍이 생각했다. 육체의 장애로부터 자유롭고 싶었다. 길을 갈 때도 일부러 큰 소리로 말하고 행동 하나하나도 남들보다 크게 했다. 사람들이 다리가 없어서 나를 쳐다보는 것이 아니라 특이한 행동을 하기 때문에 나를 주목하는 것이라고 생각하는 편이 훨씬 마음이 편했다.

"불량 장애인" "홍길동 같은 놈" "특이한 놈" "절대 도와주고 싶지 않은 놈" "당당하다 못해 뻔뻔스러운 놈". 나를 묘사하는 말들이다. 그중에서 나는 "불량 장애인"이라는 말을 특히 좋아한다. 친구들이 장애인은 장애인인데 전혀 불쌍하지 않고 도와주고 싶은 마음이 손톱만큼도 생기지 않는 놈이라고 해서 지어준 별명이다. 이 별명에는 나를 불쌍한 장애인, 도움이 필요한 사람으로 인식하지 않고 자기들과 동등한 사람으로 받아들이는 친구들의 마음이 배어 있어 나는 두고두고 이 별명을 좋아했다.

"야! 불량 장애인."

"왜?"

"우리 당구나 한 게임 치러 가자."

난 자유인!

"박대운."

"예."

"출석 끝."

고등학교 때 담임 선생님은 출석을 부를 때 다른 친구들은 다 빼놓고 꼭 내 이름만 불렀다. 내가 항상 지각하기 때문이었다. 모두가 보통 아침 7시면 등교하지만 난 9시가 다 되어서야 나타났다. 거의 매일 꼴찌로 등교한 것이다. 늦잠을 자거나 공부가 싫어서 그런 게 아니었다. 선생님의 감시를 받으며 강압적인 분위기에서 공부해야 하는 것이 싫었다.

아침 보충수업을 빼먹고 야간 자율학습도 하지 않고 나는 그냥 도망쳤다. 매일 늦게 오고 누구보다 빨리 하교해버리는 나를 선생님이 가만둘 리 없었다. 따로 불러 호되게 때렸다.

그러나 나는 다음날 보충수업과 야간 자율학습을 또 빼먹었다. 당연히 또 교무실로 불려갔다.

"너 대학 안 갈 거야? 허구한 날 보충수업은 빼먹고 야간 자율학습 땐 도망가고, 그러고도 대학 가겠냐?"

담임 선생님은 단단히 화가 나서 교무실이 쩡쩡 울리도록 소리쳤다.

"전 보충수업과 야간 자율학습 죽어도 못 하겠습니다."

결의에 찬 내 말에 선생님은 눈이 휘둥그레지며 할말을 잊은 듯했다. 잠시 후 체념한 듯 한마디하였다.

"대학을 가든 말든 마음대로 해라."

나를 믿었는지 아니면 포기했는지 선생님은 더이상 아무 말도 하지 않았다.

그날 이후로 난 완전한 자유인이 되었다. 보충수업을 빼먹어도 야간 자율학습을 하지 않아도 담임 선생님은 더이상 야단치지 않았다.

우리 학교에서 아침 보충수업과 야간 자율학습을 받지 않은 사람은 나 하나밖에 없었다. 친구들은 모두 나를 부러워했다. 그런 나를 친구들은 자유인이라 불렀다.

거울을 처음 보면서

똥오줌 냄새와 갖가지 음식 냄새가 뒤섞여 참을 수 없는 이상한 냄새가 후각을 자극한다. 우는 아이, 정신없이 뛰어다니는 아이, 초점 잃은 시선으로 똑같은 동작만 반복하는 아이, 아수라장 같은 방에서 주위와는 완전히 단절된 채 벽만 바라보는 아이…….

'애망원(愛望院)'이라는 사회복지관을 찾았을 때 눈에 들어온 첫 광경이었다.

고등학교 때 미술 동아리 활동을 했는데 한 달에 한 번씩 정기적으로 봉사 활동을 나갔다. 그때 찾은 곳이 애망원이었다. 부모에게 버림받은 정신지체 또는 신체장애 어린이들이 모여 사는 곳이다. 그곳에서 난 아이들의 놀이 상대가 되어주기도 하고, 보육 선생님들의 일손을 거들어주기도 했다. 그러나 그렇게 되기까지는 내면의 힘든 고통의 과정을 거쳐야 했다.

애망원을 방문한 동아리 친구들 대부분이 처음 본 광경에 몹시 충격을 받았다. 심지어는 참지 못해 밖으로 뛰쳐나가는 이들도 있었다. 나 역시 적잖은 충격에 휩싸였다. 그러나 친구들과는 그 이유가 달랐다.

나 자신이 장애인이면서도 나는 그때까지 장애인을 만나본 적이 한 번도 없었다. 그래서 늘 보아오던 비장애인 친구들이 꼭 나의 모습인 양 착각하고 살아왔다. 하지만 몸이 불편한 아이들과 직접 마주쳤을 때 그런 착각은 여지없이 무너졌다. 다리에 힘이 없어 일어설 수 없는 아이가 방바닥을 기는 모습이 처음 눈에 들어왔을 때, 난 고개를 돌려버렸다. 그 모습이 무척 보기 싫었다. 나는 당황스러웠고, 겁도 났다.

방바닥을 기는 아이의 모습은 바로 내 모습이었다. 난 거울에 비친 나 자신의 모습을 본 것이다. 나는 지금까지 내가 아닌 모습을 보면서 그것이 나의 모습인 양 착각하고 살아왔다. 그렇기 때문에 나의 모습이 어떤지 정확히 모르고 있었던 것이다.

방바닥에서 기고 있는 아이의 모습은 바로 나의 모습이었다. 어쩌면 난 나의 모습을 알면서도 지금까지 애써 외면하고 살아왔는 줄도 모른다. 보지 않으려고 했던, 보기 싫었던 나의 모습.

방 안 가득히 모여 있는 장애인 친구들의 모습은 다름아닌 나의 모습들이었다. 방 안에는 나를 비추는 수십 개의 거울이 있었다. 나는 그런 모습들을 인정하기 싫었다. 난 고개를 돌려버렸다.

그러나 그날 이후에도 아이들의 모습은 눈앞에서 계속 밟혔다. 휠체어를 탄 내 모습 또한 평소와 달리 낯설게 느껴졌다. 팔을 사용해 내 몸을 옮길 때 평소 같으면 아무 거리낌 없이 행동했을 텐데 애망원을 다녀온 후로는 멈칫하게 되었고 왠지 내 모습이 나자신 같지 않았다.

'넌 다리 없는 병신이야.'

'손으로 땅바닥을 엉금엉금 기는 앉은뱅이에 불과해.'

내 안에서 나를 손가락질하고 욕하는 소리가 들려왔다. 난 나 자신이 부끄럽고 싫었다. 항상 밝고 자신감에 찬 내가 아닌 어둡고 초라한 내가 되어가고 있었다.

한 달에 한 번씩 가던 봉사 활동을 몇 번 빼먹었다. 봉사 활동 자체가 싫었던 것이 아니라 애망원에서 보게 되는 나의 모습이 보기 싫어서였다.

몇 달의 시간이 흘렀다.

추하고 보기 싫은 부분도 내 모습이었다. 내가 나 자신의 일부를 사랑하지 않는데 이 세상 누가 나의 못난 부분을 좋아할까?

애망원을 찾기 전까지는 나의 장애에 대해서 소극적으로 생각했다. 다리 없다는 것을 외면하고 애써 장애를 가지지 않은 것처럼 사는 것이 옳다고 생각했다. 그러나 애망원을 방문한 후부터 생각이 바뀌었다. 일부러 인식하지 않으려 한 장애자로서의 나의 모습을 비로소 적극적으로 인식하게 된 것이다.

내가 다리 없는 장애인이라는 것은 부인할 수 없는 사실이다. 자기 자신을 자기만큼 사랑하는 사람은 이 세상에 없다. 자신의 상처를 자기가 돌보지 않는다면 그 누구도 돌봐주지 않는다.

나의 장애를 잊고 사는 것이 장애 극복이라고 생각했다. 그래서 장애인처럼 굴지 않고 비장애인처럼 생각하고 생활하는 것이 자신 있고 당당하게 사는 것이라 여겼다. 하지만 그것은 큰 잘못이었다.

남들이 장애인을 병신이라고 욕하면 나는 같이 욕했다. 나는 장애인이 아니라고 생각했기 때문에…….

물론 지금도 나는 나 스스로를 장애인이 아니라고 말한다. 나를 장애인이라 생각하지 않는 것은 나의 육체적 장애를 말하는 것이 아니다. 나는 분명히 육체적으로는 장애인이다. 이것은 부인할 수 없는 사실이다.

스스로를 장애인이라고 말하지 않는 것은 내가 비록 장애를 지녔지만 나의 장애가 나의 인생을 지배할 수 없다고 생각하기 때문이다. 남들과 같이 두 발로 걸을 수 없고, 계단을 오르내릴 수도, 축구공을 발로 찰 수도 없지만, 그것이 인생을 살아가는 데 중요하지 않다는 것을 알기 때문에 나 스스로를 장애인이 아니라고 말하는 것이다.

어렸을 때는 애써 장애인처럼 보이지 않으려고 노력했다. 누가 불편하냐고 물으면 불편하지 않다고 대답했다. 장애인으로 느껴질 수 있는 행동을 의식적으로 하지 않으려고 노력했다.

지금 나는 불편한 나 자신을 인정한다. 누가 나보고 불편하냐고 물으면 불편하다고 대답한다. 불편한 것이 사실이니까. 그러나 불편한 것을 나쁘다거나 부정적으로 생각하지는 않는다. 내가 다리 없어 느끼는 생활의 불편함이 내 인생을 좌지우지할 만큼 인생의 걸림돌이라곤 생각지 않기 때문이다.

애망원에 가기 전의 나는 나 자신의 참모습을 감추며 가식적으로 살았다. 나의 단점을 부끄럽게 여겨 애써 숨기려고 노력했다. 하지만 애망원을 다녀와서는 나의 단점을 부끄러워하지 않고 사랑하게 되었다. 그래서 나의 장애가 오히려 나의 장점이 된다고 생각하게 되었다. 내가 나를 부끄럽게 여기지 않으면 남들도 나의 단점을 비웃지 못할 것이다.

　자기 자신을 정확히 들여다보고 자신의 장애마저도 사랑하는 것, 그것이야말로 진정으로 장애를 극복하는 방법임을 애망원은 내게 가르쳐주었다.

좀! 그만 설쳐라

고등학교 시절 나는 우리 학교뿐만 아니라 인근 학교에까지 유명했다. 내 특이한 외모 덕도 있었지만 그보다도 내가 많이 설치고 돌아다녔기 때문이다.

축제를 알리는 포스터를 붙이러 다른 학교를 돌아다닐 땐 항상 내가 끼었다. 특히 여학교를 갈 때는 결코 빠지지 않았다. 다른 학교에 포스터를 붙이려면 교무실에 가서 담당 선생님의 허가를 받아야 했다. 학교마다 짓궂은 선생님이 꼭 있기 마련이었다.

"대구고등학교에서 왔는데요, 이번에 저희 학교에서 축제를 여는데 포스터를 좀 붙일까 합니다."

"너그 마음대로 포스터를 붙이겠단 말이가? 공짜론 절대 안 된다. 너그 할 줄 아는 거 뭐 있나?"

"예?"

"남의 학교 게시판에 광고를 하려면 광고비를 내야 할 거 아이가? 노래를 부르든지 춤을 추든지 자신 있는 것 하나 해봐라."

선생님들은 우리를 골려줄 참으로 장기자랑을 요구했다. 단단히 골탕먹일 작정이었겠지만 거기에 기죽을 내가 아니었다.

"무대가 좁아 힘들겠는데요."

우리를 놀리던 선생님들이 맹랑하다는 눈으로 쳐다본다.

"그래서 못 하겠단 말이가?"

"아뇨, 책상을 밀어 무대를 좀 넓게 만들어주십시오."

함께 간 미술반 친구들은 노래와 춤에는 일가견이 있었다. 노래 부르라는 요청에 주저할 리가 없었다.

"그러면 책상을 옆으로 밀치고 한번 해봐라."

우리는 그럴듯하게 무대를 만들고 그 위에 섰다. 내가 노래를 부르고 친구들은 내 뒤에서 춤을 추었다. 우리가 스스럼없이 공연을 펼치자 선생님들은 신이 나서 앙코르를 외쳤다. 그러면 이번에는 친구들이 노래를 부르고 내가 그 옆에서 춤을 추었다. 이름하여 '휠체어 댄싱'이다. 교무실은 삽시간에 환호성으로 가득 찼다. 우리는 앙코르를 몇 번 더 받으며 멋들어지게 공연을 마쳤다.

기분이 좋아진 선생님들은 포스터 붙이는 것을 흔쾌히 허락했다.

"고놈들 참 맹랑한 놈들이구마."

난 신이 나서 휠체어를 타고 인근 학교를 다 누비고 다녔다. 그리고 우리가 노래를 곧잘 한다는 소문이 퍼져 가는 학교마다 노래 요청을 받았다.

축제가 시작되면 난 홍이 났다. 천성이 남 앞에 나서기를 좋아하는지라 축제에 안 끼는 곳이 없었다. 수업은 뒷전으로 하고 나는 축제에 온갖 정열을 다 쏟아부었다.

그런데 내가 다른 학교에 포스터 붙이러 다닌다는 소식이 교장 선생님의 귀에까지 들어가게 되었다.

"학교에 박대운이 하나밖에 없나. 몸도 성치 않은 놈이 무슨 포스터를 붙이고 돌아다닌다꼬 난리고."

교장 선생님은 담임 선생님을 호통쳤다. 장애인인 내가 그런 일을 하도록 내버려둔 잘못을 추궁한 것이었다. 꾸지람을 들은 담임 선생님이 가만 있을 리가 없었다. 축제한답시고 수업도 잘 안 들어오고 행사란 행사에 다 끼는 나를 불러 호되게 야단쳤다.

"야 이놈아! 그만 좀 설쳐라. 너 하나 때문에 학교가 무슨 망신이고."

불편한 몸을 이끌고 다니는 내 모습이 선생님들은 망신스러웠던 모양이다. 하지만 나는 아랑곳하지 않았다. 축제가 열리는 여기저기를 계속 휘젓고 돌아다녔다.

나는 나를 드러내고 싶었다. 위축되는 나 자신이 싫었기 때문에 사람들에게 나를 많이 드러내 보이려고 더욱더 애썼다. 단지 내 외모 때문에 아무 이유 없이 나를 흘깃흘깃 쳐다보는 시선이 참을 수 없어서 남다른 행동을 해 보임으로써 나의 장애가 아닌 나 자신을 보여주고 싶었다. 장애자로서가 아닌 '나라는 존재'를 사람들이 알아봐주기를 진심으로 바랐다.

축제에 찾아오는 예쁜 여학생은 다 내 차지였다. 나는 축제를 구경시켜주겠다는 핑계로 예쁜 여학생은 빼놓지 않고 다 꼬드겼다. 그 덕분에 나는 꽃다발을 가장 많이 받는 학생이 되었다. 축제가 끝난 후에 꽃다발을 차로 실어가야 할 정도였다.

세상에서 가장 무서운 사람

　나에게는 형이 한 명 있다. 아버지가 가정을 지키지 않았기 때문에 세 살 터울의 형은 고등학교를 졸업하고부터 어머니와 함께 가장 노릇을 했다.

　형은 원래 육상선수였다. 남들보다 유난히 덩치가 커서 중학교에 입학하자마자 육상부 원반던지기 선수로 발탁되었다. 형은 공부를 꽤 잘했으면서도 굳이 운동을 했다. 아마 어려운 가정 형편을 고려한 선택이었을 것이다. 운동을 하면 등록금을 내지 않아도 되니 어머니의 부담을 한결 덜 수 있었으니까.

　형은 운동으로는 끝내 4년제 대학 진학에 실패했다. 고3 때 뒤늦게 공부에 매달려 어렵게 보건 전문대학교 방사선과에 입학할 수 있었다. 형은 대학 진학과 동시에 병원에서 아르바이트를 시작했다. 낮에는 병원에서 일하고 밤에는 학교를 다녔다. 어머니에게 부담을 주지 않고 등록금을 스스로 벌기 위해서 열심히 살았다.

다른 친구들은 세 살 터울의 형과 친구처럼 지내지만 나는 형과 그렇지 못했다. 형은 우리 집에서 아버지를 대신하는 존재였다. 그래서 내게는 형이라는 느낌보다는 아버지의 느낌이 강했고 형을 대하는 것이 항상 어려웠다. 형과 나는 다른 형제들처럼 같이 놀아본 기억이 많지 않다. 항상 아버지처럼 나를 돌보았기 때문에 형과는 같이 놀기가 망설여져 형을 피했다.

어머니가 나를 사랑과 헌신으로 키웠다면 형은 위엄과 질책으로 돌봤다. 형은 아무리 사소한 잘못이라도 그냥 넘어가는 일이 없었다. 항상 무섭게 나를 대했다. 어떤 때는 지나칠 정도로 모질기까지 했다.

초등학교 1학년 때 형이 내 노트 검사를 한 적이 있었다. 다 쓰지 않은 공책을 놔두고 새 공책을 산 것과 몽당연필을 두고 새 연필을 쓴 것이 형의 눈에 걸렸다. 형은 어머니가 어렵게 번 돈을 함부로 낭비했다며 나를 꾸짖었다. 말로 그치지 않고 꼭 매를 들었다.

형은 한번 매를 들면 내가 거의 뻗기 직전까지 모질게 때린다. 결코 과장이 아니다. 남들 같으면 다리 없는 불쌍한 동생이라고 응석을 받아주며 너그럽게 대할 텐데 형은 장애인 동생을 조금도 특별하게 생각하지 않았다. 때릴 때는 인정사정 보지 않는 형이었다. 막말로 하면 복날 개 잡듯이 하나뿐인 장애인 동생을 때렸다.

그날도 형은 남들 같으면 예사로 넘어갈 일을 그냥 보아넘기지 않고 괜한 트집을 잡아 매를 들었다. 나는 새 공책과 새 연필 쓴 것이 뭐 그리 큰 잘못이냐며 따졌다. 형은 대드는 동생이 괘씸했

는지 평소보다 더 세게 때렸다. 결국 기절하는 사태에까지 이르
렀다. 다행히 몇 시간 후 다시 깨어나서 큰 탈은 없었지만 그때
나는 형의 힘이 무지 세다는 것을 새삼 깨달았다.

　또 한번은 형 앞에서 무심코 욕을 한 적이 있었다. 물론 형에게
한 것은 아니었다. 텔레비전을 보다가 나도 모르게 나온 욕이었
는데, 형은 그것도 용서하지 않았다.

　"너! 그런 말 누구한테 배웠어?"

　"무슨 말?"

　"방금 욕했잖아!"

　"내가 형한테 욕했어? 그리고 욕 좀 하면 어때?"

　머리가 좀 굵어졌다고 뭘 그런 걸 가지고 난리냐고 형한테 대들
었다. 형은 아버지 없이 어머니 밑에서 사는데 내가 욕이나 하고
다니면 남들이 아비 없는 호로자식이라고 욕한다며 호통을 쳤다.
꾸중을 하는 형과 그것을 못마땅하게 여긴 나 사이에 한판 실랑
이가 벌어졌다. 참다 못한 형이 몽둥이를 가져와서 인정사정 보
지 않고 후려갈겼다. 맞으면서도 대들다가 나는 죽도록 얻어맞았
다. 그날도 결국 정신을 잃어 병원까지 실려갔다.

　고등학교 때까지 형한테 참 많이 맞았다. 고2 때 형이 든 매를
내가 손으로 맞잡았다. 예전 같으면 상상도 못 할 일이었다. 허공
에 들린 매를 맞잡은 나를 보고 형은 기도 안 찬다는 표정으로 쳐
다봤다. 내 손을 뿌리치려고 나를 밀쳤는데 나는 꼼짝도 하지 않
았다. 형의 힘이 나를 못 당한 것이었다. 어려서는 운동을 하는
형을 내 힘으로는 도저히 당하지 못했는데 그때는 형의 힘을 내
가 앞지른 것이다. 몇 번 더 힘을 쓰더니 형은 들었던 매를 조용

히 땅바닥에 놓았다. 그리고 말없이 밖으로 나가버렸다. 그후로 형은 더이상 나를 때리지 않았다. 내 힘을 못 당해서가 아니라 형도 동생이 많이 컸음을 인정한 것이다.

고등학교를 졸업한 후 하루는 자리를 마련해 형제가 소주잔을 기울이며 지난날을 얘기했다. 이런저런 과거의 추억을 떠올리며 많은 대화를 나누었다. 술이 거하게 오른 형이 가슴속에 묻어두었던 얘기를 꺼냈다. 지난날 자신이 하나뿐인 동생을 그렇게 모질게 때린 이유에 대해서 눈시울을 붉히며 떨리는 목소리로 어렵게 말을 꺼내놓았다.

"네가 사고 당하는 그날 난 하늘이 무너지는 줄 알았다. 하늘 아래 하나뿐인 동생이 평생을 불구의 몸으로 살아야 한다는 것이 너무 가슴 아파 미칠 것만 같았다. 왜 하필 내 동생이 저렇게 살아야 하느냐고 하늘이 무너져라 땅이 꺼져라 목놓아 울었다. 병상에 누워 있는 너를 보면서, 신발 대신 휠체어에 앉아 있는 너를 대하면서 가슴속으로 얼마나 눈물을 삭였는지 모른다. 비 오는 날 온몸이 흠뻑 젖어 학교에 가는 네 뒷모습을 보고 이 형의 마음은 천 갈래 만 갈래 찢어졌다. 그렇게 너는 나의 가장 가슴 아픈 상처였다. 할 수만 있다면 내 다리를 떼어서 네게 주고 싶었다. 너 대신에 내가 휠체어에 앉고 싶었다. 그렇지만 난 다짐했다. 너를 장애인으로 살게 하지 말고, 떳떳한 한 인간으로 살게 하자고. 사람들이 다 너를 불쌍한 사람으로 생각하는데 나마저 너를 가엾게 여긴다면 넌 평생 휠체어에 앉아 신세 한탄만 하고 살 거라고 생각했다. 불쌍한 마음만으로 너를 돕는다면 넌 자립하지 못하고 언제나 응석받이가 될 것이고, 어머니와 내가 세상을 떠난 후에는 혼자 세상에 버려져 그때는 진짜 불쌍한 사람이 될 거라고 생각했다. 네가 다른 사람 도움 없이 스스로의 힘으로 세상에 우뚝 서기를 바랐다. 네 스스로가 약한 사람이 아니라 강한 사람이라고 인식하기를 바랐다. 그래서 네가 한 대 맞을 때 난 열 대 맞는 기분으로 가슴으로 울면서 모질게 너를 때렸다. 네가 장애인이 아니라 당당한 사람으로 세상에 우뚝 서기를 바라면서. 대운아! 정말 미안하다. 너를 너무 사랑했기 때문에, 네가 다친 것이 너무 가슴 아파서 내가 악역을 자처했다. 장애인 동생이 아니라 떳떳한 한 인간이 되기를 바라면서.”

형은 십오 년 가까이 가슴앓이 해온 못난 동생에 대한 속내를 취기를 빌려 털어놓았다. 자신의 다리라도 줄 만큼 사랑한 동생을 모질게 때리면서 흘렸던 보이지 않던 눈물에 관한 얘기를.

내가 세상에서 가장 무서워한 사람이, 마른 장작처럼 가슴이 다 말라버린 것 같은 사람이 내 앞에서 눈물을 흘렸다. 형의 눈물을 보는 순간 나는 더이상 형을 무서워하지 않아도 되었다. 형은 더이상 십오 년 가까이 내게 가장 무서운 사람으로 각인된 존재가 아니었다. 그는 나를 너무도 사랑했던, 만년설을 녹일 만큼 따뜻한 가슴을 가진 나의 둘도 없는 피붙이였다.

형의 속깊은 생각을 모르고 형을 참 많이 원망했었다. 하나밖에 없는 동생을 피 한 방울 섞이지 않은 사람처럼 모질게 대하는 형을 보면서 비난도 많이 했다. 한때는 형제의 연을 끊을 생각도 했다. 커서 집을 나가면 다시는 형을 찾지 않겠다고 철없는 생각도 가슴에 품었다.

뜨거운 형의 눈물을 보면서, 나로 인해 흘린 보이지 않는 형의

눈물을 들으면서 동생을 위해서 써야 했던 기약 없는 냉혹한 철
가면의 뒤에 감추어두었던 형의 따뜻한 사랑을 느낄 수 있었다.
사랑하는 사람을 위해서 맡기 싫은 악역을 맡아야 했던 비운의
배우, 너무나 따뜻한 마음을 지녔기에 악할 수 있었던 사람, 내가
세상에서 가장 무서워했던 사람의 실체는 내 사랑하는 형이라는
것을……

낙방

　고3 때 한의대에 시험을 쳤다. 결과는 보기 좋게 낙방이었다. 그러나 나를 오래도록 슬픔에 잠기게 한 것은 낙방이 아니었다.

　한의대에 입학 원서를 냈는데, 학교측은 장애인은 받아줄 수 없다며 원서 접수조차 거부했다. 실력과는 상관없이 장애라는 이유 하나만으로 입학을 거부한 것이다. 휠체어를 타고는 실험에 참가할 수 없다는 등, 지금까지 장애인은 한 명도 입학한 적이 없다는 등 이런저런 이유를 대었지만 이해할 수 없었다. 초등학교 6년, 중학교 3년, 고등학교 3년간의 12년 공부가 말짱 허사가 되는 것 같은 실망감이 밀려왔다.

　솔직히 한의대는 가고 싶은 학과가 아니었다. 나의 장래에 대해서 그다지 심각하게 생각하지 않다가 주위의 권유도 있고 또 한의대에 가면 먹고사는 걱정은 하지 않아도 될 것 같아 안일한 마음으로 응시한 것이었는데, 원서조차 받아주지 않으려고 하니 만정이 다 떨어져버렸다. 우기다시피 해서 결국 원서를 접수시켰다. 그렇지만 공부는 뒷전이었다.

초등학교를 비롯해 입학 거부를 여러 번 당했지만 그땐 어려서 그다지 비관하지 않았었다. 철이 들어 막상 입학 거부라는 냉혹한 현실에 부딪치고 나니 내 처지가 한심스러워 깊은 비관에 빠졌다. 그간 너무나 힘겹게 공부를 했고, 마침내 그 결실을 맺으려고 하는데, 꽃도 한 번 제대로 피워보지 못하고 시들어버리는 것 같아 미칠 것만 같았다. 입시를 앞두고 가장 열심히 공부해야 할 때 난 인생을 포기한 사람처럼 흔들리기 시작했다.

'이것이 나의 현실인가?'

'이런 일을 앞으로 얼마나 더 겪으면서 살아야 할 것인가?'

이십여 년이나 장애를 안고 살아왔지만 장애에 대해 그다지 심각하게 생각한 적이 없었는데, 그 당시에는 내가 장애인이라는 것이 너무 저주스러웠다.

시험일은 꼬박꼬박 다가왔지만 공부가 되지 않았다. 아니 공부를 하지 않았다. 매일 귀에다 헤드폰을 꽂고 음악을 듣거나 소설책이나 읽으면서 허송세월을 보냈다. 고생하는 어머니와 매일 학교에 데려다주느라 애쓴 형의 얼굴이 떠올라 마음이 아팠지만, 공부는 손에 잡히지 않고 시험을 보고 싶은 마음도 전혀 생기지 않았다. 그냥 어디론가 도망가고 싶은 생각만 간절했다.

시험을 앞두고 맹탕 놀기만 했으니 시험을 잘 칠 리 없었다. 나는 보기 좋게 떨어졌다. 시험에는 합격했지만 이런저런 이유로 입학을 거부당하는 꼴을 상상만 해도 싫어서 그땐 차라리 깨끗하게 포기하는 편이 낫다고 생각했던 것이다.

막상 불합격 통지서를 받고 보니 기분은 썩 좋지 않았다. 그렇지만 오히려 홀가분했다. 적성에도 맞지 않는 한의대 공부를 먹고살기 위해 억지로 하느니 내가 좋아하는 일을 하면서 즐겁게 사는 것이 더 현명한 일일 것이다.

시험에 떨어졌다는 것이 나에게는 별로 대수롭지 않은 일이었으나 문제는 가족이었다. 평생 장애인 아들을 자랑스러워하면서 살아온 어머니가 이 사실을 어떻게 받아들일지, 아침저녁으로 동생을 학교에 데려다주고 또 데려오느라 고생한 형이 얼마나 허탈해할지 마음이 복잡했다.

그러나 걱정과는 달리 어머니와 형은 낙방 소식을 듣고도 크게 낙담하지 않았다.

"이번에 안 가면 다음에 가면 되고, 다음에도 못 가면 대학 안 가면 되지."

상심할 나를 염려해서 그랬는지 어머니는 대수롭지 않게 말씀하셨다. 속으로는 가슴이 아프셨겠지만 겉으로는 아무렇지도 않게 여겼다. 형도 별로 심각하게 받아들이지 않았다.

"운이 나빠서 떨어졌지 실력이 없어서 떨어졌겠냐? 괜찮다. 다음에 또 봐라."

어머니와 형이 고마웠다. 대학 입학 시험을 운전면허 시험쯤으로 가볍게 여기면서 불합격을 웃어넘기는 그 마음에 나는 미안하기 이를 데 없었다.

태어나서 시험이라는 것에 처음 떨어져봤다. 처음에는 별로 대수롭지 않은 것이라 생각했는데, 낙방의 슬픔은 시간이 갈수록 점점 더해갔다. 그리고 그 낙방의 원인이 내 장애 때문이라는 것이 나를 더 힘들게 만들었다.

목에 걸린 수면제

"수면제 한 알만 주세요."

"젊은 사람이 수면제는 왜?"

"공부한다고 스트레스를 많이 받아 밤에 통 잠을 잘 수가 없어
서요."

수십 군데의 약국을 돌아다니면서 수면제를 한두 알씩 모았다.
한꺼번에 많이 사면 약사가 의심할까 봐 한 집에서 한 알씩 대구
시내를 다 돌면서 수면제를 사 모았다. 말린 우유곽에 어렵게 구
입한 수면제를 한 알씩 채워넣었다.

우유곽 가득히 수면제가 채워지면 수면제를 통째로 마실 심산
이었다.

보기 좋게 대학에 떨어지긴 했지만 별 대수롭지 않은 일이라고
자위했었다. 전국에 있는 수십만 재수생 중의 한 명일 뿐이라고.
하지만 재수 생활은 결코 순탄하지 않았다. 태어나 처음으로 시
험에 떨어졌다는 좌절감이 시간이 지나면서 눈덩이처럼 불기 시

작했다. 더욱이 그 좌절감은 단지 대학에 떨어졌다는 단순한 사실로 다가오지 않았다. 다리가 없어 비록 휠체어를 타지만 무엇이든 할 수 있다는 자신감으로 버티며 살아왔는데, 대학 시험의 낙방은 나를 지탱하던 척추와도 같은 자긍심의 뿌리를 갉아먹었다. 뿌리가 흔들리기 시작한 나는 삶의 중심을 잃어가고 있었다.

악재는 겹쳐온다고 했던가? 대학 낙방으로 가뜩이나 자신감을 잃고 의기소침해 있는 나에게 결정타를 날리는 사건이 발생했다.

고등학교 때 학교 축제에서 알게 된 2년 후배의 여학생이 있었다. 이성으로 생각하기보다는 그저 아는 후배로서 가끔씩 만나던 여학생이었다. 난 단지 후배로만 생각했는데 그녀는 날 좀 특별하게 생각한 모양이었다. 심성이 워낙 여리고 착한 아이여서 나에 대해서 연민의 정을 많이 느꼈던 것 같다.

뒤늦게 안 사실이지만, 그녀는 나로 인해 성적이 떨어진데다 자율학습 시간에 빠지기 일쑤고 급기야는 무단 결석까지 했다고 한다. 평소와 다른 행동거지와 생활태도에 의아해진 그녀의 가족들이 그녀를 추궁하기에 이르렀고 결국 그녀는 나에 관해 고백을 하게 되었다. 그녀의 집에서는 난리가 났고 불같은 성격의 그녀 아버지가 독서실로 날 찾아오게 되었다.

그녀의 아버지는 보자마자 내 멱살을 잡고 입에 담지 못할 욕을 퍼부었다. 영문도 모른 채 나는 독서실 사람들이 지켜보는 가운데 온갖 수모를 당해야 했다. 한 번만 더 자기 딸을 만나면 그땐 가만두지 않겠다고 엄포를 놓고는 되돌아갔다.

그의 말인즉슨 다리 병신인 주제에 감히 자기 딸을 꼬여 사귈 수 있느냐는 것이었다. 기가 차 헛웃음만 나왔다. 다리 병신은 사람도 제대로 못 사귀나, 자기 딸이 뭐 그리 대단하기에 나 같은 장애인과는 상종도 못 하게 하는지 참담한 기분이 들었다.

장애로 인해 사람 만나는 것을 거부당해본 건 그때가 처음이었다. 텔레비전 드라마에서 장애인과 비장애인이 결혼하려 할 때 비장애인 가족의 격한 반대에 부딪쳐 어려움을 겪는 것을 보기는 했지만 그와 비슷한 상황이 내게 닥치리라고는 상상도 못 했다.

"병신 육갑 떨지 말고 네 앞가림이나 잘해라. 대학도 떨어진 다리 병신 주제에 꼴에 남자라고 여자를 밝히기는……."

여학생의 아버지가 독서실을 나서면서 던진 한마디가 귀에서 계속 맴돌았다. 예전같이 자신감에 차 있을 때라면 '허허' 하며 웃고 넘어갈 수 있는 일이었는데, 대학 낙방의 좌절감과 나 자신에 대한 불신으로 힘들어하던 그때는 그 말 한마디가 내 가슴에 비수로 꽂혀 심장을 도려내는 것 같았다.

학생들이 다 돌아간 텅 빈 독서실에 혼자 누워 있는 나 자신이 너무도 초라하게 느껴졌다. 다리 병신, 대학까지 떨어진 인생 패배자…… 온갖 상념이 나를 괴롭혔다.

앞으로 살면서 이 같은 수모를 얼마나 더 당해야 하나? 내가 아무리 열심히 살면서 장애를 극복하고 사람들 앞에 우뚝 서려고 해도 세상이 나를 인정하지 않을 것 같았다. 내가 무엇을 하든 사람들은 병신 육갑 떤다고, 제 분수도 모르고 날뛴다고 욕할 것 같았다. 지금까지 내가 힘겹게 걸어온 인생길이 모두 부질없는 일이라고 생각되었다. 그리고 앞으로 더 살아봐야 아무 소용 없다는 생각마저 들었다.

비극으로 끝날 연극인지 뻔히 알면서 해피 엔딩이라고 자신을 속여가면서 인생을 가식적으로 살아온 것 같았다.

불 꺼진 독서실에 혼자 누워 있으니 절망의 끝으로 감정은 달리고 있었다. 평생 나를 위해 애쓰신 어머니의 얼굴도, 절대적으로 나를 믿어준 그분의 믿음도 그 순간에는 떠오르지 않았다. 오직 나 자신에 대한 절망감이 있을 뿐이었다.

'사고 당하는 그 순간 끝났어야 하는 인생인데, 지금까지 부질없이 살았구나. 지금 죽는다면 더이상 이런저런 더러운 꼴 안 봐도 될 것이고, 내게 가해지는 모든 오욕과 멸시를 일시에 날려버릴 수 있을 것이다. 그래, 날이 밝으면 죽자. 수면제를 사 모아 한꺼번에 마셔버리자.'

수면제 수십 알을 한꺼번에 먹으면 영원히 잠에서 깨어나지 않을 거라고 생각했다. 그러면 편안히 이 세상과 작별할 수 있을 것 같았다. 날이 밝으면 수면제를 먹고 죽을 것이다. 거듭거듭 각오를 다지면서 뜬눈으로 밤을 지새웠다.

휠체어를 타고 갈 수 있는 약국이란 약국은 다 찾아가 수면제를 사 모았다. 우유곽 한가득 수면제가 채워졌다. 그리고는 조용하고 외딴 장소를 찾았다. 하지만 마땅한 장소가 보이지 않았다. 이런저런 궁리 끝에 독서실을 떠올렸다. 밤이 되면 학생들도 다 돌아가고 독서실은 텅 빌 것이다. 그래, 독서실에서 수면제를 삼키자. 독서실을 향해 휠체어를 돌렸다.

주위의 학생들이 하나 둘씩 자리를 빠져나갔다. 독서실 안은 점점 어둠이 짙어지기 시작했다. 긴장되고 초조했다. 수면제가 가득 찬 우유곽을 뚫어지게 쳐다봤다.

쉬지 않고 단숨에 마셔야 한다, 고통 없이 그리고 깨끗하게 죽어야 한다, 고 주문을 걸었다.

멀리서 독서실 현관문 잠그는 소리가 들렸다. 드디어 학생들이 다 빠져나가고 독서실에는 나 혼자 남았다.

먼저 물 한 모금을 마시고 우유곽 속에 담긴 수면제를 순식간에 입 안으로 털어넣었다. 수면제를 입에 한가득 물고 혀로 식도 쪽으로 밀면서 꿀꺽 삼켰다. 물과 함께 몇 알이 일시에 목구멍으로 넘어가는 것을 느낄 수 있었다. 몸에서 기운이 빠져나가고 서서히 육신이 마비되어왔다. 죽어가고 있었다. 태어나서부터 지금까지의 삶이 눈앞을 스쳐 지나갔다. 불과 몇 초 사이에 이십 년 이상의 세월이 담긴 내 인생의 드라마가 눈앞에 펼쳐졌다. 영화가 끝나면 내 생도 끝날 것이다.

캑! 캑! 목구멍으로 넘어가던 수면제 한 알이 그만 목에 걸렸다. 입에 물고 있던 수면제들이 재채기와 함께 한꺼번에 입 밖으로 쏟아져나왔다. 목에 걸린 수면제 한 알이 식도에 붙어버렸는지 아무리 재채기를 해도 나오지 않았다. 화장실로 달려가 입에 수도꼭지를 물고 미친 듯이 물을 마셨다. 벌컥벌컥 물을 쉼없이 마셨는데도 목에 걸린 수면제는 좀체 넘어가지 않았다. 물이 목구멍까지 차오를 만큼 배가 불러 더이상 물도 마시지 못할 지경에까지 이르렀다.

숨을 헐떡이면서 화장실 바닥에 털썩 주저앉았다. 한참이 지나자 목에 걸린 수면제는 마침내 물에 녹아버렸는지, 아니면 목구멍 속으로 넘어갔는지 더이상 고통을 가하지 않았다.

정신을 차리고 다시 수면제를 먹으려고 마음을 먹었는데, 물을 너무 많이 마신 탓에 배가 불러 도저히 수면제를 먹을 수가 없었

다. 한참을 망연자실한 표정으로 책상 위에 어지럽게 널린 수면
제를 쳐다봤다. 딸꾹질이 나왔다. 창문에 비쳐진 내 모습이 보였
다. 콧물과 눈물로 범벅이 된 얼굴을 보니 나도 모르게 웃음이 나
왔다.

'죽는 것도 아무나 하는 게 아니구나.'

독한 마음 먹고 죽어보려고 했는데 뜻처럼 쉽지가 않았다. 몇
알 먹은 수면제가 몸 안에 퍼졌는지 졸리기 시작했다. 책상에 엎
드려 잠이 들었다. 다음날 저녁까지 난 잠에 곯아떨어졌다.

결국 자살 소동은 한숨 잘 자는 것으로 끝나버렸다. 인생의 비
극을 막 내리기 위해서 마음먹었던 결심은 결국 희극이 되고 만
것이다.

남의 삶을 대신 살다

그 일이 있은 후 다시 공부에 몰두하려 했지만 도무지 마음을 잡을 수가 없었다. 자살은 미수에 그쳤으나 그 좌절과 실의는 쉽게 치유되지 않았다. 책을 봐도 글자가 눈에 들어오지 않고 독서실에는 아예 나가기도 싫어졌다. 답답하던 차에 절에라도 들어가 보면 어떻겠냐는 말을 듣게 되었다. 어수선한 마음도 정리하고 공부에 집중할 수 있기 위해서는 적격의 장소라는 생각에 나는 망설임 없이 당장 절로 들어갔다.

절에서의 생활에 적응해갈 즈음 스님 한 분을 만났다. 평소에 말씀이 별로 없는 분이었다.

어느 날 툇마루에 앉아 있는 내 곁에 스님이 조용히 다가왔다. 아무 말 없이 한참을 앉아 있었다. 스님과 나는 처마에 달려 있는 풍경을 무심히 바라보았다.

이윽고 스님이 입을 열었다.

"마음에 상념이 많구나."

“……”

“그렇다고 네 인생을 쉽게 생각해서는 안 된다.”

“……”

“너는 사고를 당했을 때 이미 죽은 목숨이었다.”

“……?”

“네가 지금 살고 있는 생은 너의 삶이 아니다. 넌 한 많은 어떤 이의 삶을 대신 살고 있는 것이다.”

“……네 인생을 쉽게 생각해서 너를 죽이는 것은 너 자신을 죽이는 것뿐만 아니라 네가 대신 살고 있는 그 사람 또한 죽이는 것이다.”

“……부디 너의 인생을 가벼이 여기는 일이 없도록 해라.”

“……이 세상에는 의미 없이 존재하는 것은 없다. 돌 하나, 풀 한 포기, 나무 한 그루에도 부처님의 자비가 담겨 있는 것인데, 하물며 사람의 존재는 오죽하겠느냐?”

아무 말도 안 했는데, 스님은 나에 대해서 소상히 알고 있었다.

벌거벗은 속살을 남에게 들킨 양 부끄러워 얼굴을 들 수가 없었다. 스님은 지나가듯 무심코 한마디 던지고는 홀연히 자리를 떠났다.

남의 삶을 대신 살고 있는 삶!

스님의 한마디는 큰 가르침이 되어 가슴에 남았다.

죽은 목숨을 다시 살게 한 데에는 내가 세상을 위해서 할 일이 있기 때문이리라. 내가 사는 의미는 세상을 위해서 필요한 존재가 되는 길을 찾는 것이리라.

나는 다시 새로운 숨을 내쉬기 시작했다.

광란의 축제

　어느 여름 하루, 절에서 홀로 공부하는 나를 위로한답시고 친구들이 불쑥 찾아왔다. 밤늦게까지 묵은 이야기를 나누다 술 생각이 났다. 우리는 누가 먼저랄 것도 없이 마을로 내려갔다. 워낙 외진 곳이라 걸어서 가야 했다. 족히 한 시간은 걸리는 거리였다.

　출발할 때는 맑은 날씨였는데 얼마 가지 않아 추적추적 비가 내리기 시작했다. 우산을 준비하지 않았으므로 내리는 비를 쫄딱 맞아야 했다. 그런데 비 맞는 것이 싫지 않았다. 푹푹 찌는 여름 날씨에 한줄기 소나기를 맞는 것은 냉장고에 넣어둔 맥주 한 병을 마시는 것보다 몇 배는 더 시원함을 주었다. 비를 맞지 않으려다가 비에 젖으면 찜찜하고 꿀꿀한 기분이지만 아예 온몸이 다 비에 젖어버리면 오히려 기분이 좋아지는 법이다. 더이상 젖을 것이 없으니 홀가분하기 그지없었다.

　오랜만에 맛보는 해방감 탓이었을까. 치기가 발동했다. 길을 가다 말고 길바닥에 大자로 누웠다. 친구들도 따라 했다. 세 명이 큰길 한복판에 드러누워 내리는 비를 맘껏 조롱했다.

"그래 마음껏 내려라, 우리는 더이상 젖을 것도 없다."

드러누운 채로 하늘을 향해 고래고래 고함을 치고 노래를 부르며 억눌린 젊음을 한껏 분출했다. 방바닥 뒹굴듯 길바닥을 뒹굴며 우리에게 가해진 모든 구속과 강제를 다 내뱉었다. 길가의 흙을 주워 친구들 얼굴에 흙칠을 했다. 서로를 향해 마구 흙을 던졌다. 온몸이 흙으로 범벅이 되었다. 친구 한 명은 아예 흙바닥으로 옮겨가 드러누워버렸다. 나도 뒤질세라 흙바닥으로 가서 뒹굴었다. 진흙을 주워 옷 속으로 넣었다. 몸이 질퍽해짐을 느꼈다. 그래도 신이 났다. 어린애가 흙장난을 치듯 한바탕 진흙 목욕을 했다. 흙칠갑을 한 우리는 누가 누구인지 분간이 가지 않았다. 서로의 얼굴을 보고 손가락질하며 깔깔깔 마음껏 웃음을 젖혔다. 어떤 구속도 어떤 부끄러움도 느껴지지 않았다. 내 안에 있던 모든 가식이 사라지는 듯했다.

나는 입고 있던 옷을 다 벗어던졌다. 팬티까지 다 벗고 알몸이 되었다. 친구들도 따라 벗었다. 너무 시원하고 홀가분했다. 그 동안 나를 구속하던 모든 억압이 사라지는 것을 느꼈다. 우리 셋은 고추를 그대로 드러낸 채 일렬로 섰다. 그리고 일제히 오줌을 눴다. 길 한복판에 서서 오줌을 누면서 계속 걸었다. 서로의 몸에다 오줌을 퍼부었다. 이미 더러워질 대로 더러워졌기 때문에 상대방의 오줌이 더럽다는 생각은 전혀 들지 않았다.

누가 더 멀리 오줌을 뻗치나 시합하면서 한여름 밤의 한적한 시골길을 누볐다. 그렇게 한바탕 모든 가식을 다 벗어던지고 알몸 축제를 벌였다.

　마을에 도착해 다시 옷을 입고 구멍가게로 들어갔다. 가게 주인은 정신나간 사람 보듯 했다. 그렇지만 우리는 아랑곳하지 않았다.

　"아줌마, 소주 페트 병으로 세 병 주세요."

　가게 주인은 자기 몸에 흙이 묻을까 봐 어쩔 줄을 몰라했다. 나는 흙으로 범벅이 된 손으로 지갑에서 돈을 꺼내어 건넸다. 주인은 똥이라도 묻은 듯 돈을 받는 표정이 영 말이 아니었다.

　우리는 주인 아주머니의 난감해하는 표정을 되레 재미있어하며 마냥 웃었다.

　"아줌마, 많이 파세요."

　우리 뒤로 주인 아주머니의 넋 나간 시선이 한참 동안 꽂혔다. 그도 그럴 것이 멀쩡하게 생긴 젊은이들이 온몸에 흙칠을 하고 미친놈처럼 낄낄거리며 술 달라고 했으니 얼마나 황당했으랴!

　절로 되돌아가는 길에 우리는 병나발을 불었다. 빗물인지 소주인지 모를 액체를 몸 속으로 넘기면서 무한한 해방감을 가슴에 새겼다. 모든 억압으로부터 해방된 것 같은 자유를 평생 가슴에 담고 싶었다. 우리는 취하지 않았다. 각자 페트 병으로 한 병이나 마셨는데도 전혀 취기가 오르지 않았다. 아마 그때 마신 소주는 술이 아니라 내 젊은 날의 꿈이었을 것이다.

　철없는 시절에 부린 객기였지만, 그때 느낀 해방감은 영원히 내 가슴에 남아 있다.

그림은 나의 인생

　재수 시절 진로에 대해 많은 생각을 했다. 인생에 대한 회의와 장애인으로 살아야 하는 현실에 대한 혐오가 진로 결정을 어렵게 했다. 장애인을 냉대하는 이 사회를 아예 등져버릴까 마음먹은 적도 있었다. 사람들과 부딪치고 싶지가 않았다. 누구의 간섭도 받지 않는, 혼자서도 할 수 있는 일을 하면 시련도 번뇌도 없으리라 생각했다. 그래서 선택한 것이 그림이었다. 그림을 그리면 사회로부터 구속받지 않고 자유롭게 살 수 있을 것 같았다.

　결심이 서자 망설일 것이 없었다. 고등학교 때 미술부 부장을 했던 친구 희일을 찾아갔다.

　"희일아, 나 그림 그리고 싶다. 사람들과 아옹다옹하며 살아가는 현실이 너무 싫다. 나를 감추고 아무도 없는 곳에서 한평생 내가 좋아하는 일을 하며 살련다."

　주섬주섬 이런 말을 내뱉었다. 세상 사람들과 아옹다옹하면서 살지 않고 좋아하는 그림을 그리면서 살면 행복할 거라고 생각했다.

본격적으로 준비를 했다. 우선 미술 입시학원에 등록했다.

미대 입시 준비는 보통 이 년이 걸린다. 입시생들 대부분은 오후까지는 재학생일 경우 학교에서, 재수생의 경우 보습학원에서 학과 공부를 하고 저녁이 되어서 미술 입시학원에서 실기 수업을 받게 된다. 늦게 시작한 나로서는 실기가 더 중요했다.

그래서 미술학원 원장을 찾아가 실기 수업을 아침부터 받게 해달라고 청했다. 나 한 사람을 위해서 아침부터 학원을 개방하기는 힘들다고 했다. 그러면 오후부터라도 실기 수업을 받게 해달라고 매달렸다. 한참 후 원장은 마지못한 듯 허락했다.

오전에는 미술학원 복도에서 학과 공부를 했다. 그리고 오후부터 실기 수업을 받았다. 고등학교 때 미술반 활동을 하기는 했지만, 취미삼아 그림을 그리는 것과 입시를 위해 붓을 드는 것은 상당히 달랐다. 그림에 어느 정도 소질이 있다고 생각했는데, 미대에서 요구하는 실력을 습득하는 것은 생각만큼 쉽지 않았다. 학원을 개방하는 오후 1시부터 밤 10시까지 데생에만 매달렸다. 하루 온종일 등받이도 없는 의자에 앉아 있으려니 죽을 지경이었다. 엉덩이는 저려서 감각이 없어졌고, 미술 연필을 들고 하루 종일 쉴새없이 상하 좌우로 팔을 혹사시키다 보니 어깨는 끊어질 지경이었다. 그래도 그림 그리는 것이 재미있었다. 힘들긴 했지만 내가 가야 할 길을 찾은 것 같아 무척 행복했다.

미술학원을 마치면 고시원으로 돌아갔다. 피곤해서 쓰러질 지경이었지만 곧바로 쉴 수 없었다. 그림은 타고난 재능도 있어야 하지만 그림을 얼마나 많이 그려봤냐가 중요하다. 다른 입시생들은 적어도 이 년, 많게는 사오 년의 경력이 있다. 나보다 4B연필을 수천 번 더 잡아본 사람들이다. 불과 몇 달 준비해서는 몇 년 동안 익힌 감각을 따라잡기가 힘들었다. 그래서 밤늦게 고시원에 들어가서도 곧바로 쉬지 못했다. 뒤떨어지는 감각을 키우기 위해서 새벽까지 책상에 스케치북을 펴놓고 선 긋는 연습을 반복했다.

처음에 학원 선생님들은 올해는 힘들 거라고 했다. 나는 귀담아 듣지 않았다. 안 될 거라는 말을 들으니 더 오기가 생겼다. 반드시 이번 입시에 합격하겠다고 이를 악물었다. 처음에는 신통치 않던 실기 실력이 빠른 속도로 좋아졌다. 자신감이 붙었다. 처음에는 다소 냉소적이던 학원 선생님들도 가능성을 인정해주기 시작했다. 난 더 열심히 그림에 몰두했고, 바닥에서 맴돌던 실기 성적이 점차 미대 입시에 도전할 정도의 수준까지 도달했다.

힘들게 노력한 끝에 그해 입시에서 당당히 합격했다. 처음 그림을 그릴 때 목표로 한 학교는 아니었지만 대구대학교 미술대학 서양화과에 입학할 수 있었다. 학원에서는 한 해 더 준비하면 목표한 대학에 갈 수 있을 거라고 했다. 하지만 난 좋아하는 그림을 그릴 수 있는 것이 중요하지 학교가 무슨 관계가 있느냐며 선생님들의 권유를 뿌리쳤다.

재수 시절부터 미대에 들어가기까지 많은 방황의 세월을 보냈었다. 나의 처지를 비관하며 냉혹한 현실을 욕했고 염세주의자처럼 세상을 비뚤어지게 바라봤다. 어떻게 살아야 하며 무엇을 하며 살아야 할지 참으로 암담했었다.

그러나 미대 입학 후 좋아하는 그림을 맘껏 그릴 수 있게 되자 세상이 다 내 것만 같았다. 방황의 세월을 한줌 재로 날려버리기 위해 캔버스를 불사르기도 하고, 더러운 세상을 욕하기 위해 똥을 처발라보기도 했다.

내 안에 있는 울분과 아픔을 캔버스 위에서 마음껏 풀었다. 조금씩 마음의 안정을 찾았고 나의 방황도 끝이 나는 듯했다.

너의 다리가 되어주고 싶어

그 시절에 수진이를 만났다.

스물다섯 살의 늦깎이 신입생인 나는 동기들이 까마득한 동생 뻘이라 동갑내기 친구가 무척 그리웠는데, 그런 나에게 수진이는 참 좋은 친구가 되어주었다. 그녀 역시 다니던 회사를 그만두고 뒤늦게 편입한 경우로 나와 동갑내기였던 것이다. 나는 1학년이었고 그녀는 3학년이었다. 학년과 관계없이 동갑내기라는 것 때문에 금세 친해졌다. 매일 실기실에서 야간 작업을 하면서 허물없는 친구가 되어갔다.

몇 달 동안은 이성의 느낌보다는 친구의 느낌으로 서로를 바라봤다.

수진이는 외모는 무척 여성스러웠지만 성격은 남자보다 더 화통했다. 소주를 몇 병 마시고도 말짱했다. 나도 술은 좀 마시는 편이었지만 그녀와 술을 마실 때면 항상 먼저 쓰러졌다. 그럴 때마다 그녀는 나를 기숙사까지 데려다주었다. 수진이는 나의 절친

한 술친구이자 작업 동료로 마음속에 서서히 자리잡아가고 있었
다. 나는 그녀의 남자 같은 성격 때문에 친한 남자친구 대하듯 이
놈 저놈 하면서 편하게 대했다. 사귄 지 몇 달 되지 않았지만 수
진이는 내 불알친구보다 더 가깝게 느껴졌다.

늦은 밤 실기실에서 소주잔을 기울이며 서로의 작품에 대해 거
침없는 비평도 서슴지 않았고, 밤늦게 작업을 하다가 졸리면 한
켠에 놓여 있는 야전 침대에서 같이 잠도 자고 아침에 일어나서
는 칫솔도 같이 썼다. 그렇게 몇 달을 보내면서도 나는 그녀에게
이성의 감정을 전혀 느끼지 못했고 그녀 역시 나를 그저 친구로
만 여긴다고 생각했다.

중간고사 수업전(시험 보는 대신에 수업 시간에 작업한 작품을
전시하는 것)을 앞둔 날이었다. 다음날 전시할 작품을 준비하느
라 밤늦게까지 작업실 불을 밝히고 야간 작업에 열심이었다. 자
정이 넘어 3층에 있던 수진이가 2층 내 작업실로 내려왔다.

"소주 한잔 생각 안 나냐?"

나는 별생각 없이 사물함에 넣어둔 소주를 꺼냈다. 평소와 달리
그녀는 다소곳하게 소주잔을 받았다.

"너 어디 아프냐? 평소와 좀 다르다."

"나 어제 제일 친한 친구한테 네 얘기 했다."

"뭐라고 했는데? 성질 더러운 나쁜 놈이라고 욕했나?"

수진이는 아무 대꾸도 하지 않고 고개를 떨구었다. 나는 앞에
놓인 소주잔을 들며 평소와 다른 그녀를 물끄러미 바라봤다.

수진이는 해야 할 말이 있는 사람처럼 입을 열었다 닫았다를 연
신 반복했다.

"너 나한테 무슨 할말 있나? 와 자꾸 입을 쭈뼛쭈뼛거리노! 친구한테 내 욕한 게 마음에 걸리나?"

나는 눈치 없이 마음에도 없는 농담만 했다.

"현숙이한테 네 옆에서 너의 다리가 되어주고 싶다고 했어!"

그 순간 수진이는 내가 평소에 느끼던 왈가닥의 술 잘 마시는 선머슴 같은 여자애가 아니었다. 촉촉이 젖은 수진이의 눈빛을 보는 순간 친구 같은 편안한 동료가 아니라 나의 마음을 설레게 하는 이성으로 다가왔다.

"대운아! 나 너 좋아해!"

수진이는 나에 대한 솔직한 자기 감정을 털어놓았다. 친구로만 생각해온 수진이의 갑작스런 사랑 고백은 나를 무척 혼란스럽게 하였다. 나는 그녀에게 무슨 말을 해야 할지 알 수 없었다. 나를 이성으로 바라보는 그녀가 갑자기 너무 낯설게 느껴졌다. 나는 연거푸 소주잔만 비웠다. 그녀는 무슨 말이든 듣고 싶어 나를 바라보고 있었지만 나는 아무 말도 할 수 없었다. 애꿎은 담배만 연신 피워댔다.

"우린 친군데 서로를 이성으로 바라보는 건 어색하지 않니?"

한동안의 침묵 후에 겨우 뱉은 말이었다. 수진이는 아무 대답이 없었다.

그날 이후로 더이상 그녀를 허물없는 친구로 대하지 못했다. 복도에서 우연히 마주쳐도 어색한 인사만 나누고 황급히 강의실로 들어가버렸다. 밤에 그녀가 2층 내 작업실로 내려오는 일도 없었다. 나도 그녀를 찾지 않았다.

중간고사가 끝나고 주왕산으로 과 전체 MT를 갔다. 1학년과 3

학년이 같은 방에 배정되었다. 어쩔 수 없이 수진이와 한방을 쓰게 되었다. 예전 같았으면 둘 다 좋아했을 텐데, 그날은 한방에 있는 그녀가 어색하기 짝이 없었다. 친구들 틈에서 어색한 하루를 보내고 다음날을 맞았다.

이튿날 아침, 주왕산을 등정하기로 프로그램이 잡혔다. 나도 등정길에 올랐다. 산중턱까지는 등산로가 잘 닦여 있어서 휠체어로 올라갈 수 있었다. 그러나 곧이어 길이 험악해졌다. 돌투성이 길에다 계단까지 이어졌다. 나는 더이상 산을 오를 수가 없었다.

그때 수진이가 달려와 등을 내 쪽으로 내밀며 업히라고 했다. 나는 아무 말 없이 그녀의 등에 몸을 얹었다.

"내가 말했잖아, 너의 다리가 되어주고 싶다고……."

50킬로그램도 채 안 되는 여자가 나를 업는다는 것은 무척 힘든 일이다. 그런데도 수진이는 힘든 기색을 내비치지 않았다. 그녀는 땀을 뻘뻘 흘리며 나를 정상까지 업고 갔다.

"대운아! 날 멀리하지 마. 항상 네 옆에 있을 테니 힘들 때는 언제든 내게 와서 기대."

나를 아끼는 그녀의 마음이 눈물겹도록 고마웠으나 나는 끝내 그녀에게 아무 대꾸를 하지 않았다.

산행을 마치고 숙소로 되돌아왔다. 저녁을 지어먹고 캠프파이어를 했다. 나도 친구들과 어울려 모닥불 주위를 돌며 춤을 추고 술도 마셨다. 오전의 산행 탓인지 피로가 몰려왔다. 나는 남의 눈에 띄지 않게 방으로 들어가 가방을 베개삼아 누웠다.

잠시 후 등뒤에서 인기척이 느껴졌다. 누군가가 다가오더니 베고 있던 가방을 빼내고는 자기 다리를 대신 받쳐주었다. 수진이었다. 그녀임을 금세 느낄 수 있었다. 하지만 나는 모르는 척 그대로 눈을 감고 있었다.

소리없이 내 입술 위로 그녀의 입술이 덮쳐왔다.

"대운아 사랑해. 더이상 날 피하지 마."

이제 더는 그녀를 외면할 수 없었다. 입맞추는 그녀를 꼭 끌어안았다. 서로의 따뜻한 체온을 느끼며 아무 말 없이 우리는 한참 동안 껴안은 팔을 놓지 않았다.

MT를 다녀온 후로 수진이와 나는 친구에서 연인으로 급속히 발전했다. 무엇을 하든 항상 나를 배려하고 이해하려는 그녀의 따뜻한 마음이 너무 고마웠다. 여러 친구들의 부러움을 한 몸에 받으며 그녀와 나는 캠퍼스를 보란 듯이 누비고 다녔다. 이제는 공공연한 캠퍼스 커플이 되었다. 도서관도 수업도 야간 작업도 모든 일을 함께했다. 하루 스물네 시간을 거의 같이 보냈다. 친구들은 매일매일 같이 지내는 우리를 부부라며 놀려댔다. 멋쩍은 웃음을 지었지만 싫지가 않았다.

누구나 부러워하는 연인으로 일 년쯤 사귀던 어느 날 불행이 찾아왔다. 그녀와 나 사이에 생긴 조그만 오해가 빌미가 되어 둘 사이는 갑자기 냉랭해졌다. 예전에 알고 지내던 여자 후배와 우연찮게 연락이 닿아 한 번 만난 일을 그녀에게 미리 말하지 않은 것이 탄로가 나버린 것이다. 수진이는 자기를 놔두고 다른 여자를 만났다며 무척 화를 냈다. 처음엔 단순한 질투이겠거니 했는데 그녀의 화는 좀처럼 수그러들지 않았다. 그녀는 나의 도덕성과 사랑을 의심하는 눈치였다. 내가 아무리 항변을 해도 그녀는 믿으려 들지 않았다. 어처구니가 없었다.

그런 차에 겨울방학이 되었다. 그녀는 서울 집으로 올라갔고 나도 어머니가 계신 청도로 내려왔다. 그녀에게 여러 차례 연락을 했지만 그녀는 나를 만나려 하지 않았다. 어렵게 어렵게 다시 만난 자리에서 난 그녀의 오해를 풀어주기 위해 안간힘을 썼다.

"너와 나는 그저 친구일 뿐이니까 네가 다른 여자를 사귀든 말든 내 알 바 아냐."

매정하기 짝이 없는 그녀의 말을 듣는 순간 나도 모르게 화가 머리끝까지 치밀었다.

"너와 나는 그저 친구일 뿐이라고? 그래 좋다. 앞으론 단지 친구로만 지내자."

버럭 소리를 지르고는 자리를 박차고 뛰쳐나와버렸다.

그 일이 있은 후 그녀를 다시는 만나지 못했다. 내가 미대를 그만두고 다시 입시 준비를 하느라 학교에 가지 않았기 때문이다. 그녀에게서도 연락이 없었다. 그녀나 나나 자존심만을 너무 앞세웠는지 모른다. 그녀가 언니가 있는 캐나다로 유학을 떠났다는 이야기를 들은 것은 그로부터 한참이 지나서였다.

돌이켜 생각해보면 아쉬움이 많이 남는다. 물론 그녀의 태도에는 이해되지 않는 점도 없지 않다. 그녀나 나나 사랑을 알기에는 아직 어렸는지도 모른다. 하지만 더없이 사랑스러운 표정으로 "너의 다리가 되어주고 싶어"라고 말하던 그녀의 모습만은 내 가슴에 오래오래 남아 있다.

자퇴 그리고 입학

평생 그림만 그리며 살 수 있으면 더이상 바랄 것이 없다고 생각했다. 그림을 그리는 동안은 세상에서 가장 행복하다고도 생각했다.

그림을 그리기 시작한 지 삼 년째 되던 해였다. 이런저런 미술 전시회를 자주 구경 다녔는데, 어느 날 불쑥 그림을 그리는 사람 중에 유독 장애인이 많다는 사실을 발견하게 되었다. 기분이 참 묘했다.

'내가 그림을 좋아서 그리는 걸까? 아니면 내가 처한 현실과 타협하기 위해서일까?'

화가의 삶에 대해 회의가 밀려오기 시작했다. 나는 붓을 놓았다. 그리고 나 자신이 진정 원하는 나의 모습이 무엇인지 심각하게 고민하기 시작했다.

어린 나이에 장애인이 된 나에게 주변 사람들은 자주 이런 말들을 했다.

"넌 크면 앉아서 할 수 있는 직업을 선택하거라."

"두 다리가 없으니 활동적인 일보다는 정적인 일이 좋을 거야!"

"금은 세공 배워서 금은방을 차려라. 앉은뱅이가 할 수 있는 일 중에 돈 많이 벌기로는 그만한 일도 없다더라!"

사람들은 나의 적성이나 꿈과는 상관없이 장애인이라는 이유 하나만으로 나의 직업을 결정해버린 듯했다. 나는 그들의 그 무심한 말에 상처를 받았다. 장애의 틀로 나를 가두는 것이 죽기보다 싫었던 것이다.

'왜 나를 인간 박대운으로 보지 않고 장애인 박대운으로 보는 것일까?'

사람들이 나의 장애에 대해서 한 마디씩 할 때마다 나는 장애인의 모습으로는 살지 않겠다고, 장애의 틀에 갇혀 내가 하고 싶은 일을 포기하며 살지는 않겠다고 다짐했다.

'지금 나의 모습은 진정 내가 원하는 삶인가?'

나는 그저 그림이 좋아서 그림을 그리는 거라고, 나를 냉대하는 세상을 조롱하기 위해서 그림을 그리는 거라고 말했지만, 거짓말이고 위선이었다. 진정 좋아해서 그림을 선택한 것이 아니라 불편한 몸을 핑계삼아 세상을 좀더 쉽고 편하게 살기 위해서 선택한 것이었다.

화가의 길을 택한 것이 적극적이지 못하고 수동적인 삶이라는 생각 때문에 괴로웠다. 장애인으로 살지 않겠다고, 장애의 틀에 갇히지 않겠다고 이십 년 넘게 다짐해놓고도 지금 나는 냉혹한 사회 현실과 타협하고 있지 않은가? 하는 뼈아픈 반성이 심장을 도려내는 듯 가혹하게 몰려왔다.

'넌 다리가 없으니까 평생 동안 앉아서 그림만 그리면 편하겠지.'

'박대운! 너는 비겁자요 패배자야.'

'장애의 틀에 갇히지 않겠다고 스스로 말해놓고 넌 지금 장애의 틀에 갇혀 현실에 안주하고 있어.'

'그래 평생 병신으로 세상과 등지고 그림만 그리면서 살아라!'

나를 욕하고 비난하는 소리가 끊임없이 들려왔다. 거울에 비친 내 모습이 너무 부끄러웠다. 거울 속의 나는 '인간' 박대운이 아니라 '장애인' 박대운이었다.

'그림에 대한 미련을 버리자. 장애의 틀에서 벗어나자.'

나는 마침내 결심했다. 몇 날 며칠을 머리칼을 쥐어뜯으며 고민에 고민을 거듭하다 그림을 포기하기로 최종 결론을 내렸다. 다음날 아침 일어나자마자 학교로 달려가 자퇴서를 냈다.

사람들이 장애인은 할 수 없다고, 하기 힘들다고 생각하는 일을 하리라. 세상을 등지고 사는 삶이 아니라 세상의 중심에 의연히 서리라.

갑작스러운 결정에 놀랄 것 같아 가족들에게는 휴학했노라고 거짓말을 했다. 다만 어머니에게만은 다시 입시 준비를 하고 싶다고 솔직히 말했다.

"네가 한다고 하면 말리지는 않겠다. 난 너를 믿는다. 열심히 하거라."

스물여섯 살 늦은 나이에 다시 입시를 준비하겠다는 아들의 엉뚱한(?) 결정에 어머니는 크게 놀라지 않았다. 다른 집 자식 같으면 대학을 마치고 직장을 구할 나이인데도 어머니는 말리지도 않고 싶은 내색도 하지 않았다. 도리어 아들의 결정을 믿고 도전을 격려해주기까지 했다.

공연 PD나 방송국 PD 같은 활동적이고 적극적인 일을 하고 싶었다. 그래서 신문방송학과를 가야겠다고 결정했다.

연세대 신문방송학과를 목표로 다시 입시 생활이 시작되었다. 시작하는 과정에서 가장 힘들었던 것은 주변을 정리하는 일이었다. 워낙 친구를 좋아하는 성격이라 주위에 친구들이 많았다. 그런데 공부에는 친구들이 둘도 없는 적이었다. 같이 입시를 준비하는 입장이라면 상관없는데, 대학이나 직장에 다니는 친구들이 공부에 도움이 될 리가 없었다. 나는 서둘러 그리고 냉정하게 친구들과의 연락을 일절 끊었다. 그 때문에 원망도 많이 들어야 했다. 저 혼자 잘되기 위해서 친구를 외면하는 몰인정한 놈이라고 핀잔도 많이 들었다. 그래도 할 수 없었다. 이번에 내가 목표한 것을 이루지 못한다면 나는 평생 패배감을 안고 살 것 같았다. 친구들의 핀잔을 들으면서도 나는 이를 더 악물었다. 반드시 합격해서 자랑스러운 모습으로 친구를 다시 찾겠다고 다짐했다.

고등학교를 졸업한 지 한참이 지나 다시 입시를 준비한다는 것은 생각보다 힘들었다. 그림에만 몰두하느라 머리에 녹이 슬었는지, 술 담배를 많이 해 머리가 굳었는지 공부한 내용이 머릿속에 들어오지 않았다. 더욱이 학력고사에서 수능으로 바뀐 입시 제도는 여간 낯설지가 않았다.

우선 대구에 있는 입시 단과 학원에 등록을 했다. 가장 먼저 수능의 문제 유형을 파악해야 했기 때문에 그간의 기출 문제 분석에 들어갔다. 한 달 동안 기출 문제와 모의고사 문제만 풀었다.

어느 정도 입시 유형을 파악하고 나서 본격적인 입시 공부에 돌입했다. 영어와 수학은 예전의 학력고사보다 쉬운 편이었다. 문제는 암기 과목이었다. 학력고사 때에는 암기 과목은 무조건 외우기만 하면 되었는데 수능은 단순 암기만 한다고 되는 것이 아니었다. 수능 암기 과목은 많은 응용력을 필요로 했다. 죽어라 암기 과목에만 매달렸다. 시중에 나와 있는 수리탐구 영역 문제집은 모조리 사서 풀었다.

수천 문제를 풀었지만 수리탐구 점수는 쉽게 오르지 않았다. 방법을 달리 해야 했다. 시중에 나와 있는 교과서를 모조리 샀다. 그리고 내가 직접 문제를 만들어보기로 했다. 문제를 내기 위해서는 풀 때보다 교과서 내용을 더 자세히 파악해야 했다. 매일 오십 문제를 만들어 주말이 되면 스스로 풀었다. 단순히 문제만 풀 때보다 스스로 만든 문제를 직접 푸니 응용력이 몰라보게 향상되었다. 60점도 채 나오지 않던 수리탐구 영역 성적이 오르기 시작했다. 공부 방법을 달리한 것이 적중한 것이다.

점수가 오르니 공부가 더욱 신이 났다. 청도에서 학원까지는 한 시간 가량이 걸리는데, 왕복 시간을 따지면 하루에 차에서 보내는 시간이 거의 두 시간이었다. 직접 차를 운전했기 때문에 차 안에서는 아무 일도 할 수 없었다. 하는 일 없이 보내는 두 시간이 너무 아까웠다. 그래서 문제를 만들면서 정리한 각 과목의 요점을 카세트 테이프에 녹음했다. 아침저녁 오가면서 차 안에서 테이프에 녹음한 내용을 반복해서 들었다. 차를 운전하면 집중력이 많이 생기기 때문에 소리로 들려오는 내용들이 머릿속에 속속 들어왔다.

아침 6시에 기상해 8시부터 10시까지 학원에서 자습을 하고 10시부터 오후 5시까지 단과 학원 수업을 들었다. 그후에는 밤 11시까지 학원 자습실에서 공부를 했다. 머리털 나고 최고로 열심히 했다. 다행히 공부량과 비례해 성적은 나날이 향상되었다. 그 덕분에 힘든 공부에도 지치지 않을 수 있었다.

그런데 한 가지 방해 요소가 생겼다.

나는 특이한 외모 덕에 낯선 사람을 만나더라도 금방 사귀게 된다. 한 번만 봐도 강한 인상을 주기 때문이다. 그래서 나는 몰라봐도 나를 아는 사람이 많다. 학원을 다니기 시작한 지 얼마 되지 않아 학원의 모든 사람이 나의 존재를 알게 되어 오다가다 인사를 하고 더러 대화를 나누게도 되었다. 그러다 보니 짬짬이 쉬는 시간이 점점 늘어나기 시작했다. 워낙 사람을 좋아하고 노는 걸 좋아하는 성격이라 말을 걸어오는 사람들을 몰라라 할 수 없었다. 학원 사람들과 어울리는 시간이 늘어나면서 당연히 공부하는 시간은 줄어들기 시작했다.

이러다 안 되겠다 싶어 학원을 그만두어야겠다고 결심했다. 시립도서관으로 공부 장소를 옮겼다. 그러나 거기서도 사정은 마찬가지였다. 얼마 견디지 못하고 또다시 장소를 옮겼다. 입시 기간 내내 나는 몇 달에 한 번씩 장소를 바꾸어가면서 공부했다. 장소를 옮기면 새로운 각오가 생겨 공부에 더 집중할 수 있어 좋았다.

여름이 지나면서 입시에 대한 부담감이 점점 더 강하게 느껴졌다. 초반에는 잘도 오르던 성적은 한동안 제자리걸음만 했다. 불안했다. 잠잘 때 그날 공부한 내용을 베개 밑에 넣고는 베고 잤다. 공부한 내용을 잊지 않기 위해서였다. 그리고 잠들기 전에는 반드시 합격할 수 있다고 매일 백 번씩 외쳤다. 유치한 짓거리였지만 불안한 마음을 달래는 방법으로는 효과가 있었다. 마음의 평정을 찾고 나니 주춤하던 성적이 다시 조금씩 오르기 시작했다. 더불어 의기소침해진 마음도 활기를 되찾았고 시험에 대한 강한 자신감도 생겨났다.

드디어 수능일.

많이 긴장되었지만 다행스럽게도 모의고사 때보다 문제가 쉬웠다. 시험을 치르고 나서 후회는 전혀 없었다. 친구들을 외면하고 같이 공부하는 사람들을 피해가면서 사람 못할 짓 해가며 열심히 했기 때문에 결과에 관계없이 만족스러웠다.

합격자 발표날이 되었다. 조심스럽게 내 수험번호의 버튼을 눌렀다. 손이 떨려 번호를 제대로 누를 수가 없었다. 몇 번을 재입력하고 나서야 내 수험번호를 정확하게 누를 수 있었다.

"박대운, 연세대 신문방송학과에 합격했습니다. 축하합니다."

자동응답기에서 흘러나오는 합격 소식. 너무 기뻤다. 합격의 기쁨도 기쁨이지만 나 자신과의 약속을 지킬 수 있었다는 사실이 더 기뻤다. 그리고 나를 믿어준 어머니를 실망시키지 않게 되어서 나 자신이 고맙기까지 했다.

우스운 얘기지만, 연세대에 입학하기 몇 년 전에 친구들과 서울에 온 적이 있었다. 그런데 길을 잘못 들어 우연찮게 학교에 들어서게 되었다. 떡본 김에 제사 지낸다고 잘됐다 싶어 교정을 둘러보았다. 그때는 이 학교에 입학할 생각이 전혀 없었다. 교내를 몇 바퀴 돌다가 화장실이 급해졌다. 할 수 없이 차를 아무 데나 세워놓고 실례를 했다. 그때 내가 소변을 본 곳이 지금 내가 다니는

연희관(연세대학교 사회과학대학 건물) 앞 장애인 주차장 자리이
다. 우리 학교에서 내가 제일 자주 가는 장소이기도 하다. 우연치
고는 너무 재미있는 우연이 아닐 수 없다. 사람들이 볼까 봐 몰래
눈치보면서 실례했던 그때 생각이 나면 지금도 낄낄거리며 혼자
웃곤 한다.

제일 야한 수영복

휠체어 장애인 학우들이 수강 신청을 할 때 제일 먼저 생각해야 하는 것이 강의실의 층수이다. 엘리베이터가 있는 강의실을 택하거나 높지 않은 층수에 배정된 강의실 수업만을 골라 들어야 한다. 듣고 싶은 과목을 마음대로 듣지 못하고 계단을 피해 도망 다녀야 하는 것이다. 강의실이 높은 층수에 위치해 있으면 아무리 듣고 싶은 과목이라도 포기해야 한다.

불편할뿐더러 위험하기 때문에 다니기가 비교적 쉬운 낮은 층의 강의실만 골라 다니는 다른 장애인 학우들을 이해 못 할 바는 아니다. 하지만 불편하고 힘들다고 무조건 피하는 것보다 더 중요한 것은 세상을 적극적으로 살아가는 자세라는 생각이 들었다. 강의실에 맞춰 수강 신청을 하는 것은 자신의 장애에 주저앉는 것 같아 보기 싫었다. 그래서 일부러 나는 장애인이 제일 듣기 힘든 과목만을 고르기로 했다. 강의실도 될 수 있으면 계단이 많은 강의실을 택했다.

　장애인들은 자신의 장애를 드러내기를 무척 싫어한다. 특히 비장애인 앞에서 자신의 장애를 내보이는 것을 죽기보다 싫어한다. 거기에 생각이 미치자 개설된 과목 중에서 제일 듣기 힘든 과목이 수영이라고 결론내렸다. 많은 비장애인들 앞에 발가벗은 내 몸을 보여주는 것은 쉽지 않은 일이었다. 휠체어를 타고 수영장에 들어가면 동물원 원숭이가 될 것은 뻔한 일이기 때문이었다.

　내가 수영을 하겠다고 하자 주위에서 또 난리가 났다. 다리도 없는데 어떻게 수영을 하느냐며 극구 만류했다.

　나는 원래가 청개구리과이기 때문에 남이 하지 말라고, 하지 못한다고 하면 더 하려고 든다. "할 수 있을 거야, 잘해봐"라며 대수롭지 않게 받아들였으면 대충대충 하고 말았을 텐데, 하지 못할 거라고들 우기니 해야겠다는 오기가 더 강하게 생겼다.

　제일 야한 수영복을 사 입고 체육관 3층의 수영장으로 갔다. 총 열다섯 명이 수업을 들었는데, 다들 말은 안 했지만 과연 내가 수영을 어떻게 할 것인지 내심 궁금해하는 눈치였다. 수영 강사도 나를 처음 보는 순간 할말을 잃었다. 두 다리 없이 휠체어를 타고 수영장에 들어와 있는 나에게 무엇을 가르쳐야 할지 어찌 당황하지 않을 수 있겠는가.

　"수영해봤어요?"

　"예, 사고 당하기 전에 시골 냇가에서 해봤습니다."

　"그게 언젠데요?"

　"이십 년 전입니다."

　나도 수영을 어떻게 해야 할지 몰랐고 강사도 다리 없는 나를 어떻게 가르쳐야 할지 난감해했다.

준비 체조를 마치고 수영장 안으로 들어갔다. 모든 시선이 나에게 집중되었다. 신경쓰지 않았다. 남의 시선쯤이야 늘 그래왔듯이 별문제가 되지 않았다. 물 속에서 다리로 서 있지 못하기 때문에 우선 나는 뜨는 법부터 배웠다. 운동신경이 있어서인지 생각보다 어렵지 않았다.

첫주는 물 위에 뜨는 법과 기본 동작만 배우고 둘째 주부터 자유영법을 배웠다. 다리를 쓸 수 없어 중심 잡기가 여간 어렵지 않았다. 보통 사람들처럼 자유영법을 하는 것은 무리인 것 같았다. 강사도 묘안을 내놓지 못했다. 특수 체육 전공자가 아니었으므로 내게 맞는 수영법을 가르칠 수 없는 것은 당연한 노릇이었다. 할 수 없이 나는 수영장 한구석에 외따로 떨어져 '나만의 수영법'을 익히기로 했다. 그러나 혼자 하는 연습은 결코 쉽지 않았다. 아무리 허우적거려도 몸은 자꾸만 뒤뚱거리고 뒤집어지기만 했다. 앞으로 나아가기는커녕 제자리에 떠 있기조차 힘들었다.

중심 잡는 법만 꼬박 한 달을 익혔다. 여러 번의 시행착오를 겪으면서 나만의 수영법을 점차 개발해갔다. 물론 교본에도 없는 것이었다. 그리하여 각고의 노력 끝에 학기가 끝나갈 즈음에는 자유형 하나만은 다른 친구들 못지않게 할 수 있게 되었다. 50미터 레이스의 경우에는 두 다리가 멀쩡한 이들에게도 뒤지지 않을 정도로 실력이 향상되었다.

함께 한 수강생들은 처음엔 나를 대하는 것을 부담스러워하고 나라는 존재를 불편해했다. 그러나 차츰 서로가 자연스러워졌고 나중에는 나와 함께 수영하는 것을 재미있어했다. 나 역시 수영이 즐거웠다. 애초 목표로 했던 A학점은 결국 받지 못했지만 아쉬

움은 없었다. 짧은 두 다리 사이로 손으로 가른 물살이 지날 때
느낀 무한한 희열감을 어찌 말로 다 표현할 수 있으랴.

　나와 함께 수영을 한 학우들은 나 같은 장애인을 수영장에서 다
시 만나더라도 당황하거나 어색해하는 일은 없을 것이다. 그것만
으로도 힘들게 수영을 배운 것이 보람 있고 의미 있다고 생각했
다. 남 앞에 장애를 드러내기 꺼리는 장애 학우들에게 장애는 수
치스러운 것이 아니라 단지 다른 모습으로 살고 있는 것뿐이라고
말해주고 싶다. 다르다는 것은 개성이지 절대 부끄러운 것이 아
니다. 그러므로 장애 때문에 결코 꿈을 포기하지 말라고……

니가 뭐 힘들다고

매월 셋째 주 주일이 되면 내가 다니는 청년 전례부에서는 무의탁 노인이나 오갈 데 없는 사람들 그리고 부모에게서 버림받은 장애인 아이들이 모여 사는 '은평 꽃동네'로 봉사 활동을 나간다. 그곳에 모여 사는 사람들은 아마도 우리 사회에서 가장 불쌍한 사람들일 것이다.

그들은 저마다 너무나 큰 인생의 멍에를 짊어진 채 힘겹게 살아가고 있다. 돌보아줄 가족 한 명도 없다. 그들을 보고 있으면 나 자신이 얼마나 행복한가 새삼 깨닫게 된다. 그리고 그들처럼 되지 않은 내 인생에 대해서, 나보다 더 불쌍한 사람들을 도와줄 수 있는 내 처지에 대해서 감사한 마음을 갖게 된다.

한때는 봉사 활동을 한다고 우쭐해할 때가 있었다. 바쁜 시간을 쪼개어 남들이 하지 않는 봉사 활동 한다고 잘난 체도 했다. 그리고 내 도움을 받는 그들이 내게 고마워해야 한다고 건방을 떨었다. 하지만 그런 어처구니없는 생각은 오래가지 않았다. 정작 고마워해야 할 사람은 도움을 받는 '꽃동네' 의 불쌍한 사람들이 아니라 그들을 도와줄 수 있는 나 자신이라는 것을 그곳에서의 몇 번의 체험으로 이내 깨달을 수 있었다.

남에게 도움을 받지 않고도 살 수 있는 삶, 자신보다 더 힘든 사람을 도와주는 기쁨을 누릴 수 있는 삶, 세상 그 무엇보다도 더 감사해야 할 일이다. 자신의 못난 육신을 빌려 누구를 도와줄 수 있다는 것만큼 기쁘고 감사한 일이 따로 없음을 많은 사람들은 모르고 산다.

봉사 활동을 나가면서 일상에서는 얻을 수 없는 많은 교훈을 얻는다. 하루 종일 누워 있을 수밖에 없어 등이 썩어 들어가는 사람, 턱이 없어 음식을 씹을 수 없는 사람, 부모에게 버림받았다는 배신감으로 온종일 벽만 바라보고 있는 아이들, 저마다 견디기 힘든 고통을 간직한 채 가족도 없이 살아가야 하는, 우리 사회에서 가장 불쌍한 사람들을 보고 나면 평소에 가졌던 불평불만이 사치라는 것을 느끼게 된다.

친구들이 삶의 불평을 늘어놓으면 내색은 하지 않지만 그들을 속으로 탓하고 흉보았다.

"니가 힘들기는 뭐가 힘드냐? 호강에 겨워 요강에 똥싸는 소리 하고 앉았네!"

만약 내가 그들 앞에서 "나는 왜 다리가 없어 이렇게 힘들게 살지?" "왜 이것밖에 안 되는 걸까?" 하고 불평하면 꽃동네 사람들 역시 내가 한 말을 그대로 할 것이다. 배부른 소리 한다고…….

"너도 내 처지가 되어 여기서 한번 살아봐라. 그런 말이 나오나."

　은평 꽃동네를 찾으면 평소에 불평불만을 늘어놓던 나 자신이 한없이 부끄러워진다. 그래서 다시는 내 처지를 불평하지 않겠다고 다짐하게 된다. 하지만 사람의 마음이란 얼마나 간사한가. 봉사 활동을 다녀온 지 얼마 지나지 않으면 이내 생활을 불평하는 나 자신을 발견하게 된다.

　꽃동네에는 입으로 시를 쓰는 사람이 한 분 있다. 손발이 다 없어 쓸 수 있는 부위는 입밖에 없다. 그분을 보면 나는 또 한번 한없이 부끄러워진다. 하루 종일 침대에만 누워 있어야 하지만 얼굴 어디에도 어두운 구석을 찾아볼 수 없다. 조금 힘들다고, 불편하다고 투덜거리는 나를 생각하면 부끄러워 그분을 쳐다볼 수조차 없다.

　그분의 행동 반경은 침대뿐이다. 하루중에서 그분에게 가장 큰 변화는 누인 몸을 돌려 엎드리는 일이다. 그것도 혼자서는 절대로 하지 못한다. 누가 도와주지 않으면 하루 종일 천장만 쳐다보고 있어야 한다. 그분이 자유롭게 움직일 수 있는 부위는 목과 얼굴뿐이다.

　누워 있는 그분을 보면 휠체어에 앉아 지내는 내 생활을 불평했던 나 자신이 너무 죄스럽다. 휠체어를 타고 어디든 마음대로 움직일 수 있음에도 원망하고 불평하는 나 자신이 너무나 부끄럽고 초라하게 느껴져 견딜 수가 없다.

　부끄러움은 거기에서 그치지 않는다. 펜을 입에 물고 정성들여 쓴 그분의 글을 읽으면 쥐구멍이라도 찾고 싶은 심정이 된다. 노트에 한 점 흐트러짐 없이 가지런히 써놓은 글씨를 보면 나는 더 이상 아무 말도 할 수가 없다. 그분의 글씨에 비하면 내 글씨는

손으로 쓴 게 아니라 발로 뭉갠 것이나 다름없다. 입으로 썼다고
는 도저히 믿어지지 않을 만큼 너무나 훌륭한 글씨다. 예술 작품
이 따로 없다. 너무나 아름다워 경외스럽기까지 하다.

　입으로 시를 쓰는 그분은 아마도 하느님이 우리에게 보낸 천사
일 것이다. 자신의 처지를 고마워할 줄 모르고 불평만 일삼는 간
사한 우리를 꾸짖기 위해서, 욕심을 버리고 자신의 처지에 감사
하고 남을 도와주는 마음을 갖게 하기 위해서 보낸 천사 말이다.

제 3 부

내가 흘린 땀만큼 세상은 아름다웠다

유럽 5개국 2002km 휠체어 · 자전거 횡단
1998. 7. 25.~ 9. 2.(40일간)

"We Run For 2002
   새로운 승리를 위하여"

Germany Duesseldorf → Netherlands Venlo → Oeffelt → Rhenen → Weesp →
Avifauna → Dordrecht → Belgium Wuustweze → Brussel → Hornu →
France Douai → Puiseaux → Amiens → Haudivillers → Amblainville → Paris →
Abis → Chateaudun → Blois → Tours → Ste-Maure → Poitiers → Brioux →
Saintes → le Pontet → Pierroton → Parentisen-Born → Leon → Labenne →
Spain Vera → Pamplona → Spain Carcar → Arnedillo → Ausejo → Almazan →
Riofrio → Hita → Alcala → Madrid

무전여행

"왜 이렇게 학교가 싫지."

힘들게 다시 들어온 대학인데 학교 생활에 적응을 못 했다. 과 친구들과도 잘 어울리지 못했다. 그들은 말이 좋아 동기이지 까마득한 동생뻘이나 다름없었다. 아니다. 그것은 핑계일 뿐인지 모른다. 몇 살 많지도 않은 나이로 인해 나는 스스로 사람들과 벽을 만들고 있었다. 누가 억지로 등 떠밀어 다시 들어온 학교가 아니다. 내가 선택한 길이었다. 그렇다면 책임은 나에게 있는 게 아닌가.

연세대를 들어와 한동안 방황했다. 나의 장애와 타협하기 싫어 미대를 그만두고 힘들게 다시 들어온 학교에 난 적응을 못 하고 있었던 것이다. 사실은 주눅들어 있었다. 위축된 나 자신에게 새로운 힘을 불어넣어줄 뭔가가 필요했다.

극도로 힘든 일을 통해 나 자신을 찾고 싶다는 욕망이 자꾸 치솟았다. 뭔가를 시작해야 한다, 이렇게 마음은 먹었지만 막상 무

엇을 해야 할지 몰랐다. 남이 다 하는 그런 일은 아니라는 생각이
일단 확고했다. 남이 하지 않는 일, 남이 엄두를 못 내는 일을 하
고 싶었다.

그러면 그것이 뭘까? 새로운 무엇인가를 시작해야 한다는 막연
한 생각으로 몇 달을 흘려 보냈다. 새로운 일, 남이 하지 않는 일,
이것이 화두였다.

나 자신에게 던진 질문에 답하기 위해서 고민하고 있을 때 우연
히 기숙사에서 이동건이라는 친구를 만났다. 그도 남보다 늦게
학교에 들어왔던지라 나와 비슷한 고민을 하고 있었다. 고향도
같은 경상도여서 만난 지 얼마 안 되어 우리는 금방 친해졌다.

우리는 틈만 나면 기숙사 로비에서 이런저런 이야기를 나누었
다. 학교 생활에 대해서, 또 살아온 인생에 대해서……

동건이도 평범한 삶을 살지는 않았다. 처음에는 신학교에 진학
했으나 이내 그만두고 다시 연대에 편입했다. 나와 비슷했다. 그
와 이야기하면 할수록 비슷한 점이 많다는 것을 알게 되었다. 그
역시 마찬가지였을 것이다.

"동건아, 우리 이번 여름방학에 뭔가 특별한 일을 한번 해
보자."

"특별한 일?"

"난 지금까지 해외에 한 번도 나가보지 못했어. 그래서 외국에
나가 새로운 것을 경험해보고 싶어. 감춰진 나 자신의 참모습을
한번 찾아보고 싶다 이거지."

"배낭여행?"

"아니, 남들이 다 하는 그런 여행말고 좀더 특별한 여행! 비행

150

기 삯만 갖고 무작정 해외로 나가고 싶다."

"무전여행?"

난 고개를 끄덕였다. 나의 황당한 이야기를 듣고도 동건이는 아무런 반대도 하지 않았다.

"그래 우리 한번 해보자."

그날로 우리는 해외 무전여행을 실행할 계획을 세웠다. 여행지로는 다양한 문화가 공존하는 유럽으로 결정했다. 아무리 무전여행이라지만 비행기 삯은 있어야 했다. 남은 기간 동안 아르바이트를 해 편도 비행기 값은 모아야 했다.

그러나 그조차 쉽지 않은 일이었다. 98년 초 한국은 IMF 체제로 접어들어 경제 사정이 악화되었고 나라 전체가 혼란스러웠다. 동건이는 과외 자리도 잃었다. 나와 동건이 둘 다 실업자가 되었다.

"이러다 비행기 삯도 못 모으겠다."

무전여행이라는 우리의 처음 계획은 궤도 수정을 해야 했다. 좀더 특별한, 남들이 쉽게 상상하기 힘든 특별한 계획을 세워야겠다는 생각이 들었다.

동건이는 자전거광이었다. 틈만 나면 기숙사 앞마당에서 산악용 자전거를 탔다. 그는 새해를 맞아 서울에서 고향인 부산까지 자전거로 타고 내려갔다 오기도 했다. 그것에 힌트를 얻었다. 자전거와 휠체어!

"우리 자전거와 휠체어를 타고 유럽을 횡단하면 어떨까?"

나는 들뜬 목소리로 제안했다.

"난 할 수 있는데, 넌 괜찮겠니?"

"예전에 휠체어 마라톤을 한 경험이 있어서 하루에 50킬로미터 정도는 자신 있어."

우리는 쉽게 의기투합했다. 무전여행에서 휠체어 자전거 유럽 횡단으로 계획을 전면 수정했다.

그래도 문제는 여전히 돈이었다. 아무리 텐트에서 잠을 자고 돈을 아낀다고 해도 해외로 나간다는 것은 적지 않은 돈을 필요로 했다. 우리 스스로 돈을 모아 여행을 한다는 것은 힘들어 보였다.

"뭔가 의미 있는 여행을 하면 누군가 우리를 도와줄 거야."

단순히 휠체어와 자전거로 유럽을 횡단하는 것은 구경거리는 될 수 있어도 특별히 의미 있는 일은 되지 못한다. 미지의 세계에 대한 우리 자신의 도전심도 충족시키고 남들에게도 도움이 되는 일이어야 한다.

무엇이 의미 있는 일일까, 우리는 생각하고 또 생각했다. IMF 체제는 우리는 물론 나라 전체를 암울한 분위기로 만들고 있었다. 그런 와중에서도 사람들은 프랑스 월드컵을 보면서 환호했다. 그 당시 우리에게 가장 희망적인 것이 2002년 월드컵이었다.

"그래 저거다."

"2002년 월드컵을 홍보하는 거다."

"휠체어로 하루에 50킬로미터 정도는 가능하니까 40일 가량 여행하면 2002킬로미터를 완주할 수 있을 거야."

2002라는 숫자는 우리에게 희망으로 다가왔다. 유럽 2002킬로미터를 횡단해 2002년 한국 월드컵을 유럽인들에게 홍보하면 우리의 여행이 특별한 의미가 있을 것이었다. 월드컵을 유럽에 홍보해 많은 유럽 사람들이 한국을 찾는다면 한국의 어려운 경제 상황을 극복하는 데 도움이 되고 또 희망을 잃은 한국 사람들에게 다시 용기를 불어넣어줄 수 있으리라.

동건이와 나는 다시금 의욕이 불타올랐다. 사람들이 우리를 도와줄 거라고 굳게 믿었다. 기획안을 만들고 도와줄 곳을 찾아다녔다. 대한축구협회, 월드컵 조직위, 한국마사회, 신문사, 방송사, 복지 단체 등 도와줄 만한 곳은 모두 찾아갔다.

반드시 도와줄 거라고 믿고 찾아갔지만 결과는 신통치 않았다. 하루에 줄잡아 십여 군데를 돌아다녔지만 선뜻 도와주겠다고 나서는 곳은 없었다. 우리는 다시 한번 낙심했다. 어떻게 해야 할지 방법이 보이지 않았다. 이대로 포기해야 하는 걸까.

몇 달을 돌아다녔지만 떠날 비행기표조차 구하지 못했다.

우리의 목적을 일단은 많이 알려야 했다.

"언론에 보도하자. 그러면 도와주는 사람이 반드시 생길 거다."

학교 홍보실을 찾아가기로 했다. 거기에는 각 신문사 기자들이 들락거리기 때문에 우리 여행에 관심을 가져주는 기자가 한둘은 있을 거라는 판단에서였다. 보도 자료를 만들어 나누어주었다. 다행히 조선일보 기자가 굉장한 관심을 보였다. 그 기자는 즉시 신문사에 연락해 사진기자를 불렀다. 조선일보에서 취재했다는 소문이 돌았는지 여러 신문사에서 우리를 앞다투어 취재해갔다.

다음날 아침 주요 일간지 사회면에 우리 기사가 실리지 않은 곳이 없었다. 단번에 우리의 도전은 만천하에 알려지게 되었다. 내심 우리는 언론의 힘을 믿고 있었다. 신문기사를 보고 우리를 도와줄 사람이 반드시 나설 거라고 기대했다. 그러나 실질적 도움을 주는 사람보다는 여행에 같이 동참하고 싶어하는 사람이나, 듣도 보도 못한 단체에서 자기들 이름을 걸고 뛰어달라고 우리를 이용하려는 단체들만 줄을 이었다.

떠날 날짜는 꼬박꼬박 다가오는데 제대로 해결된 문제는 하나도 없었다. 우리는 다시 한번 실망감에 사로잡혔다. 2002킬로미터 횡단을 할 수 있을까보다는 유럽으로 떠날 수 있을지가 더 관건이 되어버렸다. 초조하고 불안했다. 거의 반 년을 기획하고 준비했는데 그 동안의 모든 노력이 허사가 되는 것 같았다. 하지만 마지막까지 희망을 버리지 않았다. 꼭 유럽으로 떠나 유럽의 심장부를 휠체어를 타고 정복하겠다고 다짐하고 또 다짐했다.

떠나기 10일 전 문화관광부 해외문화홍보원에서 연락이 왔다. 2002년 월드컵을 홍보하는 일도 한국을 홍보하는 일이므로 도움을 주고 싶다는 것이었다. 가장 많은 비용이 드는 부분을 후원하겠다고 했다. 그리하여 마라톤용 경주용 휠체어를 마련할 수 있게 되었다. IMF로 인한 환율 상승으로 수입품인 경기용 휠체어 가격은 구제금용 전보다 두 배나 더 비쌌다. 7백만원 상당의 고가 경기용 휠체어를 문화관광부에서는 선뜻 후원해주었다.

문화관광부를 시작으로 실질적인 도움을 주겠다는 개인이나 단체에서 연락이 오기 시작했다. 항공권은 대한항공에서, 나머지 기타 경비는 '장애복지21' 이라는 장애인 신문사에서 도움을 주겠다고 나섰다. 개인적으로 도움을 요청했던 개그맨 심형래 씨도 여행 경비에 보태라며 선뜻 거금을 내주었다. 떠나기 일 주일 전만 해도 떠나는 것 자체가 미지수였는데, 문제가 하나 둘씩 해결되기 시작하면서 모든 것이 순조롭게 풀려나가는 듯했다. 그러나 막상 경비를 비롯한 여타 문제가 완전히 해결된 것은 떠나기 하루 전날이나 되어서였다. 나는 비행기를 타는 순간까지 내가 진짜 유럽으로 떠나는가를 의심해야 했다.

사람들은 2002킬로미터 휠체어 유럽 횡단을 어떻게 했느냐며 대견스러워하지만 사실은 횡단보다 더 힘들었던 것이 기획 과정과 출발에 필요한 경비를 마련하는 일이었다.

2002킬로미터 휠체어 유럽 횡단은 기업체나 단체에서 기획했고 거기에 내가 발탁된 것으로 아는 사람들이 많다. 그랬다면 나는 하지 않았을 것이다. 나는 유럽 횡단을 성공리에 마친 나 자신보다 아무도 시도하지 않은 일을 하겠다고 마음먹은 나 자신이 더 자랑스럽기 때문이다. 휠체어로 2002킬로미터를 달릴 수 있는 사람은 나말고도 많다. 하지만 2002킬로미터를 휠체어로 횡단하겠다고 마음먹고 기획한 사람은 나말고는 아무도 없다.

2002킬로미터 유럽 횡단이 만약 남이 시켜서 한 일이라면 내게는 아무 의미도 없었을 것이다. 미지의 세계에 대한 나 자신의 도전이자 스스로 생각해낸 도전이었기 때문에 그 무엇과도 바꿀 수 없는 내 인생의 소중한 경험이 되었던 것이다.

한 사람을 위한 배려

한없이 펼쳐진 자전거 도로를 기분좋게 달린다. 나이메겐을 출발해 오늘의 목적지인 레넨으로 향하는 길이다. 스쳐 지나가는 사람들의 얼굴엔 웃음과 여유가 넘친다.

네덜란드 사람들은 참 평화롭게 살고 있는 것 같다. 농업국인 이 나라에는 도시보다 농촌이 훨씬 많다. 논과 목장들이 아름답게 펼쳐진 시골 풍경에 매혹당하며 잘 닦인 도로를 지치는 줄도 모르고 달리고 있노라면 그들의 평화로운 일상이 부러워진다. 도시도 마찬가지다. 녹지가 많고 번잡하지 않은 이곳 도시들은 서울과는 딴판이다. 평화롭고 아름답다.

동건이와 나는 나란히 붙어 힘차게 바퀴를 굴렸다. 오늘 하루 달려 도착해야 하는 곳인 레넨은 아직 한참 남았다. 이 낯선 이국의 땅을 휠체어와 자전거로 달린 지도 어느새 닷새째이다. 그러나 긴 도정의 시작일 뿐이다.

도로 표지판을 일일이 확인하면서 달렸건만 어느 순간 갑자기

이정표에서 레넨이 사라지고 없었다. 한눈판 사이 교차로에서 길을 잘못 든 모양이었다. 길은 서로 통하게 되어 있으니까 별일 없겠지 생각하며 계속 앞만 보고 달렸다.

그런데 한 시간 가량을 달렸는데도 레넨을 가리키는 도로 표지판은 나타나지 않았다. 우리는 하는 수 없이 멈춰 섰다. 지도를 펼쳐 위치를 찾아보았다. 그러나 지금 서 있는 곳이 어디인지 도무지 알 수가 없었다.

여기가 어딘지를 모르니 어디로 가야 할지도 판단할 수 없었다. 우리는 갈팡질팡했다. 레넨이라고 씌어 있는 도로 표지판을 찾기 위해 정신없이 주위를 둘러보며 여기저기를 헤매고 다녔다.

얼마의 시간이 흘렀다. 분위기가 심상치 않았다. 자전거 도로라면 우리 옆을 지나가는 자전거가 있어야 할 텐데 주위에는 사람도 자전거도 아무것도 없었다. 순간 아차 하는 생각이 들었다. 우리가 정신없이 헤맨 곳은 자전거 전용도로가 아니라 차도였던 것이다. 기분이 이상해 뒤를 돌아보았더니 수십 대의 차가 줄을 지어 내 뒤를 천천히 따라오고 있는 것이 아닌가. 우리가 길을 헤맨 지 족히 한 시간이 넘었을 텐데, 한두 대의 차도 아니고 몇십 대의 차들이 내 뒤를 묵묵히 따라오고 있었던 것이다. 경적을 울리는 사람도, 고함을 치는 사람도 없었다. 한 대의 휠체어를 위해서 많은 차들이 갈 길을 포기하고 묵묵히 내 뒤를 지켜주는 것이었다.

우리는 무척 당황했다. 휠체어와 자전거를 한쪽으로 붙여 세웠다. 그리고는 줄을 지어 뒤에서 천천히 서행하고 있던 자동차들을 향해 앞을 가로질러 가라고 손짓했다. 그제서야 차들은 휠체어 앞을 지나갔다. 미안한 마음에 지나가는 차들을 향해 고개 숙여 감사를 표했다. 그들은 한결같이 당연히 해야 할 일을 했을 뿐이라는 표정을 지었다. 휠체어 뒤에서 한 시간 가량이나 자기 갈 길을 가지 못한 운전자들이라고는 전혀 생각되지 않았다. 운전자들은 어느 누구도 싫은 표정을 짓지 않았던 것이다.

우리를 말없이 기다려준 운전자들이 한없이 고맙기도 했지만 미안한 마음이 더 앞섰다. 그러나 무엇보다 한 대의 휠체어를 위해서 몇 시간을 기다릴 줄 아는 네덜란드 사람들의 여유로움이 너무나 부러웠다. 휠체어 뒤에 처져 있던 차들을 다 보내고 나서 나는 한동안 생각에 잠겼다. 한국에서라면 어땠을까? 나도 모르게 한국과 네덜란드가 비교되었다.

아마 한국에서라면 경적을 울려대며 갖은 욕을 다 퍼부었을 것이다. 한국에서는 다수의 편의를 위해서 소수의 생존권을 포기하기를 강요하는 일이 비일비재하니 말이다. 자기 집 주위에 장애인 편의 시설이 들어서면 집값이 떨어진다고, 자녀 교육에 악영향을 미친다고 무턱대고 반대한다. 자신들의 조그만 이익을 가난하고 소외된 소수 장애인의 생존권과 맞바꾸기를 서슴지 않는다. 네덜란드에서 나는 수십 명의 사람들을 불편하게 만들었다. 갈 길 바쁜 사람들의 길을 막았으니까 분명 그 사람들의 편의를 해친 것이다. 하지만 네덜란드인들은 자신들의 편의와 내가 길을 갈 권리를 맞바꾸기를 강요하지 않았다. 장애인 한 명의 보행권을 수많은 사람들의 편의보다 훨씬 더 중요하게 여기고 있는 것이다.

악재는 겹쳐 온다

지도로 가늠해보건대 운트레히트에서 암스테르담까지는 대략 20킬로미터 정도 소요될 것 같았다. 평소 하루에 달리는 거리의 반도 되지 않는 거리여서 우리는 평소보다 하루 일정을 여유 있게 시작했다. 아침도 성대하게 차려먹고, 샤워는 물론 빨래까지 했다.

출발 준비를 마치고 가벼운 마음으로 운트레히트 캠핑장을 나섰다. 그런데 시내가 예상보다 좀 복잡했다. 교통 정체가 심해서인지 자전거 전용도로가 차도 옆에 나란히 붙어 있지 않고 외곽으로 빠져 있었다. 더욱이 교차로에서는 자전거 전용도로가 지하로 통해 있었다. 그러다 보니 차도 옆을 따라가기만 하면 길을 쉽게 찾을 수 있었던 다른 날과는 달리 방향을 똑바로 잡기가 쉽지 않았다.

몇 번이나 길을 헤맸다. 그런 와중에도 암스테르담 표지판만은 놓치지 않기 위해 정신을 바짝 차렸다. 힘들었지만 다행히 운트레히트 시내를 무사히 빠져나올 수 있었다.

오전 일정을 마치고 점심을 먹었다. 한적한 나무 그늘 밑에서 아침에 만들어놓은 샌드위치를 배낭에서 꺼내 먹고 약간의 휴식을 취한 후 다시 암스테르담으로 향했다.

그런데 분위기가 이상했다. 네덜란드의 수도를 향하는데, 길은 시골길이었다. 아무리 네덜란드가 농업국이라고 해도 농촌에 수도가 있을 리는 없지 않은가. 뭔가 잘못되어간다는 예감이 들었다.

아니나 다를까 불길한 예감은 빗나가지 않았다. 분명 아침에 예상하기로는 운트레히트에서 암스테르담까지의 거리가 20킬로미터 정도였다. 그러나 표지판에 씌어 있는 수치는 무려 50킬로미터나 되었다. 운트레히트 시내를 빠져나오면서 길을 잘못 든 것이었다. 암스테르담까지 가는 직선 코스에 접어들지 못하고 우회로로 잘못 빠져버린 것이었다.

아찔했다. 휠체어에서 내려 길바닥에 누워버렸다. 이제껏 달려온 길이 너무 복잡했기 때문에 왔던 길을 되돌아간다고 해도 암스테르담까지 가는 빠른 길을 찾을 수 있으리라는 보장도 없었다. 그리고 왔던 길을 되돌아간다는 것은 정신적으로 몇 배의 피로감을 더 주기 때문에 웬만하면 되돌아가는 길은 택하고 싶지 않았다. 동건이도 맥이 빠지는 모양이었다. 짊어지고 있던 배낭을 땅바닥에 팽개치듯이 내던졌다. 우리 둘은 땅바닥에 드러누워 한동안 하늘만 쳐다보았다.

저녁까지 암스테르담에 도착하지 못하면 헤어졌던 취재팀과도 만날 길이 없었다. 우리는 다시 일어나 앉았다. 둘러가는 길이지만 가던 길을 계속 가기로 결정하고 다시 휠체어에 몸을 실었다. 초점 없는 눈으로 암스테르담을 가리키는 표지판을 보면서 앞으로 나아갔다.

재앙은 홀로 오지 않는다고 했던가! 조금 전까지만 해도 구름 한 점 없이 맑던 하늘이 점점 어두워지더니 비가 내리기 시작했다. 마음도 우울한 터에 비까지 내리니 금방이라도 눈물이 쏟아질 것 같았다. 우리 둘은 내리는 비를 처량하게 맞으며 암스테르담으로 향했다.

몇 시간을 빗속에서 강행군을 하니 비옷도 소용이 없었다. 온몸이 빗물에 젖어버렸다. 몸이 무거워지기 시작했다. 휠체어를 굴리는 손이 쇠뭉치를 달아놓은 듯 힘겹게 느껴졌다. 동건이도 비에 젖은 배낭을 힘겨워하고 있었다. 둘은 아무 말도 하지 않고 앞만 응시한 채 기계적으로 달리고 있었다.

날은 어두워져 표지판조차 잘 보이지 않았다. 나도 동건이도 사력을 다해 바퀴를 굴렸다. 천신만고 끝에 암스테르담에 도착했다. 밤 9시가 넘은 시각이었다. 몸도 마음도 너무 지쳐 있었다. 하지만 취재팀과 만나기로 한 유스호스텔을 찾아야 했다. 또다시 암스테르담 시내를 헤매어 다녔다. 너무 힘겨운 하루를 보낸 뒤라 그런지 암스테르담은 아무런 감흥을 불러일으키지 못했다. 되레 시내 풍경도 스쳐 지나는 사람들도 모두 짜증스럽기만 할 뿐이었다.

물어 물어 유스호스텔을 찾아냈다. 그런데 우리가 찾던 본델 파크 유스호스텔이 아니었다. 또 한번 맥이 빠졌다. 몸은 극도로 피곤해 더이상 움직일 힘이 없었다. 숨쉬기조차 버거웠다. 그러나 다시 움직여야 했다. 시간은 자정이 다 되어가고 있었다. 배는 고픈지 아픈지 분간조차 되지 않았고, 비에 흠뻑 젖은 몸은 땅으로 꺼지는 듯했다.

여기가 지옥인가 싶을 정도로 힘들고 고통스러웠다. 죽을힘을 다해 어렵게 어렵게 본델 파크를 마침내 찾았다. 그러나 희망을 안고 찾아간 그곳에서 또다시 암담함이 덮쳐왔다. 빈방이 없다는 것이었다. 더욱이 기다리고 있을 거라고 철석같이 믿었던 취재팀도 온데간데없었다. 갑자기 눈물이 왈칵 쏟아졌다.

남은 방법이라곤 본델 파크에서 가장 가까운 아무 호텔에나 묵는 수밖에 없었다. 무거운 발걸음으로 다시 유스호스텔을 빠져나왔다. 시간은 새벽 1시 30분을 가리키고 있었다.

가격도 묻지 않고 눈에 보이는 첫번째 호텔로 들어갔다. 하루 숙박료가 예상했던 것보다 훨씬 비쌌지만 더이상 움직일 힘이 없었기 때문에 어쩔 수 없었다.

하룻밤 숙박료로 일 주일치 여행 경비를 다 날려버렸다.

네덜란드 아저씨

여행의 매력 중 하나는 낯선 사람과의 새로운 만남일 것이다. 그리고 그 만남이 좋은 만남이라면 더욱 큰 기쁨일 것이다. 길을 몰라 헤맬 때 현지인의 따뜻한 길 안내는 사막에서 오아시스를 발견하는 것만큼 고마운 일이다.

암스테르담에서 어렵게 다시 만난 취재팀과 또다시 헤어지고 말았다. 자전거 도로와 차도가 나란히 붙어 있지 않은 곳에서는 차량으로 이동하는 취재진과 휠체어, 자전거로 이동하는 우리는 서로 길이 엇갈리기가 쉬웠다.

또다시 취재진과 헤어져 서로의 소재를 모른 채 각자의 길을 가고 있었다. 이상하게 취재진과 헤어지면 우리의 여행 일정은 더 고단해졌다. 평소에는 비가 안 내리다가도 취재진과 떨어지기만 하면 하늘이 갑자기 흐려졌다.

암스테르담을 지나 라이덴으로 향하는데 그날도 비가 억수같이 쏟아졌다. 게다가 강풍까지 몰아쳐 바로 앞도 볼 수 없을 지경이었다. 내리치는 비바람을 맞으니 빗물이 살을 파고드는 것 같고 얼굴에 내려앉는 빗방울이 돌멩이같이 느껴졌다. 눈을 제대로 뜰 수 없어 얼굴을 숙인 채 땅만 보면서 앞을 향했다. 고통을 이기기 위해서 큰 소리로 노래를 불러보았다. 괴성을 지르다시피 노래를 부르면서 비바람을 젖히고 앞으로 나아갔다. 끼고 있던 콘택트 렌즈마저 한쪽이 빗물에 씻겨 내려갔다. 한쪽 눈이 잘 안 보여서 거리 측정이 힘들었다. 폭우 속을 앞이 제대로 보이지 않는 상태 로 헤맸다. 제대로 보이지 않으니 판단력도 흐려지기 시작했다.

그때 비상등을 켜며 차량 한 대가 우리 옆에 멈춰 섰다. 마음 좋게 생긴 아저씨 한 분이 차에서 내렸다.

"이 길은 고속도로로 통하는 길입니다. 휠체어와 자전거가 이 길로 가는 것은 위험합니다."

또다시 길을 잘못 든 것이다. 하마터면 고속도로로 올라가 큰 사고를 당할 뻔했다. 유럽의 고속도로에는 한국에서와 같은 톨게이트가 없다. 그래서 국도와 별 차이를 느끼지 못한다. 그렇기 때문에 조금만 방심하면 국도에서 고속도로로 접어들게 된다.

"목적지까지 내 차로 데려다줄 테니 타세요."

이 여행의 취지가 휠체어와 자전거만으로 횡단하는 것이기 때문에 우리는 다른 교통수단을 이용할 수 없었다. 비록 보는 사람은 없었지만 그것은 나 자신과의 약속이므로 어길 수는 없었다.

"우리는 2002년 한국 월드컵을 홍보하기 위해서 휠체어와 자전거로 유럽 2002킬로미터를 횡단하고 있습니다. 그래서 차에 탈 수가 없습니다."

그 아저씨는 우리의 여행 목적을 듣고 나서는 더이상 차에 탈 것을 강요하지 않았다.

"그러면 내가 목적지까지 차로 안내해줄 테니 내 뒤를 따라오세요."

그는 비상등을 켜고 앞장서서 길을 안내하기 시작했다. 휠체어와 자전거의 속도에 맞춰 천천히 우리를 이끌었다. 비는 더욱 거세게 퍼부어대고 있었다. 앞장서는 차도 앞을 잘 보지 못할 정도로 엄청난 비였다.

갑자기 차를 멈추더니 아저씨가 내렸다. 비가 너무 많이 내리면 캠핑장에 도착한다고 해도 짐을 풀기 힘드니 자기 집으로 가는 것이 어떻겠냐고 물어왔다.

일리가 있는 말이었다. 폭우 속에서 텐트를 치고 야영을 한다는 것은 자칫 위험할 수도 있었다. 염치없었지만 아저씨의 제안에 동의했다.

차를 돌려 자기 집 쪽으로 향했다. 빗물을 뚝뚝 흘리며 집 안으로 들어갔다. 느닷없는 방문에도 불구하고 아저씨의 부인은 싫은 내색 하나 하지 않고 우리를 따뜻하게 맞아주었다.

먼저 샤워를 하라고 욕실로 우리를 안내하면서 부인은 비에 흠뻑 젖은 우리 옷을 받아들었다.

"옷은 말려서 내일 아침에 줄 테니 먼저 씻고 나오세요."

말이 잘 통하지 않았기 때문에 고마움을 제대로 표현하지 못했다. 그저 고개를 숙이면서 고맙다는 말만 되풀이했다. 샤워를 하고 나오니 따뜻한 토마토 수프가 우리를 기다리고 있었다.

"2층에 잠자리를 마련해두었어요. 식사하고 편히 쉬어요."

비록 정확한 의사소통은 이루어지지 않았지만 낯선 땅에서 온 우리를 따뜻하게 대하는 고마운 마음은 충분히 느끼고도 남았다. 그 부부는 우리 여행의 목적과 취지를 충분히 이해하는 듯했다. 그래서 더욱 고마웠다. 말이 통하지 않는 외국인에게도 우리의 여행이 뜻있는 여행이라는 것을 인정받으니 큰 보람을 느꼈다.

식사를 마치고 2층에 올라가 잠자리에 들었다. 여행을 시작한 이후로 줄곧 추위에 떨며 텐트에서 새우잠만 자다가 오랜만에 따뜻한 방에서 편안한 휴식을 취했다. 꿈도 꾸지 않고 죽음보다 더 달콤한 잠에 빠졌다.

다음날 우리는 다시 다음 목적지로 떠날 준비를 했다. 전날 강 풍과 폭우 속에서 고생을 했는데도 편안하게 숙면을 취해서인지 몸은 날아갈 듯 가벼웠다.

그전까지는 네덜란드 음식이 너무 맛이 없었는데 그날은 아주 맛있었다. 여느 때와 다름없는 음식이었음에도 유난히 맛있게 느껴진 것은 정성이 담겨 있었기 때문일 것이다. 떠나는 우리에 게 부인은 가다가 배고플 때 먹으라며 과일과 샌드위치를 건네 주었다. 따뜻한 마음이 물씬 풍기는 도시락이었다. 아쉬운 이별 이었지만 갈 길이 멀었기 때문에 떨어지지 않는 발걸음을 다시 옮겼다.

여기가 아닌 개벽

휠체어 여행에서 가장 힘든 것 중 하나가 캠핑장을 찾는 일이었다. 넉넉지 않은 여행 경비 때문에 잠은 반드시 캠핑장을 이용해야 했는데, 지도에 나와 있는 표시를 보고 캠핑장을 찾아가더라도, 캠핑장이 항상 외진 곳에 있는 탓에 도착해서도 두세 시간은 족히 찾아 헤매야 했다.

캠핑장을 빨리 찾는 날은 일정을 빨리 마칠 수 있지만 목적지에 일찍 도착해서도 찾지 못하면 하루 일정은 그만큼 늦게 끝났다. 캠핑장을 얼마만큼 빨리 찾느냐가 하루 일정을 얼마나 빨리 마칠 수 있느냐를 좌지우지했다.

프랑스의 보종 시를 출발해 다음 목적지인 옹부아제에 도착했을 때의 일이다. 마침 그날은 찌는 듯한 더위가 한풀 꺾여 시원한 날씨였다. 도착하자마자 우리는 캠핑장의 위치부터 확인했다. 지도상에 나와 있는 캠핑장은 아주 외진 곳에 위치해 있었다.

"오늘도 하루를 빨리 마치기는 힘들겠다."

동건이가 지도를 보면서 한숨 섞인 한마디를 내뱉었다.

캠핑장 가는 길을 지도에서 확인하고 발걸음을 옮겼다. 몸 상태가 좋았기 때문에 내가 앞장섰다. 얼마 가지 않아 캠핑장이 눈에 보였다.

"야 오늘 횡재했다!"

캠핑장을 발견한 내가 큰 소리로 외쳤다. 캠핑장을 찾느라 애먹지 않아도 된다고 생각하니 탄성이 절로 나왔다. 하루 일정을 끝내고 캠핑장 때문에 이리저리 헤매면 짜증이 극도에 달한다. 몸도 피곤한데 목적지에 다 와서 길을 찾는다는 것은 사람을 대단히 피곤하게 만드는 일이었다.

그런 지긋지긋한 고생을 오늘은 하지 않아도 된다고 생각하니 너무 기분이 좋았다. 동건이도 싱글벙글이다.

"빨리 체크인 하고 오늘은 일찍 자자."

"그래 오늘은 샤워도 좀 하고 그 동안 쌓인 피로도 맘껏 풀자."

"이런 날도 있어야지, 안 그러냐?"

우리는 뜻하지 않은 행운에 너무나 즐거워했다. 50여 킬로미터를 달려왔음에도 불구하고 둘의 얼굴에는 웃음이 가득했다.

"그런데 캠핑장이 왜 이렇게 작지?"

"도심에 있는 캠핑장이라서 그렇겠지, 뭐."

말은 그렇게 했지만 아무래도 기분이 개운치 않아서 사무실로 보이는 건물로 들어갔다. 사무실 안에는 캠핑 용품이 빼곡히 진열되어 있었다.

"여기서는 캠핑 용품도 파는 모양이다."

"잘됐다. 여기서 필요한 물품도 구입할 수 있겠다."

주인은 우리에게 무엇을 사러 왔느냐고 물었다.

"물건을 사러 온 것이 아니라 캠핑하러 온 거예요."

주인은 놀라는 눈치였다.

"여기는 캠핑 용품 파는 가게인데요."

"예? 그러면 밖에 있는 저 텐트들은 뭐예요?"

"팔기 위해 전시해놓은 것들이죠."

우리가 찾아간 곳은 캠핑장이 아니라 캠핑 용품 전시관이었다.

"어쩐지 도시 한가운데에 캠핑장이 있다 했더니……."

"좋다 말았다."

방금 전까지 기분좋아 싱글벙글하던 우리는 이내 침울해졌다. 다시 캠핑장을 찾아갈 생각을 하니 눈앞이 캄캄했다.

그로부터 캠핑장을 찾는 데만 꼬박 세 시간을 허비했다. 밤 열 시가 다 되어서야 우리의 바퀴들이 멈출 수 있었다.

억세게 운좋은 날이 될 뻔했는데…….

지독한 일상

텐트 속에서 맞는 아침은 고통스럽다. 밤새 땅에서 올라오는 차가운 기운이 뼛속 깊숙이 파고들어 온몸을 송장처럼 굳게 만든다. 정신은 깨어났는데도 굳어버린 몸은 꼼짝도 하지 않는다. 침낭 속에서 빠져나오는 것이 죽은 사람이 굳게 닫힌 관을 열고 나오듯이 힘겹다. 나무토막처럼 굳어버린 근육을 풀기 위해서 이러저리 몸을 움직이는데 우두둑 뼈 부러지는 소리가 난다.

어제 저녁에 길어온 물로 고양이 세수를 하고 힘겨운 하루를 시작한다. 오늘은 뭘 해먹을까? 감자국을 끓여볼까? 계란탕을 끓여볼까?

사실 이름만 다르다 뿐 감자국이나 계란탕이나 별 차이는 없다. 계란이 좀 많이 들어가면 계란탕이 되고, 감자가 좀 많이 들어가면 감자국이 되는 것이다.

쌀을 씻어 밥을 짓고, 계란 프라이를 하고, 마지막으로 계란탕인지 감자국인지 분간이 가지 않는 국을 끓인다.

다른 재료를 구할 길이 없기 때문에 딴 요리는 엄두도 못 낸다. 괜히 알지 못하는 재료를 사다가 요리했다간 실패하기 십상이다. 햄인 줄 알고 사면 돼지간으로 만든 도저히 먹을 수 없는 이상한 소시지이고, 호박이라고 샀는데 알 수 없는 이상야릇한 맛이 나는 야채고…… 특별한 요리를 맛보기 위해서 몇 번 시도해봤지만 매번 실패만 맛봤다.

눈으로 분간할 수 있는 감자와 계란을 고르는 것이 가장 확실한 방법이기 때문에 몇 날 며칠을 같은 요리만 해먹는다.

대강 아침을 지어먹고 출발 준비를 한다. 그런데 출발 전에 발목을 잡는 것이 두 가지 있다. 하나는 텐트 걷는 일이고 또하나는 설거지다. 텐트 칠 때는 빨리 자야지 하는 마음에 힘든 줄 모르고, 요리할 때는 밥 먹는 게 즐거워 귀찮은 줄 모르지만, 쳤던 텐트를 다시 걷을 때와 설거지할 때는 보통 귀찮은 것이 아니다. 언제나 그 둘은 아침 출발 전 발목을 붙드는 단골 메뉴다. 내일부터는 텐트 빨리 걷고 설거지 후딱 해치우고 빨리 출발해야지 다짐하지만 결과는 늘상 텐트 걷기와 설거지에 발목 잡혀 늦은 하루를 시작한다.

매번 느끼는 일이지만, 일단 시작하면 별탈 없이 잘 가는데 막상 시작하기가 쉽지 않다. 출발하기 전에 뭐가 그리 할 일은 많은지, 방금 전에 갔다 온 화장실이 또 가고 싶고, 휠체어 바퀴는 왜 매일 바람이 빠져 보이는지, 담배는 또 왜 그리 피고 싶은지…….

오늘도 이런저런 핑계로 계획보다 한 시간이 늦어졌다. 시계를 보고 화들짝 놀라 서둘러 휠체어에 몸을 실었다. 그리고 헐레벌떡 바퀴를 굴린다. 휠체어에 가속도가 붙으면 그제야 모든 잡념이 사라지고 머릿속엔 오늘 가야 할 거리만 자리잡는다.

지평선의 끝을 한 번 보고, 바로 앞만 보고 달린다. 아득히 보이는 목표 지점만을 바라보며 달리다 보면 이내 지쳐버리기 때문이다. 작은 목표를 정해놓고 그곳만을 응시하면서 달려야 쉽게 지치지 않는다. 저기 멀리 보이는 나무 아래에서 물 한 모금 마셔야지, 저기 보이는 언덕 위에서 담배 한 대 피워야지…… 보이지 않는 목표 지점에 가기 위해서 눈에 보이는 작은 목표들을 정해놓고 그것을 향해 달리는 것이다.

아스팔트가 점점 달아올랐다. 아득한 지평선의 끝에는 이글이글 아지랑이가 피어오르고, 계란을 풀면 금방이라도 익어버릴 것 같은 아스팔트 위에선 한증막보다 더 뜨거운 지열이 올라온다. 숨이 막힌다. 목이 마르다. 목을 적시기 위해서 물 한 모금 마셔보지만, 지열로 가열된 수통에서 나오는 물은 마치 보온병에서 뜨거운 물을 꺼내 먹는 것처럼 뜨겁기만 하다. 냉장고에서 꺼내 먹는 시원한 물맛이 너무 그립다. 찬물 한 모금이면 모든 피로도 갈증도 다 풀 수 있을 것만 같은데, 뜨거운 물은 잠시 갈증을 달래줄 뿐 목은 이내 다시 타들어간다.

더위와 갈증에 더이상 움직일 힘이 없었다. 겨우 한 사람 정도 가릴 수 있는 작은 나무 그늘 아래에서 휴식을 취했다. 햇빛에 익어버린 살갗을 식히기 위해서 수건에 물을 적셔 몸을 닦아본다. 그래도 여기는 습도가 낮은 탓에 그늘 아래에서는 시원함을 느낄 수 있다. 땀을 잔뜩 쏟고 나무 그늘에서 쉬는 몇 분의 휴식은 꿀맛 같다. 거기에다 힘든 일을 한 후 피우는 담배맛이란 한마디로 끝내준다. 하루중 가장 행복한 시간이다.

휴식이 아무리 달콤해도 마냥 쉴 수 없는 일이다. 오늘 가야 할 일정을 소화하기 위해서 다시 천근같이 무거운 몸을 휠체어에 싣는다.

아침에 깰 때 오 분, 십 분이 간절하듯이 휴식 후 다시 출발하기 전에도 마음속으로 오 분만 더 쉬었으면, 십 분만 더 쉬었으면 하는 간절한 마음이 나를 괴롭힌다. 오 분, 십 분의 유혹을 뿌리치고 다시 휠체어 바퀴를 굴리는 일은 천근 만근의 돌덩이를 옮기는 만큼이나 힘든 일이다.

맨몸으로 불 속을 뛰어드는 사람의 심정처럼 대지 위에 모든 것을 불살라버릴 것 같은 작열하는 태양 속으로 다시 뛰어들었다. 한증막 속에 처음 들어갈 때처럼 갑자기 숨이 턱 막힌다. 처음 몇 분간은 정신을 차릴 수 없을 만큼 대지의 지열이 나를 괴롭힌다.

달려온 거리를 확인하기 위해서 거리계를 봤다. 25킬로미터. 이제 반을 달렸다. 더위를 잊기 위해서, 지루함을 달래기 위해서 목청껏 노래 한 곡을 불러보지만 숨이 차서 그 또한 여의치 않다. 아득히 보이는 지평선의 끝을 향해 묵묵히 바퀴를 굴렸다.

언제쯤이면 저 끝없는 지평선의 끝을 볼 수 있을까? 끝이 있기나 한 것일까? 이런저런 생각들로 마음이 어지럽다.

점심 먹을 장소를 찾아보지만 오늘도 편안히 밥 먹을 수 있는 장소는 쉽게 눈에 띄지 않았다. 한낮에 길 위에서 밥 먹는 일은 생각보다 쉽지 않다. 그늘을 찾으면 공간이 없고, 앉아서 쉴 공간이 있으면 햇볕을 막아줄 그늘이 없다. 배가 고파도 시간을 맞추어 밥 먹기란 여간 힘든 일이 아니다. 오늘도 장소를 물색하다 오후 세시가 되어서야 늦은 점심을 먹었다. 점심이래야 아침에 만든 쉰내나는 샌드위치가 고작이었지만.

육체적 고통과 포기하라는 끊임없는 유혹을 잊어보려고 담배를 물었다. 허파의 밑바닥까지 깊게 빨았다가 육체의 고통을, 그만 두라고 유혹하는 악마의 속삭임을 자욱하게 피어오르는 담배 연기에 실어 날려보낸다. 담배 연기를 위안삼아 끝이 보이지 않는 지평선의 끝을 향해 힘겨운 바퀴를 또다시 굴린다.

다섯시가 가까워오고 있는데, 태양은 식을 줄 모르고 타오르고 있다. 서유럽의 낮은 무척 길어 밤 열시가 되어도 태양은 지평선 위에 여전히 걸려 있다. 밤늦게까지 지지 않는 태양은 사람을 미치게 만든다. 길 위에서 하루 열 시간 이상을 보내야 하는 우리에게는 밤늦도록 환하게 대지를 비추는 태양이 저주스럽기까지 하다. 하루 왼종일 괴롭히는 태양을 향해 돌을 집어던지고 욕지기를 해본다. 하지만 아무 소용이 없다.

오늘도 몇 번을 헤맨 끝에 산 속 깊숙한 곳에 자리한 캠핑촌에 도착했다.

금방이라도 쓰러질 듯한 몸을 이끌고 잔디밭에 텐트를 친다. 기둥도 채 세우지 않은 텐트 위에 쓰러져 한동안 누워 있었다. 하루 종일 더위에, 지구의 중력에 지친 육신의 피로를 잊기 위해서 한참을 누워 있어보지만 피로는 좀처럼 가시지 않는다.

밥 먹자고 재촉하는 동건이의 목소리가 들린다. 이대로 잠들고 일어나서 맞는 아침이 한국이었으면 얼마나 좋을까? 하루에도 몇 번을 숨이 목까지 차오르는 고통스러운 일상의 반복은 나의 몸은 물론 정신까지 지칠 대로 지치게 만들고 있다.

깔고 누운 텐트를 동건이가 잡아끌며 밥 먹자고 성화다.

'그래 먹어야 살고, 살아야 이 지겨운 일상을 벗어날 수 있지.'

지친 몸을 일으켜 식사 준비를 하고 단내나는 입 속으로 모래알 같은 밥알을 꾸역꾸역 삼켰다.

밤 열한시가 다 되어서야 하루 종일 지겹도록 따라다니던 태양이 멀리 보이는 지평선 너머로 가라앉았다. 끝이 보이지 않는 길에서 보낸 하루, 나 자신과의 끊임없는 싸움의 하루, 일 년 같은 지겨운 하루가 오늘도 저물고 있다. 내일도 글피도 오늘처럼 지독한 하루가 기다리고 있을 것이다.

'언제쯤이면 다시 일상의 평온함을 맛볼 수 있을까?'

졸립기만 한 재미없는 강의, 감자탕에 소주 한 잔, 정겨운 친구들의 수다 소리, 한국에서의 평범한 일상이 너무 그립다.

세상에서 가장 비싼 지하철

개선문에서 행사가 있는 날이었다. 파리 대사관의 주선으로 샹젤리제에서 콩코드 광장까지 약 2킬로미터를 달리기로 하였다.

개선문으로 향하기 위해 민박집을 나와 지하철을 탔다. 프랑스의 지하철도 한국과 별반 다르지 않았는데, 좀더 좁고 지저분해 보였다. 더욱이 지하철 역에는 장애인을 위한 리프트도 제대로 마련되어 있지 않았다. 휠체어 때문에 승객용 입구로 들어가지 못하고 직원이 이용하는 입구를 통해 역 안으로 들어갔다. 동건이가 나를 업었고 성우 형이 내 휠체어를 들었다.

역무원은 아무 말 없이 우리에게 들어오라고 손짓을 했다. 한국에서와 마찬가지로 이곳에서도 장애인과 동승하는 사람은 표를 내보이지 않아도 되는 것이리라 짐작했다.

노선표로 샹젤리제 행 지하철을 확인하고 나서 승차했다. 지하철 안에는 백인보다 유색 인종이 더 많았다. 특히 아랍인들이 대다수를 차지하고 있었다. 평소에는 잘 타지 않던 지하철을 머나먼 타국에 와서 타게 되니 다소 긴장이 되었다. 이상한 복장과 생 김새를 한 우리를 유심히 쳐다보는 사람은 없었다. 타인에 대해 서 무관심한 건지 아니면 외국인들을 많이 보아서인지 어느 누구 도 우리에게 별다른 관심을 보이지 않았다.

지하철 노선표를 보면서 오페라 역까지 몇 정거장이 남았는지 체크했다. 서너 정거장쯤 지났을 때 역무원이 검표를 했다. 우리 앞에 와서도 표를 보여달라고 했다. 아무렇지도 않게 표를 내보 였다. 그런데 역무원이 알아들을 수 없는 프랑스 말로 뭐라고 했 다. 프랑스 말을 못 하니 영어로 말해달라고 부탁하자 역무원은 들은 체도 하지 않고 계속 프랑스 말로 떠들었다.

정확히 알아듣지는 못했지만 눈치를 봐서 우리 지하철 티켓에 탑승 표시가 되어 있지 않다는 것 같았다. 그도 그럴 것이 지하철 탈 때 직원용 출입구로 들어왔기 때문에 우리 표에는 체킹이 되 지 않았던 것이다.

휠체어로 인해 승객용 출입구가 아닌 옆문으로 들어왔기 때문 에 체킹이 안 된 거라고 해명했더니, 그는 일단 내리라고 손짓 했다.

타고 가던 지하철에서 쫓겨나는 신세가 되어버렸다.

"우리는 잘못이 없습니다. 지하철 탈 때는 아무 말도 하지 않았 는데 이제 와서 이렇게 하면 어떻게 합니까?"

"외국인이라고 무시하는 겁니까?"

우리는 아무런 잘못이 없다고 거듭 항변했다. 우리가 영어로 우 리 입장을 말하면 그는 꼭 프랑스 말로 답변했다. 영어를 알아들 으면서도 영어로는 절대로 말하지 않았다.

역무원은 휠체어를 타고 있는 나는 무임 승차를 인정하지만 나머지 사람은 인정할 수 없다고 했다. 우리가 탔던 역으로 확인해보라고 말했지만 그는 눈도 깜짝하지 않았다.

우리는 화가 나서 고발하겠다고 소리쳤다.

하지만 그는 계속해서 벌금을 내라고 요구했다. 그렇지 않으면 경찰을 부르겠다고 위협까지 했다. 경찰을 부르더라도 겁날 건 없었지만 행사 시간이 가까워오고 있었기 때문에 더이상 실랑이할 시간이 없는 게 안타까웠다.

억울했지만 성우 형과 동건이는 벌금을 내야 했다. 무임 승차의 대가로 2만 프랑의 벌금을 치렀다. 그날 우리는 세상에서 가장 비싼 지하철을 탔다.

벌금도 아까웠지만 우리의 입장은 조금도 이해하지 않고 자기 입장만 내세우는 역무원이 너무 얄미웠다.

프랑스에서 지하철을 탈 때는 반드시 표를 끊어야 한다. 그렇지 않으면 세상에서 가장 비싼 지하철을 타게 될 테니까.

약속의 땅

닷새에 걸쳐 피레네를 넘고 우리는 마지막 종착지인 마드리드를 향했다. 스페인 북부에서 중부로 향하면서 지형과 날씨는 급속도로 변해갔다. 울창하던 숲은 온데간데없고, 잡초가 무성한 초원 길을 지나 풀 한 포기 나무 한 그루 보기 힘든 사막과 같은 지형으로 접어들고 있었다.

끝을 확인하기 위해서 고개를 들어 길을 따라 아득히 보이는 지평선을 바라보지만 시야에 들어오는 것은 끝나지 않을 것 같은 무심한 도로와 사막화된 황량한 들판, 대지의 지열로 인해 피어오르는 아지랑이뿐, 우리를 반기며 울어줄 새 한 마리, 말을 걸 풀 한 포기, 뜨거운 태양을 가려줄 나무 한 그루, 생명체라곤 찾아볼 수 없었다.

잡초조차 보기 힘든 사막과 같은 대지 위에 내리쬐는 태양은 섭씨 40도를 웃도는 살인적인 더위 속으로 우리를 내몰았다.

피레네 산맥 등정의 피로도 채 가시지 않은 상황에서 우리는 살인적인 더위와 생명의 숨소리가 느껴지지 않는 죽음의 땅에서 들려오는 포기하라고 유혹하는 악마의 속삭임과 또다시 처절한 사투를 벌여야 했다.

그늘만 있다면 40도가 넘는 날씨도 내 안에서 들려오는 유혹의 소리도 참을 만했을 텐데. 풀 한 포기 제대로 살기 힘든 대지는 작열하는 태양을 피할 한 뼘의 땅도 허락하지 않았다.

내리쬐는 태양을 벌써 몇 시간째 이고 있는지 기억조차 가물거린다.

그늘이 없다는 것은 휴식을 취할 수 없음을 뜻한다. 바람 한 점 불지 않는 사막에서 태양 아래 그대로 쉬다가는 자칫 큰 화상을 입을 수 있다. 사정없이 내리꽂히는 태양살에 익어들어가는 피부를 식히는 유일한 방법은 달려서 바람을 일으키는 것 외에는 달리 찾을 길이 없다. 피레네를 넘어 목표한 2002km 고지, '소리아'를 향하는 마지막 여정은 그렇게 태양과의 끝없는 싸움이었다.

몇 시간을 달렸지만 뜨거운 태양을 가려줄 그늘은 좀처럼 나타나지 않았다. 계속 달리자니 가빠오는 호흡에 심장이 터질 것 같았고 벌써 몇천 번의 바퀴 굴림으로 두 팔은 끊어질 듯이 저려왔다. 쉬자니 대지 위의 모든 것을 불살라버릴 것 같은 작열하는 태양이 무서웠고 계속 가자니 한계에 다다른 육체적 고통이 힘겨웠다. 이러지도 저러지도 못하는 사면초가에 빠졌다. 참다 못해 긴옷을 꺼내 입고 뜨거운 태양 아래 쉬어보지만 바람 한 점 불지 않는 사막에서 그대로 태양을 온몸으로 받는 것은 참을 수 없는 고통이었다. 익어들어가는 살갗을 식히기 위해 수건에 물을 적셔 대어보지만 젖은 수건조차 뜨거운 태양 아래선 이내 말라버린다.

빨리 저녁이라도 오면 저주스런 태양을 보지 않아도 되겠건만 오후 6시가 넘어도 태양은 중천에 떠 있다. 눈앞에 펼쳐진 끝없는 황무지 위에는 어디 한 곳에도 그늘이 보이지 않았다. 이대로 태양 속에서 타서 죽을 것 같은 공포가 엄습해왔다.

계기판의 거리는 1900km를 가리키고 있는데, 조금만 더 가면 2002km 고지에 다다를 수 있는데. 지금까지 온 길의 20분의 1만 더 가면 되는데. 그 마지막 여정을 향한 길은 쉽게 우리 앞에 펼쳐지지 않았다.

저녁 10시가 다 되어서야 마침내 태양이 저물었고 우리는 그제서야 텐트를 치고 쉴 수가 있었다. 열 시간 넘게 불볕에 노출되었던 피부는 화상을 입어 참기 힘들 정도로 쓰려왔다. 바셀린을 바르고 찬 수건으로 덮어보지만 아무런 효과도 없다.

이제 조금만 더 가면 나에게 약속했던, 내가 그토록 꿈꾸던 곳에 닿을 수 있는데 그 약속의 땅을 가기 위한 마지막 시간은 왜 이다지도 길단 말인가?

아침 일찍 반갑지 않은 손님이 찾아왔다. 해가 뜨자마자 허허벌판 위 텐트 속으로 뜨거운 열기가 훅 끼쳐와 우리는 피로도 가시지 않은 몸을 다시 일으켜야 했다.

이제 조금만 더 가면 끝을 볼 수 있다고, 죽어도 약속한 땅은 보고 죽자고 피곤한 나의 육체에 주문을 걸었다.

'그래 오늘만 지나면 모든 것이 끝나고, 나와의 약속을, 세상과의 약속을 지킬 수 있다.'

'하루만 더 참자, 열 시간 더 참자.'

지쳐가는 나 자신에게 힘을 주기 위해 위로의 말을 건네었다.

태양은 전날보다 더 뜨겁게 달아올라 우리를 힘들게 했지만, 조금만 더 가면 끝낼 수 있다는 일념으로 참고 또 참았다.

1971 내가 세상에 태어난 해, 1976 여섯 살 교통 사고 당하던 해, 1981 초등학교에 입학하며 처음 사회의 비정함과 냉혹함을 깨달은 해, 1987 중학교에 입학하고, 1990 고등학교를 들어가고, 1994 사랑을 처음 알고, 1997 또다시 대학에 입학하고, 1998 나 자신과의 약속을 지키기 위해 유럽 횡단을 시작한 해. 계기판의 숫자가 내 인생에서 의미 있는 숫자를 가리킬 때마다 그때의 상상으로 울고 웃었다.

1999km, 2000km, 조금만 더 가면 그토록 가기 원했던, 나의 꿈이 있는 그곳에 갈 수 있다.

1km, 500m, 300m, 200m, 100m, 50m, 30m, 10m, 5m, 3m, 2m, 1m, 드디어 2002km!

계기판에 2002라는 숫자가 새겨질 때 내가 왔노라고 목이 터져라 외쳤다. 동건이와 성우 형, 취재팀도 기쁨의 함성을 질렀다.

40일 만이었다. 뜨거운 길 위에서, 하루하루, 황소처럼 바퀴만 굴렸다. 끝도 없을 것 같던 길, 끝도 없을 것 같던 나날들. 독일, 네덜란드, 벨기에, 프랑스, 피레네를 넘어 스페인까지, 아스팔트 깔린 대로도, 자갈과 진흙으로 울퉁불퉁한 시골길도 어느 한 곳 우리의 땀과 눈물이 배어들지 않은 곳이 없었다. 몸은 훌쩍 줄어 5, 6kg은 족히 빠졌고, 헤아릴 수 없을 만큼의 물집이 수시로 달겨들었다. 문득 서울이, 친구들이, 그리고 어머니가 까마득하게 떠올랐다.

성우 형이 언제 준비했는지 샴페인 한 병을 가지고 와 나와 동건이에게 축하 의식을 퍼부었다. 기쁨과 희열의 감정을 진정시키고 우리가 도착한 2002km 고지를 바라보았다. 그런데 이게 무언가. 없었다. 아무것도 없었다. 그토록 꿈꾸던, 꿈과 희망이 반석처럼 솟아 있을 것 같던 나의 땅에는 축하해주는 사람도, 멋진 자연 경관도, 신비스런 나무도 아무것도 존재하지 않았다. 그저 끝간 데 없이 펼쳐진, 황량하고 초라하기 그지없는 붉은 땅.

기쁨의 순간도 잠시, 한동안 동건이와 나는 무언가를 찾기 위해서 주위를 두리번거렸다. 하지만 역시 그곳에는 우리에게 의미를 주는 그 무엇도 존재하지 않았다.

'진정 여기가 나와 세상과 약속했던 그 땅이란 말인가?'

의미 없어 보이는 곳에서 의미를 찾기 위해서 무언가를 해야만 할 것 같았다. 나뭇가지를 꺾어 태극기를 달고 '독일 뒤셀도르프에서 여기까지 휠체어와 자전거로 2002km 달려왔노라'라고 써서 그 땅에 꽂았다.

'내가 그의 이름을 불러주었을 때, 그는 나에게로 와서 꽃이 되었다.'

조금 전까지 아무런 의미도 없어 보였던, 단지 존재 자체의 의미만 있던 그곳이 그 순간 우리에게 약속의 땅으로 다가왔다.

내가 찾던 땅, 내가 약속한 그곳은 누군가가 내게 가져다주지도, 세상에 만들어져 있지도 않았다. 약속의 땅, 그곳은 내가 찾아가는 곳이고, 나의 가슴에 나의 꿈에 존재하는 곳이었다. 내가 약속한 그곳의 의미는 나 자신이 부여하는 것이지 다른 무엇이 다른 어떤 이가 부여해주는 것이 아니었다.

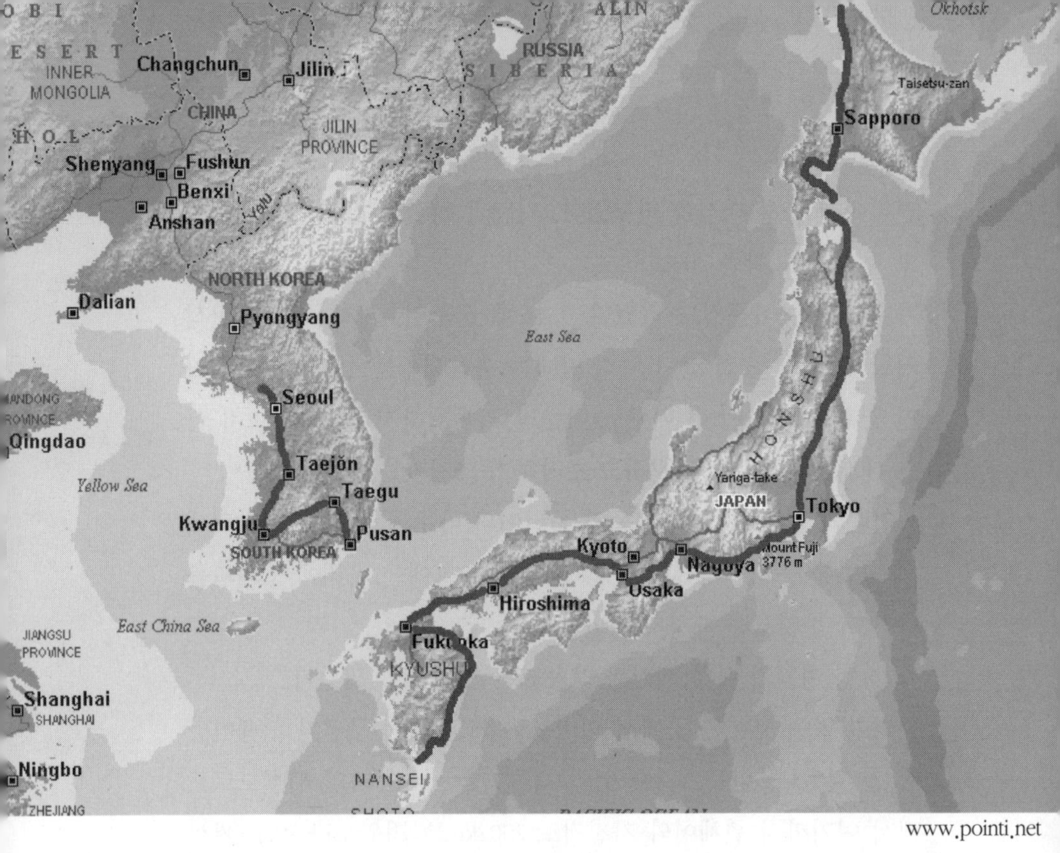

한일 4000km 휠체어 종단
1999. 7. 12. ~ 9. 6.(57일간)

"We Run For 2002
하나되는 월드컵을 위하여"

일본 왓카나이(최북단) → 삿포로 → 모리 → 모리오카 → 기타카미 → 후쿠시마 →
도쿄 → 시즈오카 → 나고야 → 오사카 → 후쿠야마 → 히로시마 → 시모노세키 →
후쿠오카 → 고바야시 → 사타미사키(최남단) →
한국 부산 → 김해 → 밀양 → 청도 → 경산 → 대구 → 고령 → 거창 → 함양 →
남원 → 순창 → 광주 → 장성 → 정읍 → 전주 → 논산 → 대전 → 조치원 →
천안 → 평택 → 오산 → 서울 → 금촌 → 문산 → 임진각

두번째 도전

　유럽 횡단을 끝내고 다시는 휠체어 횡단 같은 것은 하지 않겠다고 다짐했다. 40도가 넘는 더위, 시도 때도 없이 몰아치는 폭우, 하루 50킬로미터가 넘는 휠체어 강행군…… 모든 것이 기억하고 싶지 않은 악몽으로 다가왔다. 유럽을 다녀와서 한동안 밤잠을 설쳤다. 밤늦게까지 길을 찾지 못해 길 위에서 방황하다가 누군가에게 칠흑 같은 어둠 속으로 끌려가거나 언덕길에서 미끄러져 끝없는 낭떠러지로 떨어지면서 비명을 지르며 잠에서 깨어난 것이 한두 번이 아니었다.

　돌아와 얼마 동안은 유럽에서 있었던 일을 아무에게도 말하지 않았다. 그때를 생각하면 고통으로 다가왔기 때문에 생각하기조차 싫었다. 친구들이 무슨 재미나는 일이 없었느냐고 물으면 다음에 들려주겠다며 말을 잘랐다. 나를 취재해 방영한 다큐멘터리도 볼 마음이 없었다. 보고 있으면 죽기보다 힘들었던 아련한 일들이 떠오를 것 같았기 때문이었다. 그렇게 한동안 유럽에서 있었던 일들을 빨리 잊으려고, 생각하지 않으려고 애썼다.

사람은 망각의 동물이라고 했던가. 시간이 지나면서 유럽 횡단에서 느끼고 경험한 힘든 일들이 차츰 추억으로 다가오기 시작했다. 가슴속에 묻어놓기만 했던 생각하고 싶지 않은 기억들이 어느덧 고통은 여과되고 고통 뒤에 맛봤던 달콤한 순간들만 책갈피 속에 끼워진 추억의 사진처럼 나를 미소짓게 만들었다.

하기 싫다고, 다시는 하지 않겠다고 그렇게 다짐했지만 가슴에서는 새로운 도전에 대한 강한 열정이 불타오르고 있었다.

2002킬로미터 유럽 횡단은 나 자신에 대한 도전이었다. 나 자신을 극한 상황에 던져 그 극한 상황을 헤쳐나가면서 나의 감추어진 열정과 쓰지 못한 에너지를 뽑아내고 싶었던 것이다. 세상의 역경 속에서 나 자신을 굳건히 지키며 언제나 중심을 잃지 않고 살 수 있는 나 자신을 만들고자 애쓴 노력, 바로 그것이었다. 그래서 유럽 횡단을 성공리에 마친 지금, 이제는 나 혼자만을 위해서 살아서는 안 된다, 내가 지금껏 받았던 많은 도움들에 보답해야 한다, 고 생각하기에 이르렀다.

겨울방학중에 새로운 도전을 준비하기 시작했다.

휠체어 한일 종단. 일본 홋카이도 최북단인 소야미사키에서 출발해 도쿄를 거쳐 규슈 최남단인 사타미사키까지 3천 킬로미터 일본 종단을 하고, 다시 부산에서 출발해 대구, 광주, 대전, 서울을 거쳐 판문점을 통해 우리나라 최북단인 온성까지 휠체어로 종단하기로 마음먹었다. 총 4천 킬로미터에 달하는 대장정이었다. 2002년 한일 월드컵을 공동 개최함으로써 한일간에 서로에 대한 배타적인 감정을 청산하고 화합하는 길로 나아가는 조그만 계기가 되었으면 하는 바람에서.

유럽 횡단 행사를 같이했던 훈주, 직호 형에게 도전 계획을 말했다. 다시 한번 무에서 유를 창조하자고 의기투합했다.

유럽 횡단에서 2002라는 숫자는 한 번 사용했기 때문에 다시 2002킬로미터 종단은 식상할뿐더러 실제 거리도 그보다 훨씬 길었다. 뭔가 새로운 것이 필요했다. 생각하고 또 생각한 것이 2002명의 사람과 함께 달리는 것이었다. '하나 되는 월드컵을 위해서'라는 모토 아래 한국 사람 1001명과 일본 사람 1001명이 함께 달려 2002년 한일 월드컵을 기원한다면 2002킬로미터 유럽 횡단만큼 2002라는 숫자에 상징적 의미를 부여할 수 있다고 생각했다.

유럽 횡단 때와 마찬가지로 사람들은 한일 종단에 대해서도 부정적이었다. 4천 킬로미터에 달하는 거리도 문제지만 2002명의 사람을 어떻게 구할 것이며 또 학생들의 힘으로 이렇게 큰 행사를 치른다는 것은 도저히 불가능한 계획이라고 터무니없어했다.

사람들의 냉소적인 반응에 또다시 오기가 생겼다. 그래서 한술 더 떠 콘서트 계획까지 세웠다. 즉 한일 월드컵의 성공적인 개최를 기원하는 콘서트를 서울에서 한 번 도쿄에서 한 번 개최하는 계획이었다.

유럽 횡단 경험이 있었기 때문에 한일 종단은 쉽게 할 수 있을 거라고 자신했다. 유럽 횡단을 통해 사람들에게 많이 알려졌기 때문에 어렵지 않게 후원자를 구할 수 있을 거라는 판단도 들었다.

학교 공부와 행사를 동시에 하기가 힘들 것 같아 휴학을 결심했다. 일본을 횡단하는 것은 정치적으로나 행정적으로 그다지 힘들지 않을 것 같았지만 판문점을 통해 북한에 들어가는 문제가 관건이었다. 북한에 들어가는 문제를 해결하기 위해서는 학교를 다니는 것이 불가능하다고 판단했던 것이다. 한 학기를 휴학하고서라도 이번 도전에 성공한다면 학교에서 배우는 것보다 더 많은 것을 얻을 수 있으리라.

북한에 들어가기 위해서는 어떻게 해야 하는지, 누구를 찾아가야 하는지 나는 전혀 몰랐다. 금강산 관광이라면 현대 그룹을 찾아가면 되겠지만 판문점을 통해 북한에 들어가는 것은 여러 가지 문제가 복합되어 있기 때문에 쉽게 이루어질 수 있는 일이 아니었다.

북한 관련 단체를 파악하고, 또 북한을 다녀온 사람들을 만나보기로 했다. 우리 민족 서로 돕기 운동본부, 민화협(민족화합 범민족 협의회), 북한을 다녀온 기자들 등 여러 곳을 찾아갔지만 딱 부러지는 대답은 얻지 못했다. 무턱대고 통일부를 찾아갔다. 통일부 대북 담당자에게 자문을 구하기로 했다. 유럽 횡단을 통해 내 이름이 좀 알려져서인지 담당자를 만나는 것은 그리 어렵지 않았다.

다행히 통일부에서는 판문점을 통해 북한에 들어가는 것에 대해서 긍정적인 반응을 보여주었다. 북한에 들어가기 위해서 밟아야 하는 행정적 절차에서부터 북한을 접촉할 수 있는 루트를 친절히 설명해주었다. 고무적이었다. 판문점을 통해 북한에 들어갈 수 있을 것만 같았다.

그 동안 침체에 빠졌던 우리는 새로운 힘을 얻었다. 그러나 우리의 희망을 한순간에 날려버리는 일이 발생했다. 금강산 관광으

로 다소 화해 무드가 조성되나 싶더니, 생각지도 않게 서해상에
서 남한 해군과 북한 경비정이 대치하는 사태가 벌어진 것이다.
남북 관계는 다시 냉랭해졌다. 그로 인해 나의 입북 희망도 일시
에 물거품이 되고 말았다. 몇 달을 입북 문제에만 매달렸는데, 그
동안의 모든 노력들이 허사가 되는 순간이었다.

  그리하여 한반도 최북단까지 종단하는 애초의 계획은 좌절되고
말았다. 북한 종단은 포기하고 남한의 최북단인 판문점까지만 달
리기로 계획을 수정해야 했다.

시작이 반

북한 종단 계획에만 너무 매달린 관계로 다른 문제는 전혀 신경 쓸 겨를이 없었다. 아무 한 일 없이 시간은 훌쩍 지나 어느새 5월이 되고 말았다. 7월 1일부터 종단을 시작하기로 계획했는데 그동안 해놓은 일이 아무것도 없었다.

마음이 급해지기 시작했다. 경비 마련, 비자 발급 등 쉬울 거라고 생각했던 일들이 막상 닥치고 보니 발목을 잡아왔다. 한두 가지가 아니었다.

종단 계획에 따르면 일본 체류 기간은 45일이 소요되는데, 관광 비자로는 체류 기간이 턱없이 부족한 2주로 한정되어 있었다. 그 문제로 일본 대사관을 몇 번이나 찾아가 일본 종단 도전의 의미를 설명했지만 2주 이상의 비자를 발급하는 것은 불가능하다고 했다. 2주 동안 일본에 머무르다 기간이 만료되면 다시 한국으로 돌어와 비자를 재발급받아야 한다고 했다. 하지만 현실적으로는 불가능한 일이지 않은가. 경비도 문제지만 무엇보다도 기간이 문제였다. 여름방학 동안 한일 종단 행사를 치러야 하는데, 그렇게 해서는 도저히 불가능했다.

비자 문제로 고민하다가 기숙사 룸메이트 훈주 형의 소개로 한일의원협회 회장으로 있는 김봉호 국회부의장을 찾아갔다. 그분은 행사 취지를 듣고서는 비자 문제와 기타 일본 관련 문제는 자신이 도와주겠다고 우리에게 힘을 실어주었다. 천군만마를 얻은 듯했다. 매듭이 엉켜 풀리지 않던 실타래가 풀리고 있었다.

김봉호 국회부의장의 도움 덕분에 비자 문제와 기타 일본 관련 행정적 문제는 어렵지 않게 해결되었다.

다음으로 발목을 잡은 것은 경비 문제였다. 콘서트 비용과 종단 비용은 학생인 우리의 힘으로 마련하기에는 천문학적인 숫자였다. 두 번의 콘서트를 개최하기 위해서 소요되는 예산 경비가 5천만원이 넘었다. 그리고 종단 비용도 1천만원이 넘게 필요했다. 마련해야 할 경비가 총 6천만원이었다. 사람들은 우리보고 미쳤다고 했다. 학생들이 어떻게 그렇게 큰 행사를 치를 수 있느냐며 우리를 비웃었다.

사람들이 우리를 조롱하면 할수록 해야겠다는 의지가 더 불타올랐다. 반드시 해야 한다고 결의를 다졌다. 뜻이 있는 곳에 길이 있다며 암울한 우리 처지를 스스로 위로했다.

IMF 여파가 휘몰아친 다음이라 도와주겠다고 선뜻 나서는 사람이 없었다. 기업체에서부터 관공서, 사회 단체 등 안 찾아간 곳이 없었다. 모두들 좋은 일이라며 하나같이 칭찬했지만 막상 돈을 주겠다고 하는 사람은 없었다. 내가 일본으로 떠나는 전날까지 경비 문제는 여전히 풀리지 않는 숙제로 남아 있었다. 다른 문제도 아니고 경제적 어려움 때문에 포기해야 한다는 것은 결코 받아들일 수 없었다.

김병수 연세대 총장을 찾아가 도움을 요청했다. 학교 예산은 이미 다 배정되었기 때문에 학교에서 경제적 도움을 주는 것은 불가능하지만, 대신 동문들을 통해 도움을 줄 수 있는 방법을 모색해보겠다고, 너무 걱정하지 말라고 풀죽어 있는 우리를 격려해주었다.

총장은 사업체를 운영하고 있는 동문들에게 경제적 도움을 요청하는 협조 공문을 보냈다. 다른 때 같으면 어렵지 않게 도움을 받을 수 있었겠지만 워낙 불경기라 쉽게 도움을 주겠다고 회답을 주는 동문은 없었다.

학교는 학교대로 우리에게 도움을 주려고 노력했고, 우리는 우리대로 유럽 횡단을 하면서 알게 된 많은 분들에게 도움을 요청했다. 그러나 성과는 없었다.

드디어 1999년 7월 9일, 일본으로의 출발이 하루 앞으로 다가왔다. 몇 달을 힘들게 준비했지만 경비 마련은 여전히 성과가 없었다.

성수와 나 둘이서 45일간 일본을 종단하는 데 드는 예상 경비를 가늠해보았다. 텐트와 장비 구입비, 부식이나 짐을 실을 차량 렌트 비용(45일간의 차량 렌트비만 5백만원이 넘었다), 그리고 식비와 기타 경비 등을 합산하면 족히 1천만원이 넘는 거액이 필요했다. 그런데 떠나기 전날까지 구한 돈이라곤 김병수 총장과 김봉호 국회부의장이 준 격려금, 연합신학대 출신 목사들이 십시일반으로 모아준 후원금을 합해 5백만원이 전부였다. 종단을 하는

데는 턱없이 부족한 경비가 아닐 수 없었다. 게다가 두 명의 항공 요금과 장비 구입을 제하면 일본에 들고 갈 수 있는 돈은 고작 2백만원밖에 되지 않았다. 돈이 부족해 비행기도 왕복 티켓을 끊지 못하고 편도 티켓만 끊었다.

무작정 기다린다고 해도 더이상 돈이 나올 곳도 없었다. 떠나는 날짜를 미루면 여름방학 내에 행사를 치를 수 없기 때문에 한 학기를 더 휴학해야 하는데 그럴 수도 없는 처지였다.

일본으로 떠나기 하루 전날도 여행 경비 마련을 위해 밤늦게까지 도움을 줄 만한 곳을 찾아다니느라 떠날 채비도 하지 못했다. 아침 열시 비행기인데, 전날 저녁 열시까지 제대로 준비된 것은 하나도 없었다. 돈도 없었고, 현지에서 도움을 줄 단체나 사람도 구하지 못했다. 모든 것이 미흡했다.

불안과 공포가 나를 휘감았지만, 그렇다고 6개월을 계획하고 준비한 일을 중도에 포기할 순 없는 노릇이었다. 좀더 준비를 해서 떠나라고, 이번에 하지 못하면 다음에 하면 되지 않겠느냐고 주변에서들 떠나는 나를 만류했다. 하지만 그럴수록 하겠다는 의욕은 더 강해졌다.

'나중 일은 나중에 생각하자. 돈이 없으면 가서 쓰레기통을 뒤져서 먹으면 되고, 잠은 길에서 자면 되지, 뭐.'

계획한 일을 이루지 못하면 아예 일본에서 돌아오지 않겠다고 결심했다.

밤늦게 기숙사 방으로 돌아와 그 동안 미루어두었던 여행 준비를 시작했다. 장도를 축하해주는지, 아니면 불안한 앞날을 예고하는지 밤새워 비가 내렸다.

뜬눈으로 아침을 맞았다. 떠나기 불과 세 시간 전, 불안한 앞날에 대한 두려움으로 마음의 갈피를 잡을 수 없었다. 어떻게 될지 모르는 먼길을 떠나는 나에게 같이 행사를 준비했던 직호 형, 훈주, 희일, 경호, Point-I(휠체어 한일 종단 지원팀) 친구들은 아낌없이 격려해주었다.

나 하나만을 믿고 이번 일을 준비한 친구들을 실망시킬 수는 없었다. 불안한 마음을 내색하지 않으려고 안간힘을 썼다.

"형 걱정하지 마!"

"내가 누구냐, 대운이 아니냐!"

"나는 나의 운을 믿어."

"아마 귀인이 나타나 우리를 꼭 도와줄 거야!"

친구들을 안심시키기 위해 괜히 너스레를 떨었다.

2백만원이라는 턱없이 부족한 경비를 들고 45일간의 일본 열도 종단 길에 올랐다. 나머지 필요한 경비는 한국에 있는 친구들이 계속해서 마련하기로 하고서.

아름다운 접음

역시 하늘은 스스로 돕는 자를 도왔다. 아무도 도와줄 것 같지 않더니만, 일본으로 떠나 있는 동안 도움을 주겠다고 나서는 사람들이 속속 생기기 시작했다는 반가운 소식이 들려왔다. 그리고 전혀 기대도 하지 않던 재일 한국민단에서 1백만 엔이라는 거액을 선뜻 내주었고, 주병진 씨가 7백만원을 내놓았다. 또한 일본 전역에 있는 민단 본부에서 식사와 잠자리를 제공해주겠다고 나섬으로써 종단 경비에서 많은 부분이 충당되었다.

2백만원을 들고 일본에 갔는데, 한국에 돌아올 때는 들고 간 2백만원을 고스란히 남겨서 그대로 가져왔다.

애초에 기획했던 일본에서의 대형 콘서트와 1001명이 함께 하는 달리기 대회는 결국 개최할 수 없었다. 하지만 규모는 작았지만 내실 있는 행사를 개최했다. 1001명은 아니었지만 교포와 일본 사람 약 1백여 명이 참여하는 달리기 대회를 개최할 수 있었고, 또 처음에 계획했던 일본 가수와 한국 가수가 함께 참여하는 대형 콘서트는 개최할 수 없었지만 한국의 연나영이라는 대학생과 월드컵 주제곡을 불렀던 후쿠다 나나라는 일본 고등학생 가수, 일본 현지에서 무명 가수로 활동하는 재일 교포들을 초청해 한일 월드컵의 성공적 개최를 기원하는 작지만 의미 있는 콘서트를 개최했다.

그리 큰 행사는 아니었지만 행사 자체에 의미가 있었기 때문에 일본 언론에서도 관심을 보였다. NHK, TBS, 아사히 등 일본 방송에서 한일 월드컵의 성공적 개최를 기원하는 달리기 대회와 작은 콘서트를 앞다투어 취재해갔다. 좀더 많은 사람들이 동참하는 행사가 되지 못한 것이 아쉬웠지만 우리의 메시지는 충분히 전달되었기 때문에 흡족했다. 직호 형, 훈주, 성수, 희일, 경우, Point-I 친구들이 밤을 새워가면서 열심히 준비한 덕에 모두가 불가능할 거라는 행사를 결국에는 해내고야 말았다. 행사 자체에도 의미가 있었지만, 무엇보다도 사람들과 한 약속을 지킬 수 있어서 나는 더없이 기뻤다.

8월 23일, 일본을 떠나 부산에 도착했다. 24일부터 다시 한국 종단에 나섰다. 대구, 광주, 대전, 오산을 거쳐 9월 4일 서울에 입성했다. 서울을 떠난 지 거의 두 달 만의 귀향이었다.

2002년 한일 월드컵의 성공적 개최를 기원하고, 또 내가 무사히 한일 종단을 마친 것을 축하하는 콘서트를 여의도 시민공원에서 개최했다. Point-I 친구들이 기획한 콘서트였다. 이은미, 윤종신, 유리상자, 박상민, 스페이스A, 김혜림, 클레오 등 가수 열한 팀이 참가하는 대형 콘서트였다. 물론 모든 가수들이 무료로 출연해주었다.

다음날 서울시와 합동으로 같은 장소에서 시민들과 함께 달리기 행사를 열었다. 처음에 기획했던 1001명의 서울 시민은 아니었지만 6백여 명의 시민이 참여해 이 또한 성공리에 마쳤다.

돌이켜볼 때, 한일 종단 행사에서 휠체어로 4천 킬로미터를 달리는 것도 힘들었지만, 일본과 여의도 시민공원에서 벌였던 행사들을 준비하는 것이 더 힘들었다. 물론 기획 단계에서는 나도 함께 했지만 내가 일본으로 떠난 다음부터는 Point-I 친구들만 남아 행사를 준비했으므로 그들이 더 힘들었을 것이다. 그들은 사람들에게 욕이라는 욕은 다 얻어먹고, 학교에서 잠시 빌려준 비좁은 공간에서 밤을 새워가면서 행사를 준비했다.

우리는 오직 젊음 하나만을 믿고 맨손으로 대형 행사를 치러냈다. 처음에는 학생 신분으로 어떻게 그렇게 큰 행사를 할 수 있느냐며 우리를 미덥지 않게 여긴 사람들도 행사를 무사히 마친 후에는 젊음이 아름답다며 격려를 아끼지 않았다. 아무것도 가진 것이 없지만 젊음과 우정만을 믿고 결코 가능할 것 같지 않은 일에 뛰어든 우리의 패기와 도전 정신을 기꺼이 칭찬해주었다.

작지만 긴 나라

일본은 땅 덩어리는 그리 크지 않지만, 남북의 길이로만 따지면 세계에서 세번째로 긴 나라이다. 일본 최고 북단에서 최남단까지 휠체어로 달린 거리는 정확히 2937킬로미터였다. 유럽 5개국을 45일 동안 횡단한 거리가 2273킬로미터였던 것을 생각한다면 얼마나 긴 나라인지 짐작할 수 있을 것이다.

1999년 7월 10일, 작지만 긴 나라 일본 열도의 종단 길에 올랐다. 김포 공항을 출발해 홋카이도 삿포로 공항으로 향했다. 일 주일 가량의 체재비만을 들고 떠난, 앞날을 예측할 수 없는 불안한 여행이었다. 하지만 잘될 거라는 기대감만은 잃지 않았다.

서울을 출발한 지 한 시간 반 후에 삿포로 공항에 도착했다. 비행기 안에서 바라본 홋카이도는 참으로 맑고 깨끗했다. 설렘 반 불안 반, 종잡을 수 없는 어지러운 마음을 안고 일본에 첫발을 내디뎠다.

홋카이도에서 체류하는 동안, 삿포로 한국 대사관에서 차량을

지원해주기로 약속이 되어 있었는데, 정작 삿포로 한국 대사관측
에서는 우리의 도착을 불과 두 시간 전에야 연락받았다고 했다.
아뿔싸! 예상하지 않은 건 아니지만, 시련이 너무 빨리 찾아왔다.
일본측 행정 책임을 맡았던 김봉호 국회부의장과 삿포로 한국 대
사관측 간의 연락이 순조롭게 이루어지지 않은 모양이었다.

공항에 나온 대사관 직원은 자기는 상부로부터 아무런 연락을
받지 못했기 때문에 도와줄 수 없다는 말만 되풀이했다. 삿포로
에서 종단 시작점인 소야미사키까지 이동해야 되는데 이동 수단
이 없었다. 들고 간 짐이 만만치 않았기 때문에 차량이 지원되지
않으면 꼼짝도 할 수 없는 상황이었다. 대사관 직원을 붙들고 소
야미사키까지만 차량을 지원해줄 수 없겠느냐고 물었더니 그것도
안 된다고 했다. 일요일인 관계로 차량을 렌트할 상황도 못 됐다.
한동안 멍하니 하늘만 바라보았다.

결국 삿포로 대사관측의 도움은 포기했다. 안 된다고 하는 사람
붙잡고 매달려봤자 시간만 낭비할 뿐이다. 차량 대신 기차로 이
동하기로 했다.

짐이 많아 성수가 고생이었지만, 달리 다른 방법이 없었다. 휠
체어 두 대, 크고 작은 배낭 다섯 개, 종단 일정을 기록할 취재 장
비들…… 성수 혼자서 감당하기에는 버거웠다.

안 될 것 같은 일도 마음만 먹으면 어떻게든 되는 법이다. 휠체
어에 배낭들을 싣고, 작은 짐들은 등에 메거나 어깨에 지고, 그것
도 모자라면 입에 물고 기차역까지 갔다. 천신만고 끝에 기차에
짐을 싣고 일본 최북단인 소야미사키로 향했다. 그곳으로 향하는
동안 온갖 상념들이 정신을 혼란시켰다. 내 심정을 헤아리기라도

한 듯 취재팀의 PD가 캔 맥주 하나를 내밀었다.

"앞으로 어떻게 할 거야?"

"답이 있나요? 부딪치면서 생각해야죠!"

너무 빨리 닥친 시련에 잠시 의기소침했던 마음에 내가 던진 말이 메아리가 되어 알 수 없는 자신감을 불어넣어주었다.

'답을 알고 일본에 온 것이 아니지 않은가? 답을 찾기 위해서 온 것이 아니던가!'

다시 마음을 가다듬었다. 수중엔 일 주일을 버틸 경비는 있고, 아직까진 최악의 상황은 아니라고 스스로를 위로했다. 내일의 일은 내일 걱정하고 지금 이 순간에 최선을 다하자고 다짐했다.

다섯 시간을 기차로 달렸다. 그렇게 오랜 시간 동안 기차를 타 보긴 난생 처음이었다. 마침내 종착지인 왓카나이 역에 도착했다. 역 앞에 서 있는 시계탑은 밤 열한시를 가리키고 있었다. 7월 이었지만 일본 최북단은 한기가 느껴질 정도로 추웠다.

한국의 한적한 시골 기차역처럼 왓카나이 역은 조용하고 차분한 분위기였다. 성수가 무거운 짐들을 끙끙거리며 몇 번에 걸쳐 택시 승강장으로 옮겼고, 일행은 두 대의 택시에 나누어 탔다. 그리고는 기차에서 미리 전화로 예약해둔 캠핑촌으로 향했다.

나무로 만든 방갈로 방에서 일본에서의 첫날을 맞았다. 투숙객이라곤 우리 일행뿐이었다. 너무나 조용하고 고요한 나머지 적막감마저 감돌았다.

그날 먹은 것이라곤 기차에서 사먹은 도시락과 맥주 한 캔이 고작이었다. 짐을 풀고 잠자리에 들려고 하니 배가 고팠다. 먹을 만한 것은 비상 식량으로 가지고 온 김과 고추장과 멸치가 전부였다. 고추장에 멸치를 찍어 김에 싸서 시장기를 달랬다. 낯선 곳에서의 첫날은 언제나 긴장되고 초조하다. 더군다나 미래를 예측할 수 없는 상황에서의 첫날은 더욱 그러했다.

다음날 취재팀이 왓카나이 시내에서 도요타 승용차를 빌려왔다. 급한 대로 취재팀 차량을 임시로 같이 쓰기로 했다. 취재팀이 떠나면 뒷일이 걱정이었지만 나중 일은 그때 가서 생각하기로 했다(유럽 횡단 때는 방송사 취재팀이 전 구간을 동행했지만, 일본 종단 때는 예산 문제로 중요 거점만을 동행 취재하기로 되어 있었다).

취재 차량을 타고 삼십 분 가량 달려 일본 최북단 소야미사키로 향했다. 구름 한 점 없이 맑던 하늘이 금방이라도 비를 뿌릴 듯이 잔뜩 찌푸렸고, 낯선 곳에서 찾아온 이방인을 경계하는 듯 세찬 바람이 몰아쳤다.

바닷가 모래사장에 세워진 '본토 최북단'이라는 문구가 씌어진 비석이 바로 이곳이 땅끝임을 알리고 있었다. 황량한 바닷가일 뿐인데도 거기서는 알 수 없는 신비감이 느껴졌다. 수평선 넘어 구름 사이로 아련히 러시아의 사할린이 보였다. 가깝지만 멀게만 느껴지던 러시아를 직접 보는 것도 작은 감동으로 다가왔다.

관광버스나 오토바이 혹은 자전거를 타고서 국토의 끝을 보기 위해 많은 사람들이 찾아와 있었다. 땅끝이라는 것을 제외하고는 아무런 의미 부여도 할 수 없는 그곳에서 사람들은 저마다 무슨 의미를 찾는지 분주해 보였다. 사진을 찍는 사람, 멀리 보이는 사할린을 우두커니 쳐다보는 사람, 비석 주위를 맴도는 사람 등 모두들 뭔가를 얻기 위해서 알 수 없는 행동들을 했다.

간단한 기념 촬영을 하고 휠체어 바퀴를 굴렸다. 드디어 4천 킬로미터 대장정의 첫발을 내디딘 것이다. 0을 가리키던 계기판의 숫자가 올라가기 시작했다. 멀리 보이는 사할린을 뒤로 하면서 힘차게 앞으로 나아갔다.

찌푸려 있던 하늘은 다시 개었고, 세찬 바람은 머리카락 하나 날리지 않을 만큼 고요해졌다. 휠체어는 빙판을 미끄러지듯 아주 기분좋게 달렸다. 불확실한 앞날에 대한 불안과 마음속의 모든 상념을 잊기 위해 힘차게 바퀴를 굴렸다. 할 수 있다고, 모든 것이 잘될 거라고 나 자신에게 주문을 걸었다.

두 시간 남짓 달려 간밤에 묵었던 캠핑촌으로 다시 돌아왔다. 저녁을 지어먹고 앞으로의 일정에 대해 이야기를 나누었다. 역시 가장 큰 고민거리는 차량 문제였다. 취재팀이 한국으로 철수하는 나흘 후면 많은 짐을 가지고 이동할 일이 난감해진다. 방법은 한 가지뿐이었다. 식비와 숙박비를 줄이고 줄여 차량을 렌트하는 것. 그 외에 다른 방법은 없었다. 그렇게 해도 남는 경비로 최대 일 주일은 버틸 수 있다는 계산이 나왔다. 그 이후의 일은 그때 가서 생각하기로 하고 의논을 마무리지었다. 내일 지구가 멸망한다고 해도 오늘 한 그루의 사과나무를 심겠다는 사람도 있는데, 일 주일 후에 경비가 바닥난다고 오늘 달리지 않을 수는 없지 않은가!

슈퍼마켓에서 일 주일분의 쌀과 계란, 감자 등을 사서 우리는 현재에 충실하기 위해 열심히 밥을 지었다. 반찬이래야 계란국과 멸치와 김이 전부였지만 꼬박 하루 반 만에 먹는 밥맛은 그야말로 꿀맛이었다.

일본 도착 셋째 날부터 본격적인 열도 종단 도전 길에 올랐다. 하루 70킬로미터에서 많게는 백 킬로미터를 쉬지 않고 달렸다. 처음 사흘은 달리기에 더할 나위 없이 좋았다. 경사가 없는 평지의 해안 도로는 하루 2백 리 길을 달려도 지칠 줄 모르게 했다. 종단 나흘째, 토마마에를 지나 해안에서 내륙으로 접어들면서 오르막 길이 휠체어의 바퀴를 붙들기 시작했다. 홋카이도는 산세가 험한 탓에 도로 경사도가 만만치 않았다. 날씨 또한 변덕이 죽 끓듯 해 해가 비치다가도 금세 장대 같은 빗방울이 몰아치고, 비가 그쳤나 싶으면 한치 앞도 내다보기 힘들 만큼 안개가 끼어 시야를 가렸다. 비 오듯이 땀을 쏟게 하다가도 겨울옷을 입어야 할 만큼 한기를 느끼게 했다. 변덕스런 날씨는 중력과 끊임없는 싸움을 벌이게 하는 언덕과 더불어 나의 의지력을 시험에 들게 했다.

닷새째 되는 날 취재팀은 1차 촬영을 끝내고 한국으로 돌아갔다. 성수와 나 둘만이 남게 되었다. 짧은 시간이었지만 힘든 일들을 함께 하면서 정이 많이 들었는데, 그들의 떠남은 오랜 친구와의 헤어짐처럼 우리를 우울하게 했다. 하염없이 쏟아지는 비를 맞으면서 한국으로 떠나는 취재팀의 뒷모습을 보는 순간 다시는 못 볼 것 같다는 생각으로 마음이 무거워졌다.

취재팀이 떠난 후에도 한동안 기분이 가라앉지 않았다. 그렇다고 마냥 슬퍼할 수만은 없는 일이었다. 만리 길 머나먼 길을 가야 하는데 겨우 천리 길을 왔을 뿐이었다. 외로움을 잊기 위해, 머나먼 고지를 향해 다시 힘차게 바퀴를 굴렸다.

종단 엿새째, 재일 거류민단에서 숙식을 제공해주겠다는 반가운 소식이 들려왔다. 차량 렌트비로 많은 돈을 지출해 경비가 바닥날 상황에서 민단의 도움 소식은 오랜 가뭄 끝에 내리는 단비와 다를 바 없었다. 민단의 도움으로 경비의 상당 부분을 해결할 수 있게 되어 예상보다 더 오래 버틸 수 있었다.

남쪽으로 향할수록 날씨는 점점 더워졌다. 손에는 물집이 잡히기 시작했고, 하루 종일 뜨거운 햇빛에 노출된 피부는 벌겋게 익어가고 있었다.

모든 것이 낯설게 느껴지던 홋카이도의 풍경이 아주 오래 보아온 풍경처럼 점차 친숙해졌다. 한국과 반대인 차선도, 각양각색인 자동차도, 알아듣지 못하는 일본 말도 정겨웠다. 이제 겨우 일주일이 흘렀을 뿐인데도 한국에서의 기억이 몇 년 전의 과거 일처럼 아련하게 느껴졌다.

종단을 시작한 지 팔일째 되는 날, 일본을 구성하는 네 개의 큰 섬 중 하나인 홋카이도 종단을 마쳤다. 최북단인 소야미사키에서 홋카이도 최남단인 하코다테까지 달린 거리는 총 490킬로미터였다.

하코다테에서 배를 타고 본토인 혼슈로 접어들었다. 혼슈는 네 개의 섬 중에서 가장 큰 섬이다. 앞으로 달려야 할 남은 거리는 2500킬로미터. 전체 일정의 6분의 1을 겨우 소화했을 뿐이다. 지금까지 달려온 거리를 표시해놓은 지도책을 보면서, 온 길의 다섯 배를 더 달려야 한다고 생각하니 아찔했다.

시간이 흐르면서 민단의 도움은 필수적이었다. 하지만 도움을 청하러 찾아가는 일이 여간 힘들지 않았다. 하루에 달릴 수 있는 거리는 정해져 있는데, 내가 달릴 수 있는 길과 민단이 위치한 곳의 거리가 꽤 멀었기 때문이다. 적게는 30킬로미터에서 많게는

60킬로미터까지 거리차가 났다. 도움을 받자니 찾아가는 일이 너무 힘들었고 그렇다고 도움을 받지 않으면 경비가 모자라 중도에 포기해야 하니 그야말로 딜레마였다.

자정을 지나 새벽까지 휠체어 바퀴를 굴려야 하는 날이 하루 이틀이 아니었다. 그런 어느 날, 도와다에서 모리오카로 향하는 날이었다. 목적지에 도착할 즈음에 모리오카 민단에서 연락이 왔다. 그때 시각이 저녁 일곱시였다. 다른 날보다 달려야 할 거리가 더 먼 관계로 이른 아침을 먹고 평소보다 빨리 하루 일정을 시작한 그날, 열 시간을 달려 목적지에 도착했는데 모리오카 민단은 도착한 지점에서 60킬로미터나 더 떨어져 있었다. 난감했다. 벌써 해는 지고 몸은 지칠 대로 지쳐 있었다. 60킬로미터를 가려면 족히 일곱 시간은 걸린다. 자정이 훨씬 넘어야 도착할 수 있을 것이다. 배는 고프다 못해 아파왔고, 목구멍에서는 신물이 넘어오고 금방이라도 쓰러질 것 같았다. 민단의 전화를 받고 한참을 갈등했지만 뾰족한 묘안이 없었다.

할 수 없이 지친 몸을 다시 휠체어로 이끌었다. 숨쉬기조차 버거웠다. 하루 온종일 달린 거리를 다시 가야 한다고 생각하니 미칠 것 같았다. 기진맥진한 몸으로 다시 휠체어 바퀴를 굴렸다. 그러나 인간의 힘이란 놀라웠다. 금방이라도 쓰러질 것 같던 몸의 어디서 힘이 솟아나오는지 내 두 손은 다시 힘찬 움직임으로 바퀴를 굴리고 있었다. 그리하여 천신만고 끝에 새벽 두시경에 마침내 모리오카 민단에 도착할 수 있었다. 거리계에 표시된 하루 주행 거리는 130킬로미터를 가리키고 있었다. 아침 아홉시부터 꼬박 열일곱 시간을 달린 것이다. 맥이 풀려 꼼짝도 할 수 없었다. 결국 성수 등에 업혀 숙소에 들었고 그대로 잠들어버리고 말았다.

길에서 시작해서 길에서 끝나는 일상의 반복은 종단 3주째에 접어들면서 극도의 지루함으로 다가왔다. 옆으로 스치는 배경만 바꾸어 달면서 같은 자리를 맴도는 듯했다. 겨우 보름 남짓한 일정을 보냈는데 심적으로 느끼는 시간의 길이는 몇 년은 된 것 같았다. 한 시간이 하루 같고, 하루가 한 달같이 느껴졌다. 일본에 도착한 첫날의 일이 희미한 옛 기억으로 다가왔고 한국에서의 생활은 기억도 나지 않을 만큼 까마득했다. 다시는 한국에 돌아가지 못할 것 같았다. 이제 겨우 3분의 1을 달렸는데 몇만 리 길은 달린 기분이었다. 지도상으로 볼 때는 작은 섬나라에 불과했는데 휠체어로 달리는 일본은 가도 가도 끝이 없는 대륙이었다. 지금까지 달려온 기억들을 생각하면 앞으로 달려야 할 거리가 너무나 멀게 느껴졌다. 길은 도저히 끝나지 않을 것 같았다. 살인적인 더위보다도, 바퀴를 붙드는 지구의 중력보다도, 참기 어려운 육체적 고통보다도 더 힘든 일이 지루함을 이겨내는 일이었다. 지루함과의 전쟁, 휠체어 일본 종단의 인상기를 쓰라면 제목은 바로 그것일 터이다.

한편, 의욕을 불러일으키는 뜻하지 않은 반가운 일도 있었다. 벌써 바닥났어야 할 경비가 아직도 바닥을 드러내지 않고 있었던 것이다. 빠져나가는 쌀독을 누군가 몰래 채워주듯이 우리 지갑의 두께는 얇아지지 않았다. 길에서 만나는 사람들이 음료수 사먹으라고 넣어준 몇천 엔이 모이고 모여 만 엔이 되고, 민단에서 마중

나온 교포들이 맛있는 것 사먹으라면서 손에 쥐어준 돈이 모여 몇만 엔이 되었다.

일본 종단 일정을 반쯤 지났을 때 2002년 월드컵 결승전이 열릴 예정인 요코하마 주경기장을 찾았다. 그날은 마침 시민 체육대회가 열리고 있었다. 관계자의 배려로 경기장을 한 바퀴 돌게 되었는데, 전광판 앞을 지날 때 눈에 띄는 것이 있었다. 전광판 바로 아래에 '2002년 한일 월드컵을 성공시킵시다' 라고 우리말로 씌어진 대형 현수막이 걸려 있었다. 그리고 그 밑에 조그맣게 일본어가 씌어 있었다. 한국과의 친선 경기가 있는 날도 아니었는데, 한국어로 쓴 현수막을 걸어놓고 있었던 것이다.

중도에 포기할 것 같았던 일본 종단은 많은 사람들의 성원에 힘입어 그렇게 계속되어가고 있었다.

더이상 갈 길이 없다

도쿄 입성을 하루 앞두고 우라와에서 취재팀과 반가운 재회를 했다. 2주 만의 만남이었지만, 길에서 시작되어 길에서 끝나는 지루한 하루하루는 지나온 2주의 시간을 아득히 먼 옛 기억으로 자리매김했다. 햇볕에 그을려 피부는 구릿빛에서 잿빛으로 변해 흑인이나 다를 바 없이 되었고, 머리카락은 자연 탈색이 되어 노랗게 변했다.

짧은 시간 동안 너무나 많이 변해버린 내 모습을 보고 취재팀은 지난 2주간의 시간이 얼마나 힘겨웠는지 단박에 알아차렸다. 몇 번의 허물을 벗은 거칠어진 나의 팔을 만져보면서 담당 PD는 무척 안쓰러워했다.

드디어 도쿄 입성이다. 직호 형, 희일이, 훈주 등 반가운 Point-I 친구들을 다시 만날 수 있다고 생각하니 내 마음은 아침부터 한없이 들뜨기 시작했다. 친구들을 만나면, 그 동안 얼마나 힘들었는지, 너희들이 얼마나 보고 싶었는지 모두 이야기할 것이다.

우라와 시내를 벗어나 도쿄에 도착할 즈음에 여러 방송사와 신문사의 취재팀들이 우리를 맞이했다. 한국 언론사는 물론 일본 언론사도 나왔다. 20여 일 동안 나 자신과의 끝없는 싸움을 벌이며 외롭고 힘들게 왔는데, 이제 그 보상을 받는 듯했다.

도쿄 재일 거류민단 본부에 도착하니 많은 사람들이 연도에 나와 우리를 환영했다. 수많은 사람들의 뜨거운 박수를 받으며 민단에 도착했다.

많은 사람들의 박수와 격려도 소중했지만, 무엇보다 사람들 속에서 묵묵히 손짓해주는 익숙한 얼굴들이 힘이 되었다. 민단의 공식적인 환영 행사가 끝나고 조용한 가운데 Point-I 친구들을 만났다. 안경 너머 직호 형의 두 눈에는 어느새 눈물이 고였다. "남자가 울긴 왜 울어"라며 형을 타박했지만, 나 또한 끓어오르는 기쁨을 주체할 수 없어 눈물이 나왔다.

오랜만에 만나는 친구들과의 재회의 기쁨도 잠깐, 다음날 있을 달리기 행사와 콘서트 준비를 서둘러 해야 했다. 아무것도 준비되어 있지 않은 행사를 위해서 친구들은 2박 3일간의 도쿄 체류 기간 내내 발바닥에 땀이 나도록 쫓아다녔다. 젊음의 힘이었을까? 서로에 대한 믿음의 힘이었을까? 도저히 성사될 것 같지 않던 도쿄에서의 달리기 행사와 콘서트를 무사히 치를 수 있었다.

서로에 대한 안부를 다 물을 겨를도 없이 이별의 시간을 맞았다. 한 달여 동안의 일본에서의 고생을 이야기하면서 위로받고 싶었는데 몇 마디 이야기도 나누지 못하고 급히 아쉬운 작별을 고했다.

도쿄에서 맛봤던 달콤한 휴식을 뒤로 하고 또다시 지루한 종단 길에 올랐다. 시간이 지날수록 하루의 길이는 점점 더 길어졌다. 남아 있는 일정이 몇십 년보다 더 길게 느껴졌다. 친구들을 보고 나니 한국에 돌아가고 싶은 마음이 더욱 간절해져 모든 것을 포기하고 당장 비행장으로 달려가고 싶었다. 그러나 어머니의 얼굴이 떠오르고, 나의 일본 종단 성공을 위해 고생한 친구들의 얼굴이 떠올랐다. 나는 나약해진 마음을 다시 추슬렀다.

다행히 도쿄를 지나면서 이전보다 많은 교포들을 만날 수 있어 힘을 얻을 수 있었다. 민단과 접촉이 없던 조총련에서도 나의 일본 종단을 격려해주었고, 밤을 새워가며 손수 태극기를 그려 거기에다 격려의 메시지를 적어서 용기를 불어넣어주는 교포도 있었다.

나고야에서는 우연히 들른 식당에서 유럽 횡단 때의 다큐멘터리를 보았다는 사람을 만났는데, 그는 일본에서 나를 만난 게 믿어지지 않는다며 감격의 눈물까지 흘렸다. 자신도 뭔가를 도와주고 싶다며, 한국으로 돌아가는 비행기표를 끊어주었다. 신문을 보고 우리의 이동 경로를 알아내 기다렸다가 아이스박스에 밤새 얼린 얼음과 수박 화채를 담아준 할머니, 힘이 되어주겠다며 뙤약볕 아래에서 몇 시간 동안 나와 함께 달린 소녀, 온도와 고도가 표시되는 자신의 시계를 풀어준 아저씨 등 모두가 너무 고마운 이들이었다. 혼자 달리고 있다고 생각했는데, 많은 재일 교포들이 마음으로 함께 달리고 있었던 것이다.

지쳐가던 나는 여러 교포의 힘을 빌려 다시 힘을 얻었고 일본 종단의 끝을 향해 성큼성큼 다가서고 있었다.

드디어 일본을 이루는 네 개의 큰 섬 중 마지막 섬인 규슈에 다

다랐다. 끝이 보이지 않을 것 같던 길도 이제 조금씩 끝을 보이고 있었다.

일본 종단 막바지 '미에'에서 '휴가'로 향하던 날이었다. 태풍의 영향으로 장대 같은 폭우가 저녁부터 억수같이 쏟아졌다. 할 수 없이 빗줄기가 조금 약해지면 출발하기로 했다. 하지만 빗줄기는 좀처럼 가늘어지지 않았다. 기다리다 못해 폭우 속을 비옷을 입고 나섰다. 워낙 굵은 빗줄기였던지라 비옷 위에 떨어지는데도 살이 아팠다. 불과 몇 분 사이 온몸은 비에 흠뻑 젖었고, 장대 같은 빗줄기는 시야를 가려 바로 몇 미터 앞도 제대로 볼 수 없었다. 도로에는 물이 발목까지 차올라 길 위를 달리는지 물 위를 달리는지 분간이 가지 않았다. 앞을 제대로 보지 못한데다 흐르는 물살 때문에 휠체어는 미끄러지기 일쑤였다. 도로 위를 점거한 물로 인해 노면 상태를 확인할 수 없기 때문이었다. 급기야 배수로 구멍에 휠체어 바퀴가 끼였다. 앗! 하는 순간 휠체어는 도로 위로 나뒹굴었고 나 또한 아스팔트 위로 그대로 떨어졌다.

차가 지나가지 않았기에 망정이지 자칫 대형 사고가 날 뻔한 아찔한 순간이었다. 쓰러진 휠체어를 일으켜 세우는데 눈물이 왈칵 쏟아졌다. 하루 종일 내리는 비에 마음 또한 우울해져 있어서 빗속에서 처량한 내 모습을 발견하는 순간 서러움이 북받쳐올랐다.

가슴이 뛰어 마음이 진정되지 않았다. 놀란 가슴을 진정시키기 위해서 담배를 물어보지만 폭우 속에서 담배는 이내 젖어버렸다.

보다 못한 성수가 차에서 뛰어나와 우산을 받치고 담뱃불을 붙여 입에 물려주었다. 처량한 눈으로 성수를 바라봤다. 말을 꺼내려다 할말을 잊었는지 다시 입을 다물었다. 서로가 아무 말도 하지 못하고 한참을 바라보기만 했다.

비는 '휴가'에 도착할 때까지 그치지 않았다. 비에 젖어 온몸은 팅팅 불었고, 열 시간 넘게 장대비에 노출된 목덜미는 시퍼렇게 멍이 들어 있었다.

다음날도 비는 하염없이 내렸고, 종착지를 향하는 길목을 막은 채 좀처럼 물러서지 않았다. 이틀에 걸쳐 폭우 속을 헤맨 때문인지 몸살기가 왔다. 이제 조금만 더 가면 끝을 볼 수 있는데 아프다고 앓아누울 수 없었다. 이를 악물었다. 30도가 넘는 더운 날씨 속에서 입술을 덜덜 떨 정도로 오한을 느꼈지만 3천 킬로미터 먼 길을 달려와 이제 그 끝을 볼 수 있는데 주저앉을 수는 결코 없었다. 최종 목적지인 사타미사키를 향하기 위해서 있는 힘을 다 쏟았다.

최북단인 소야미사키와 달리 최남단인 사타미사키는 산 위에 자리잡고 있었다. 머나먼 길의 종착지라는 것을 각인시키기라도 하듯 쉽사리 모습을 드러내지 않았다. 휠체어로 도저히 오를 수 없는 가파른 언덕이 앞을 가로막고, 열대의 정글 같은 숲으로 이방인의 접근을 거부했다. 가파른 언덕은 휠체어에서 내려 기어가게 만들었고, 밀림 같은 숲은 결국은 자력으로 사타미사키를 정복하는 것을 허락하지 않았다. 산 위에 놓여 있는 최남단 표시를 확인하기 위해 성수의 등에 업혀야 했다. 그제서야 도저히 끝날 것 같지 않던 지루한 대장정의 끝을 마침내 확인할 수 있었다. 절벽 아래로 드넓은 바다가 펼쳐져 있을 뿐 더이상 길은 보이지 않았다.

"이젠 끝났다."

"더이상 갈 길이 없다."

바다를 향해 큰 소리로 외쳤다.

오르막이 있으면 내리막이 있듯이, 끝나지 않는 길은 없었다.

서글픈 현실

유럽 5개국 2002킬로미터 횡단, 일본 홋카이도 최북단에서 규슈 최남단 3천 킬로미터 종단. 나는 외국인이었지만 유럽과 일본을 휠체어로 달리면서 허가도 제약도 받지 않고 달릴 수 있었다. 죽을 만큼 힘들었지만 유럽 대륙의 심장부와 일본 열도를 휠체어로 가로지르면서 무한한 희열을 맛봤다. 그 옛날 칭기즈 칸이 말을 달려 세계를 정복했을 때도 이런 기분이었을까?

그런데 다른 나라에서는 마음껏 달렸건만, 같은 조상을 가진 우리나라에서는 달릴 수 없었다. 유럽은 많은 나라들이 공존하고 있지만 결국은 하나였다. 국경이 없는 하나의 땅이었다. 하지만 우리의 현실은 어떤가? 바다가 가로놓여 있지도, 산이 가로막고 있지도 않다. 남과 북은 국경보다 더 단단한 장벽을 갖고 있다.

유럽을 휠체어를 타고 누비면서 하나라는 것을 느꼈듯이 한반도 역시 하나라는 것을 느끼고 싶었다.

일본에서 시작해 백두산까지 달리는 한일 종단 계획은 그러나 판문점까지로 궤도 수정을 해야 했다.

우선, 판문점은 군사 지역이므로 통과하기 위해서는 허가를 받아야 한다는 생각에 통일부를 찾았다. 통일부에서는 판문점이 대한민국 관할이 아니라 UN 관할이므로 출입하기 위해서는 UN의 허가를 받아야 한다고 했다. 통일부 관계자를 붙잡고 통사정을 했다. 백두산까지는 가지 못해도 대한민국 영토 안에 있는 판문점까지는 달려야 하지 않겠느냐고 따지듯이 매달렸다. 나의 간절한 바람에 마음이 움직인 담당자는 기획안을 올려 통일부 장관 명의로 UN에 협조 공문을 발송해보겠다고 했다. 협조 공문을 발송하는 사안에 대해 장관의 결재가 났다. 통일부 장관 명의로 휠체어를 타고 판문점을 들어가는 허가를 요청하는 공문을 발송했다. 한국 땅을 밟는데 다른 나라에 요청한다는 것이 기분은 좋지 않았지만 허가가 나지 않을 거라고는 꿈에도 생각하지 않았다. 하지만 설마 하던 일이 발생했다. 북한을 자극할 소지가 있다는 이유로 UN에서는 나의 판문점 출입 허가를 불허한 것이다.

결국 판문점 진입 계획 역시 수정해야 했다. 한국 땅을 한국 사람이 가는 것을 한국 정부에서 허가했는데, 다른 나라 사람이 반대해서 결국 좌절되고 만 것이다. 남의 나라 땅을 수천 킬로미터나 누벼도 아무 말 하는 사람이 없었는데, 내 나라 땅을 내가 달리는데 다른 나라 사람이 달리지 말라고 했다. 정말 아이러니가 아닐 수 없었다. 하나로 연결된 한반도를 달릴 수 없음도 나를 슬프게 만들었지만 내 집 문을 들어가면서 손님이 문 열어주지 않아 들어갈 수 없다는 것이 나를 더 슬프게 만들었다.

서울에서 불과 60킬로미터도 떨어져 있지 않은 판문점 가는 길이 수천 킬로미터 떨어진 만리 타향보다 더 가기 힘들었다. 나의 한일 종단 계획은 결국 임진각까지밖에 갈 수 없었다. 길이 없는 것도 아니고 내가 힘이 부쳐서도 아닌데 휠체어 바퀴는 더이상 구르지 못했다. 아직도 몇천 킬로미터를 더 구를 수 있는데, 바퀴는 임진각 통일전망대 앞에서 기약 없는 휴식을 맞아야 했다.

유럽 횡단보다 더 힘든 광고 찍기

휠체어 바퀴를 힘차게 굴리며 가파른 언덕길을 힘겹게 오른다. 벌써 열번째 같은 동작을 반복하고 있다.

"컷! 다시."

멀리서 촬영감독의 짜증 섞인 불호령이 떨어진다. 감독의 목소리가 들리면 나는 다시 시작점에서 같은 행동을 반복해야 한다. 새벽 네시에 일어나 열 시간이 넘는 강행군을 하고 있다.

"얼굴에 왜 그렇게 힘이 없어!"

"인상을 좀더 써!"

감독은 온갖 요구를 다 한다. 그의 요구대로 하려고 노력하지만 잘되지 않는다. 광고 찍겠다고 마음먹은 것이 후회스럽다. 처음에는 마냥 재미있을 것 같았는데, 광고 한 편 찍는 일이 이렇게까지 힘들 줄이야. '내가 미쳤지, 이짓을 왜 한다고 했을까?' 절로 한숨이 나온다.

"얼굴에 땀이 없잖아!"

감독은 땀을 내라고 주문한다. 그러면 단지 얼굴에 땀이 비쳐 보이게 하기 위해서 휠체어 바퀴를 굴리며 주위를 몇 바퀴 돌아야 한다. 땀을 내기 위해서 움직인 거리만도 벌써 10킬로미터가 넘었다.

입에서는 단내가 난다. 힘들어 죽을 지경이다.

땀을 내고 다시 촬영에 임한다. 그러나 비 오듯 흐르던 땀은 겨울 날씨에 이내 말라버린다.

"땀이 없어졌잖아."

"물 갖다 부어."

말라버린 땀을 보충하기 위해서 옆에 있던 코디 누나가 몸에다 물을 갖다 붓는다. 아무리 제주도의 겨울 날씨가 따뜻하다고는 하지만 한겨울에 찬물을 뒤집어쓰니 온몸은 이내 얼어붙어버린다.

"왜 그렇게 떨어. 지금은 겨울이 아니라 여름이야!"

"다시 해."

몸은 얼어붙어 추워 죽을 지경인데 감독은 땀에 젖은 표정을 지으라고 거듭 요구한다. 기가 막힐 노릇이다. 사시나무처럼 떨리는데 더워 죽을 것 같은 표정을 지으라고 요구하다니.

유럽 횡단을 끝내고 언론을 통해 좀 유명해지니 텔레비전 광고 제의가 들어왔다. 처음에는 내가 무슨 광고를 찍느냐고 완강히 거부했다. 50여 일 가까이 취재팀과 같이 다니면서 스물네 시간 매일 카메라 앞에 섰더니 카메라 공포증이 생겨버려서 다시 카메라 앞에 서는 것이 지긋지긋해졌기 때문이다. 찍지 않겠다고 버텄다.

그런데 광고의 내용이 너무 좋았다. 전편에 손기정 옹이 찍었고, 그 후편을 내가 찍는 것이라 너무나 영광스런 일이기도 했다. 결국 나는 광고 제의를 승낙했다. 광고료는 전액 좋은 일에 쓰기로 하고 계약을 맺었다. 내가 광고 찍기를 마음먹은 것은 손기정 옹 때문이었다. 평소에 그분을 존경해왔으므로 그분과 같은 광고에 출현한다는 것이 내 마음을 움직인 것이다.

촬영은 3박 4일간 제주도에서 하기로 정해졌다. 난생 처음 제주도를 가보았다. 겨울이었지만 제주도 날씨는 따뜻했다.

스태프들이 정해놓은 호텔에 여장을 풀었다. 그때까지는 좋았다. 제주도의 풍경도 즐기고 또 맛있는 회도 먹었다. 촬영 전날까지 나는 관광 온 사람처럼 마냥 여유 있게 보냈다.

하지만 다음날부터 나는 지옥에 떨어졌다. 새벽 네시에 기상해서 해질 때까지 같은 동작을 수없이 반복해야 하는 죽음의 일정을 시작해야 했다.

텔레비전에서 수많은 광고를 보면서도 별로 대수롭지 않게 여겼는데 한 편의 광고를 직접 찍어본 지금은 그 많은 광고들이 다 새롭게 여겨졌다. 연예인들이 광고 한 편 찍으면서 너무 많은 돈을 받는다고 평소 불만스러웠는데 막상 직접 찍어보니 생각이 좀 달라졌다. 광고 한 편을 찍으면서 일생에 해보지 못한 좋은 경험을 했다. 그리고 세상에는 공짜가 없다는 것을 알았다.

유럽 횡단을 다시 하라고 하면 하겠지만 다시 광고 한 편 찍자고 하면 못 찍을 것 같다.

제 4 부
당당하게

바퀴 달린 신발을 신고 다니는 사람

어릴 때, 나를 처음 보는 아이들은 다리가 없다고 나를 놀렸다. 그러면 놀림의 대상이 되는 내가 약올라해야 되는데 결과는 항상 나를 놀리는 아이들이 더 약올라했다.

"어 재 봐라, 저 새끼 다리 없다."

일단 애들의 놀림에 즉각적으로 대응하는 것을 자제한다. 한 박자 쉬고 응수를 한다.

"야 임마, 너희들 바퀴 달린 신발 봤냐?"

의외의 반응에 애들은 약간 당황한다.

"그런 게 어디 있나?"

이런 대답이 나오면 내가 이긴 게임이다. 기다렸다는 듯이 난 재빨리 휠체어 앞바퀴를 들며 몇 가지 묘기를 보여준다. 그러면 애들은 신기해하며 날 쳐다본다. 사태가 이쯤 되면 휠체어를 한 번 태워달라고 조르는 애들이 생긴다. 그러면 난 근엄한 표정을 지으며 애들을 깔아보면서 말한다.

"야 임마, 이건 아무나 타는 게 아니야."

그러고 훌쩍 그 자리를 떠나버리면 애들은 휠체어를 한 번 탈 요량으로 날 뒤쫓아온다. 나는 본 척도 안 하고 휠체어 바퀴를 더 신나게 돌린다. 애들은 애가 달아 어쩔 줄을 몰라한다. 그리하여 놀림은 나의 압승으로 끝난다.

애들은 다리 없다고 놀리다가 휠체어 묘기를 보고는 오히려 날 부러워하게 된다. 애들이 놀릴 때 내가 약올라하면 더 재미있어 한다는 것을 난 알고 있었다. 그래서 나는 휠체어 타는 것을 부럽게 만들어 나를 약올리는 아이들을 역으로 골려주었던 것이다.

나는 나의 장애를 열등하다고 생각해본 적이 없다. 남과 조금 다른 삶을 살 뿐이다. 내가 남보다 어렵게 산다거나 나 자신이 열등한 존재라고는 결코 생각하지 않는다.

사람들이 신발을 신고 걸을 때 난 휠체어를 타고 구른다. 남들이 계단을 오르내릴 때 난 경사로를 오르내린다. 사람들이 신발을 바꿀 때 난 휠체어 타이어를 갈아 끼운다.

나의 장애는 바퀴 달린 신발을 신는 것과 바퀴 없는 신발을 신는 것과의 차이쯤이지 그 이상도 그 이하도 아니라고 생각한다. 즉 남들보다 좀더 개성적인 신발을 신는 것이 나의 모습이다.

음식점에 들어가 남들이 신발을 벗어놓을 때 난 휠체어를 맡겨 둔다. 그리고 음식을 다 먹고 나올 때는 "아줌마, 바퀴 달린 신발 좀 갖다주세요"라고 말한다. 휠체어를 탄다는 말보다는 바퀴 달린 신발을 신는다는 표현이 훨씬 유머 있어 이 표현을 난 더 좋아한다. 더욱이 이 말에는 장애인이라는 뉘앙스도 풍기지 않는다.

"이 세상에서 나보다 비싼 신발 신는 사람 있으면 나와보라

224

고 해."

　친구들한테 내가 자주 하는 농담이다. 내 휠체어의 가격이 4백만원 가까이 되니 이런 말을 해도 무리는 아닐 것이다.

　내일은 신발 밑창이나 갈아야겠다.

난 동물원의 원숭이

북적거리는 서울 시내를 휠체어를 타고 돌아다녀보면 나말고는 장애인이 좀처럼 눈에 띄지 않는다. 왜 그럴까? 한국에는 장애인이 별로 없어서일까? 아니다. 통계에 따르면, 우리나라의 장애인 수는 4백만이 넘는다고 한다. 열 명 중 한 명꼴로 장애인이란 말이다. 그런데도 왜 길에서는 장애인을 찾아볼 수 없는 것일까?

이유는 명약관화하다. 대다수의 장애인이 집 밖으로 나올 수 없기 때문이다. 우리 사회는 장애인이 바깥출입 하기에는 장애인 편의시설이 너무 부족하다. 대중 교통수단을 이용하기에는 너무 위험천만하고 경사로가 설치되어 있는 건물도 거의 없어 불편하기 이를 데 없다. 하지만 장애인이 밖으로 나올 수 없는 더 큰 이유는 다른 데 있다. 장애인을 이상하게 여기는 시선 때문이다. 사람들은 장애인을 마치 흉측한 짐승 보듯이 쳐다본다. 장애인 한 사람이 지나가면 거리의 모든 시선은 오직 그에게 집중된다. 자기를 쳐다보는 곱지 않은 시선이 장애인을 밖으로 나오지 못하게 한다.

특히 아이들이 더하다. 내가 지나가면 아이들은 동물원 원숭이보다도 더 신기해하며 나를 뚫어져라 쳐다본다. 아이들이 나와 같은 장애인을 신기해하는 것은 어쩌면 당연한 일인지 모른다. 자주 보지 못했기 때문이다. 자주 접하지 않으면 낯설어지는 것은 당연하고 낯선 것엔 자주 눈이 가게 마련 아닌가.

한일 종단 행사 때의 일이다. 청주에 있는 한 초등학교를 방문했는데, 운동장에서 오십여 명의 아이들이 공차기, 줄넘기를 하거나 미끄럼을 타며 놀고 있었다. 나는 더위를 식히기 위해 잠시 나무 그늘에 자리를 잡았다. 십 분 가량 시간이 흘렀을까? 아이들이 하나 둘씩 내게로 모이기 시작하더니 급기야 내 주위를 빽빽이 에워쌌다.

"어! 저 아저씨 이상하게 생겼다."

"아저씨 왜 다리가 없어요?"

아이들은 나를 요리조리 살피면서 한마디씩 했다. 내 짧은 다리를 직접 만져보는 아이도 있었다. 내 주위에 옹기종기 모여 앉은 아이들은 양다리 없는 장애인을 처음 보는 듯했다. 자기와 다르게 생긴 내가 무척이나 이상할 것이었다.

일본에서는 어디를 다녀도 나를 신기하게 여기는 아이들은 없었다. 그냥 스쳐 지나가는 사람쯤으로 생각할 뿐 나를 특별하게 여기지 않았다.

일본의 동물원에는 한국보다 더 신기한 원숭이가 많기 때문일까? 아니면 한국 어린이보다 호기심이 없어서일까?

답은 자명하다. 일본 어린이들이 한국 어린이들보다 장애인을 볼 기회가 많기 때문이다. 거리에서, 놀이터에서, 버스나 지하철 안에서 나와 비슷한 장애인을 자주 볼 수 있고 또 텔레비전에서도 장애인을 많이 볼 수 있다. 어린이 프로그램에는 장애인 어린이가 등장해 정상아들과 함께 뛰며 논다. 텔레비전 속 아이들은 제 또래의 장애인 어린이와 너무나 자연스럽게 어울려 지낸다. 아마도 그렇기 때문에 텔레비전 밖의 아이들도 장애인에 대해서 별로 특별한 시각을 갖지 않는 것 같다.

우리나라 아이들은 장애인을 볼 기회가 없다. 휠체어를 타고 길을 지나는 장애인도 없고, 가게에 물건을 사러 오는 장애인도 없다. 버스를 타도 지하철을 타도 장애인이 없다. 그리고 어린이 텔레비전 프로그램에서도 장애인은 결코 등장하지 않는다.

한국 어린이에게는 장애인이 낯선 존재이기 때문에 동물원의 원숭이보다 더 신기하게 인식되는 것이다.

일본의 어린이는 자기와 다르게 생긴 사람들과 공존하는 법을 일찍부터 배운다. 그래서 자기보다 어려운 처지의 사람을 배려하는 습성이 몸에 배어 있다. 하지만 한국의 어린이는 자기와 다르게 생긴 사람들과 공존하는 법을 배우지 못한다. 아니 배울 기회가 없는지도 모른다. 그래서 자기보다 어려운 처지의 사람을 배려하는 마음이 일본 어린이보다 적은 것 같다. 일본의 어린이는 자기와 다르게 생긴 타인을 다양성으로 인식하는 반면, 한국의 어린이는 자신과 다른 타인을 신기한 존재로 받아들인다.

아이들이 장애인을 신기한 존재로, 이물질과도 같은 낯선 존재로 받아들이는 것은 지금 우리 사회 전체의 솔직한 모습일 것이다. 장애인을 낯설게 여기는 사회의 낯선 시각이 오늘도 4백만 명의 장애인을 집 안과 요양소, 혹은 수용소에 묶어두고 있다. 언제쯤이면 한국의 거리에서 동물원 원숭이가 사라지고 휠체어 행인, 목발 행인, 맹인견과 함께 다니는 행인이 자유롭게 나돌아다니는 풍경을 볼 수 있을까?

과잉 친절

운전을 직접 하지만 가까운 곳은 웬만하면 휠체어를 타고 다닐
때가 많다. 약속이 있을 때는 학교에다 주차를 시키고 신촌까지
휠체어를 타고 간다. 주차하기가 불편한 탓도 있지만 휠체어를
타고 돌아다닐 수 있는 장애인은 많이 다녀야 한다는 것이 나의
지론이기 때문이다. 장애인을 많이 봐야지 사람들이 장애인에게
익숙해진다는 생각도 있고, 또 장애인들이 여러 시설들을 많이
이용해야지 보통 사람들이 아무런 불편 없이 지내는 시설물들이
장애인들에게는 매우 불편하다는 것을 인식시킬 수 있다고 생각
하기 때문이다.

아무튼 난 휠체어를 타고 참 많이 돌아다닌다. 친구들과 같이
다닐 때도 많지만 혼자서 다닐 때도 많다.

혼자서 휠체어를 타고 횡단보도를 건널 때나 약간 경사진 언덕
을 오르면 간혹 누군가 휠체어를 밀어주는 사람이 있다. 솔직히
평지인 횡단보도를 건널 때나 경사진 언덕길을 오를 때 누군가

휠체어를 밀어주면 한결 수월한 건 사실이다. 하지만 휠체어를 타고 이십 년 넘게 살아왔기 때문에 계단이 아닌 곳은 걸어다니는 사람보다 더 빨리 간다. 사람들이 보기에는 휠체어를 타고 가는 나의 모습이 힘겨워 보일 수도 있겠지만 휠체어는 나의 신체의 일부분이나 마찬가지기 때문에 휠체어 타는 것에 아주 익숙하다.

한 번은 학교 앞 횡단보도를 건너고 있는데 뒤에서 누군가 느닷없이 휠체어를 쑥 밀었다. 한 번 바퀴를 굴리고 다음 동작을 하려는 찰나에 뛰어오는 속력으로 휠체어를 밀었기 때문에 나는 리듬을 잃고 그만 헛바퀴를 굴렸다. 바퀴를 굴릴 때는 체중이 앞쪽에 실려 있다. 앞쪽에 실은 체중의 힘으로 휠체어가 앞으로 나가는데, 헛바퀴를 굴렸기 때문에 중심을 잃고 그만 앞으로 넘어지고 말았다.

넘어지고 나서 뒤를 쳐다보니 중년의 마음씨 좋게 생긴 아저씨였다. 아저씨는 당황하면서 나를 일으켜 세우고, 도움을 거부하는데도 불구하고 휠체어를 주차장까지 밀고 갔다.

그 아저씨는 휠체어를 힘으로만 밀었기 때문에 주차장까지 가는 동안 내내 마음이 불안했다.

주차장에 도착해서 극구 사양하는데도 불구하고 휠체어를 차에 실어주겠다고 억지를 부렸다. 휠체어 접는 법을 가르쳐주기도 전에 내가 휠체어에서 차로 옮겨 타는 순간, 휠체어를 접으려고 손잡이에다 힘을 주고 억지로 휠체어를 접었다. 그리고 차에다 휠체어를 쑤셔넣듯이 실었다.

나는 아저씨께 고맙다고 정중히 인사를 했지만 실은 고마운 마음보다 불쾌한 마음이 더 강했다. 도움을 사양하는데도 과잉 친절을 베푼 것도 그렇고, 나의 다리와도 같은 휠체어를 함부로 다루는 모습도 나를 불쾌하게 만들었다.

결국 그날 이후 나는 휠체어 수리를 받아야 했다. 손잡이를 잡고 억지로 휠체어를 접으려 한 덕분에 휠체어 프레임의 균형이 깨졌던 것이다.

아저씨의 눈에는 혼자서 휠체어를 타고 가는 내 모습이 힘겨워 보였을 것이 틀림없다. 그래서 아저씨는 도와주고 싶은 마음을 앞세워 내 동의도 구하지 않고 휠체어를 밀었을 것이다. 하지만 도움을 받는 당사자인 나는 도움을 받을 준비도 되어 있지 않았고, 그 상황은 내가 도움을 받을 상황도 아니었다.

나는 하체가 없기 때문에 휠체어를 탈 때 균형을 잘 잡아야 한다. 휠체어는 무게의 중심을 앞쪽에 두고 있는데, 나같이 하체가 없는 사람은 앞쪽이 가볍기 때문에 뒤쪽으로 넘어지기가 쉽다. 네 바퀴 달린 의자에 편안히 앉아 있는 것처럼 보이지만 균형을 유지하기 위해서 각별한 노력을 기울이고 있는 상태인 것이다. 그렇기 때문에 예측하지 못한 힘이 외부에서 가해질 때 균형을 잃고 넘어지기가 쉬운 것이다. 예상하지 못한 아저씨의 도움은 나에게 오히려 짐이 되었다.

사람 만나는 것을 좋아하기 때문에 늘 새로운 사람을 많이 만난다. 술자리에서 취기가 올라 이야기꽃이 피기 시작하면 나의 가장 큰 개성인 장애에 대해서 사람들은 이야기한다. 언제 다쳤냐? 어떻게 다쳤냐? 불편하지는 않느냐? 등 나의 개성에 관심을 보인다.

　나의 개성에 대한 궁금증이 풀리면 그 동안 장애인 전반에 대해서 가지고 있던 궁금증을 이야기한다. 그럴 때면 빠지지 않는 단골 메뉴가 있다. 우연한 기회에 장애인을 만날 때 도움을 줘야 할지 말아야 할지 잘 모르겠다는 것이다. 혹시 장애인들이 도움을 주는 것에 기분 나빠하지나 않을까 걱정이 되어 도와줘야 할지 말아야 할지 판단이 잘 서지 않는다는 것이다.

　곤경에 처한 사람을 보고 도와주고픈 마음을 갖는 것은 인간의 본성이라고 옛 성현이 말했던 것처럼, 자신보다 불편한 장애인을 보고 도와주고픈 마음을 가지는 것은 당연한 것이고 또 바람직한 일이다.

　길을 가다 우연히 장애인을 보고 도와주고 싶은 마음이 생기면 도움을 받는 당사자에게 지금 도움이 필요한지를 얼굴을 보면서 물어보기를 권한다. 옆에서 부르거나 뒤에서 부르면 거동이 불편한 장애인들은 비장애인처럼 쉽게 소리가 들리는 쪽으로 방향을 바꾸지 못하기 때문이다.

　그리고 장애인들의 경우 일반 사람보다 키가 작은 것이 보통이다. 그럴 때는 고개를 숙이거나 허리를 낮추어 눈높이에서 이야기하는 것이 안정감을 준다. 자기보다 키가 큰 사람을 아래에서 올려다볼 때 위압감을 느낄 때가 많다. 도움을 주는 것도 쉽지 않은 일이지만 낯선 사람에게 도움을 받는 일은 어쩌면 더 힘든 일일 수도 있다. 도움을 받는 이의 의사를 존중하여 정중히 도움 줄 것을 청한다면, 도움이 필요할 경우 도움 받는 것을 꺼려하는 일은 없을 것이다. 물론 도움을 받을 의향이 없거나 자신이 혼자서 할 수 있는 상황이라면 도움을 거절하겠지만. 아무런 동의도 없이 휠체어를 타고 가는 장애인을 뒤에서 민다거나 목발을 짚고 가는 사람의 팔을 잡고 앞으로 끈다거나, 앞을 보지 못하는 시각 장애인의 손을 잡고 끄는 것과 같은 행동은 도움을 받는 당사자들을 불쾌하게 만든다. 그때는 자신이 짐짝이 된 것 같은 모멸감을 느끼기도 한다. 반드시 도움이 필요한지를 묻고, 동의를 구한 후에 도움을 줘야 한다. 모든 일상의 시설들이 비장애인 위주로 만들어졌기 때문에 사회를 살아가면서 불편함을 많이 느끼며 또 비장애인들의 도움이 많이 필요한 것은 사실이다. 장애로 인해서 할 수 없는 일은 도움을 줘야겠지만 스스로 해결할 수 있는 부분은 다소 힘들게 보일지라도 스스로 하도록 지켜보는 것이 미덕이 될 것이다.

비장애인들이 보기에 휠체어를 타거나, 목발을 짚거나, 앞을 잘 보지 못하는 장애인들이 힘겨워 보일지는 모르겠지만 장애인들은 아주 오랫동안 그렇게 생활해왔기 때문에 사람들이 생각하는 만큼 어렵고 힘들지는 않다. 조금은 부자유스러운 삶이 그네들의 일상이기 때문에 거기에 익숙해져 생활한다.

과잉 친절은 오히려 상처를 주고 짐이 될 수도 있다.

장애인과 여성

"버릇없는 것들 같으니라구. 어디 여자가 대낮에, 그것도 감히 교수님들이 지나다니는 곳에서 담배를 피워."

대학 면접 날, 교정 벤치에 다리를 꼬고 앉아 담배를 피는 여학생을 처음 봤을 때 내가 보인 반응이었다. 담배 피는 여자를 마치 대역 죄인이라도 되는 양 욕을 퍼부어댔다.

지방에 살았기 때문에 연세대학에 들어오기 전까지만 해도 나는 길거리에서 담배 피는 여성을 본 적이 없었다. 그래서 길에서 버젓이 담배를 물고 있는 여자를 보면 부도덕한 인간이라고 여겼다. 어릴 적부터 주입된 제도 교육의 영향도 있겠지만 무엇보다 그런 모습에 익숙하지 않았기 때문에 깊이 생각할 겨를도 없이 길에서 담배 피는 여성은 나쁘다라는 선입견을 가지게 된 것 같다. 낯선 것이 가져다주는 막연한 불안감, 그것이 '낯선 것=나쁜 것'이라는 터무니없는 등식을 만들어냈다.

지금은 교정에서 담배를 피는 여학생들을 자주 본다. 교정에서

뿐만 아니라 강의실 복도나 계단에서, 그리고 구내식당 앞에서 심심찮게 볼 수 있다. 그런데도 예전에 느꼈던 거부감이 생기지 않는다. 그들을 비난하고 싶은 마음도 일지 않는다. 장애인 인권 운동을 하면서 장애인과 더불어 여성들이 우리 사회의 무지와 편견으로 인해 많은 차별을 받고 인간으로서 누려야 할 기본권마저 한국 사회에서 박탈당하고 살아왔음을 인식했고, 여기저기서 자주 보아서 담배 피는 여자가 더이상 낯설지 않기 때문이다. 이해를 동반한 익숙함은 친근함을 뜻하는 것일까? 이젠 담배 피는 여학생들이 오히려 친숙하게 느껴진다.

재수 시절의 일이다.

집을 나와 독서실에서 숙식을 하며 지냈다. 그런데 씻는 데 대단히 애를 먹었다. 마땅히 씻을 만한 곳이 독서실 내에는 없었기 때문이다. 할 수 없이 대중목욕탕을 매일 이용했다.

며칠이 지나자 목욕탕 주인이 날 불러 한마디 했다.

"학생! 학생이 매일 오니까 손님들이 싫어해. 미안하지만 그만 와줬으면 좋겠어."

난 아무 대꾸도 하지 않고 목욕탕을 나왔다. 그리고는 학교를 파한 후에 아침에 갔던 목욕탕을 또다시 찾아갔다. 손님들이 나를 싫어하니 오지 말라는 주인의 말이 오기를 불러일으킨 것이다. 나의 오기는 거기서 그치지 않았다. 일요일이 되면 아침에 한 번 점심에 한 번 저녁에 한 번 하루에 목욕탕을 세 번 갔다. 그런 식으로 그 목욕탕을 한 달 가량 드나들었다.

목욕탕에서 사람들은 나를 힐끔힐끔 쳐다보거나 외면하는 척하면서 곁눈질로 훔쳐보았다. 심지어 옆에 다가가면 피하거나 달아나는 사람까지 있었다. 양다리가 없는 사람을 보지 못했기 때문에 낯설게 여긴 것이리라. 낯설음은 곧 거부감으로 바뀌었다. 철없는 아이가 나를 신기하게 여겨 내 앞에서 얼쩡거리면 아이의 아버지는 "너도 아빠 말 안 들으면 저렇게 돼" 하며 아이 머리를 쥐어박고는 저만치 데려갔다. 마치 다리 없는 내 모습이 죄 지어 벌을 받아서 그런 것처럼…….

그러기를 한 달쯤, 사람들은 점차 아침저녁으로 목욕탕을 드나드는 나를 더이상 신기하게 여기지도 거부감을 느끼지도 않았다. 핸드워킹(손으로 기는 것) 하는 내 모습을 동물원의 고릴라 보듯 하던 사람들이 이제는 더이상 낯설어하거나 신기해하지 않았다. 오히려 내게 다가와 말을 걸면서 친근함을 표시하기까지 했다. 낯설음이 익숙함으로 바뀌자 나에 대한 태도도 덩달아 바뀐 것이다.

나는 내심 뿌듯했다. 오기로 시작한 내 행동이 나를 질타하고 못마땅해하던 사람들의 태도를 바꿔놓았다는 생각에 기쁨이 일었다.

"여자가 대학은 나와서 뭐해."
"여자는 몰라도 돼."
"여자와 북어는 사흘에 한 번씩 패야 돼."
"여자가 말이야……."
우리 사회에서 너무나 자주 듣는 말이다. 여성들은 여성이라는 단지 한 가지 이유만으로 가정과 학교에서, 그리고 직장에서 무수한 차별을 받고 있다.

내가 페미니즘에 관심을 갖게 된 것은 대학 1학년 때 우연히 여성학을 수강하면서였다. 처음에는 여성학이라는 학문이 생소하고 심지어 말이 안 되는 이론이라고까지 생각했다. 그때만 해도 보수적인 여성관에 사로잡혀 있던 나로서는 여성학에서 말하는 여러 가지 논의가 얼토당토않은 소리로만 들렸다. 그러나 시간이 지나 우리 사회에서 차별받는 여성의 처지가 차별받는 장애인의 처지와 매우 흡사하다는 사실에 눈이 뜨이면서 나는 생각을 달리했다.

"병신 육갑 떨고 있네."

"넌 몸이 불편하니까 앉아서 할 수 있는 일을 해라."

"몸도 불편한데 그런 일을 어떻게 해."

우리 사회에서 여성이 여성이라는 이유만으로 차별을 받듯 장애인도 장애인이라는 이유만으로 차별을 받는다. 가족 중에 장애인이 있으면 무슨 죄인이라도 둔 것처럼 부끄러워하며 무조건 숨기려고 애쓴다. 우리 사회에서 아들을 못 낳은 어머니들이 주눅들어 기를 못 펴듯이 장애아를 둔 어머니들도 기를 못 펴며 산다.

여성이 남성에 비해 고등교육을 많이 받지 못하듯 장애인도 비장애인에 비해 고등교육, 심지어는 의무교육조차 제대로 받지 못하는 경우가 비일비재하다.

기업의 채용에서도 여성은 남성에 비해 차별 대우를 받는다. 여성 채용을 꺼리는 이유를 기업 관계자들은 이렇게 말한다. "일을 시킬 만하면 결혼해 회사를 그만두기 때문에 비싼 돈 들여 여성을 많이 뽑는 것은 회사의 손실이다." 물론 여성들이 결혼 후 회사를 그만두는 사례가 많은 것은 사실이다. 여성으로서 가사와 회사 일을 동시에 하기가 우리 사회에서는 너무 힘들기 때문이다. 결혼 생활과 직장 생활을 병행하기 힘든 우리 사회의 구조적 모순에 대해서는 생각지 않고 표면적인 이유만으로 여성을 차별한다.

장애인도 마찬가지다. 장애인을 채용하지 않는 가장 큰 이유가 비장애인에 비해 일의 능률이 떨어지기 때문이라고 한다. 물론 장애인이 비장애인에 비해 능률이 떨어지는 것은 사실이다. 하지만 표면적인 능력의 차이가 절대적인 능력의 차이는 아니다. 장애인이 자유롭게 행동할 수 있는 여건이 마련되지 않았기 때문에 장애인과 비장애인의 능력차가 생기는 것이다. 장애인이 비장애인보다 능력이 떨어진다고 말하는 것은, 배기량 1천cc 차의 운전자와 배기량 2천cc 차의 운전자에게 빨리 달리기 시합을 붙여놓고, 1천cc 차의 운전자가 2천cc 차의 운전자보다 능력이 부족하다고 말하는 것과 하등 다를 바가 없다.

우리 사회에서 장애인과 여성은 남보다 뒤에 있는 출발선에서 달리면서도 남과 같은 결승선을 통과하기를 강요받는 불평등한 존재들이다. 그런 점에서 장애인과 여성은 닮은꼴이다. 편견으로 인해 사실과 다르게 인식되는 것, 여성과 장애인이라는 그 자체만으로 차별을 받는 것, 구조적 모순에 의한 능력 차이를 실제 능력 차이로 오해받는 것 등 유사한 점이 많다.

발로 뛰는 아이들과 손으로 기는 아이들이 함께 어울려 축구를 한다. 아빠가 집에서 살림을 하고 엄마가 직장에서 돈을 번다. 휠체어를 타고 백화점에서 쇼핑을 하거나 지하철을 타도 기이한 눈빛으로 쳐다보는 사람이 없다. 여성이 종로 한가운데서 활보하며 담배를 피워도 아무도 비난하지 않는다. 청각장애인이 음악을 들어도, 시각장애인이 영화를 봐도 이상하게 여기는 이가 없다.

이런 익숙하지 않은 모습이 익숙하고 또 친근하게 느껴질 때, 우리 사회에서 여성과 장애인이 차별을 받지 않고 자기의 떳떳한 권리를 찾으며 행복하게 살아가게 되지 않을까.

화장실과 모험심

　사람들은 유럽 횡단과 한일 종단을 무슨 용기로 했느냐고 더러 묻는다. 그들에겐 내 모습이 굉장했었나 보다. 나에게서 특별하고 근사한 대답을 듣고 싶어한다. 하지만 나는 장애인이기 때문에 할 수 있었다고 간단히 대답한다. 그러면 사람들은 매우 의아해한다. 무슨 뚱딴지같은 소린가 하는 표정이다.

　하지만 사실이다. 한국 사회에서 장애인으로 살아가기 위해서는 굉장한 모험심을 갖지 않으면 안 된다. 장애인이 비장애인의 평범한 일상을 누리기 위해서는 그들보다 수십 수백 배의 노력을 해야 한다.

　장애인이 무엇을 하려고 하면 그 자체로 항상 '특별한' 일이 된다. 비장애인들이 특별하게 보기 때문이다. 그래서 그들과 다른 자신만의 방법을 개발하고 연습해야 한다. 많은 사람들이 아무렇지 않게 걸어다니는 학교, 동네, 백화점을 지나갈 때 무수히 쏟아지는 사람들의 시선에 대해서 무관심해질 수 있는 대범함을 갖춰야 하고, 남들이 일 주일에 한 번 당연하게 가는 목욕탕을 가기 위해서 몇 달 아니 몇 년을 고민해야 한다. 그래야만 목욕이라는 일상을 비장애인과 비슷하게나마 누릴 수 있다.

비장애인들이 누리는 일상 가운데 장애인들이 부러워하는 것 중의 하나가 자유롭게 배설하는 일이다. 소대변은 장애인들의 아킬레스건이기 때문이다. 외출할 때나 여행할 때도 소대변 문제가 가장 큰 고민이고 직업을 얻을 때도 소대변 보는 일이 문제로 작용한다. 화장실의 구조도 문제고, 소대변을 볼 때 비장애인들보다 시간이 많이 걸리는 것도 문제다. 잘 아는 장애인 선배 중에, 취직했다가 소대변 보는 시간이 너무 오래 걸려 눈치가 보여 스스로 직장을 그만둔 분도 있다. 소대변 문제는 하루 종일, 장애인들에게 스트레스를 주는 일이다.

소대변 보는 일이 힘겨운 장애인들은 맛있는 음식을 보면 식욕 대신 고통을 느낀다. 먹으면 먹은 대로 싸야 하는데 싸는 일이 여간 고통스럽지 않으므로 그들에겐 먹는 일이 즐거움이 되지 못하고 고통이 되는 것이다.

소변(小便), 대변(大便)의 '변(便)'자는 '똥오줌 변(便)' 자지만 또한 '편안할 편' 자로도 읽는다. 따라서 소변, 대변의 뜻을 풀이하면 작은 편안함, 큰 편안함이 된다. 대소변을 잘 볼 수 있다는 것은 그만큼 살아가는 것이 편안하다는 말이다.

먹으면 으레 치르는 일이 소대변이기에, 특별한 노력을 들이지 않고도 쉽게 치르는 일이기에 시원하게 볼일을 보는 것이 얼마나 고마운 일인지 보통 사람들은 미처 깨닫지 못한다. 수월한 배설이 얼마나 중요한 일인지 잘 모르기 때문에, 먹을 때 기도하는 사

람은 있어도 화장실에 들어가서 시원하게 일보면서 감사의 기도
를 올리는 사람은 거의 없는 것 같다. 일용할 양식을 주신 것도
감사할 일이지만 편안하게 배설할 수 있는 일은 어쩌면 더 감사
할 일일 것이다.

혼자 힘으로는 결코 대소변을 볼 수 없는 장애인들도 있다. 척
추를 다쳐 배설 기관을 통제할 수 없는 이들은 다른 사람의 도움
을 받아야만 배설할 수 있다. 배설 행위는 인간에게 가장 부끄럽
고 은밀한 것이어서 남이 보지 않는 곳에서 혼자 비밀스럽게 하
는 것이거늘 그들에게는 그것조차 허락되지 않는다. 그들은 자신
의 치부를 다 드러내놓고 '공개적으로' 배설을 해야 한다.

나에게도 화장실 공포증이 있다. 척수 손상 환자들같이 힘들게
배설하지는 않지만 좌변기가 없거나 출입문이 좁을 경우, 화장실
앞에서 좌절한다. 익숙하지 않은 낯선 곳을 갈 때면 늘 신경이 쓰
이는 일이 화장실 문제다. 낯선 곳에 가서 화장실 구조가 나의 접
근을 허락하지 않을 경우, 나의 접근을 허락하는 화장실을 빨리
찾는 것이 급선무다. 그럴 때 주로 이용하는 방법이 병원을 찾거
나 호텔을 찾는 방법이다. 그 방법도 통하지 않을 경우는 최후의
수단인 온 힘을 다해서 배설 욕구를 누른다. 그래서 난 소대변 참
는 일을 잘한다. 그리고 남들보다 방광 용량도 크다. 경험을 미루
어 생각할 때, 화장실 문제에서 자유로워질 수 있다면 장애인들
은 지금보다 두 배는 더 자유롭게 살 수 있을 것이다.

유럽 횡단과 일본 종단이 무척 힘들었던 것은 사실이다. 도전하
기 전까지는 나 자신도 해낼 수 있을지 자신할 수 없었다. 하지만
오래 망설이지는 않았다. 그 동안 장애인으로 살면서 알게 모르

게 길러진 모험심이 있었기 때문에. 장애인으로 살아가기 위해서는 미지의 일들에 과감하게 부딪쳐 경험해보려는 삶의 자세가 중요하다. 실패할 수도 있고 마음의 큰 상처를 받을 수도 있다. 하지만 막연한 두려움에 눌려 시도조차 해보지 않는다면 더 큰 장애를 짊어지게 될 것이다. 나 역시 가보지 않은 길은 두려웠다. 그러나 시도해보지 않으면 영원히 가볼 수 없다고 생각했다. 그래서 모두가 가능하지 않으리라 여긴 유럽 횡단과 한일 종단에 과감히 몸을 던질 수 있었다. 시작할 용기가 있었으므로 끝낼 수 있었다. 무슨 일이든 시작할 수 있는 용기가 있다면 끝낼 힘도 갖게 된다.

나의 도전과 모험 정신은 화장실에서 키워졌다. 장애인으로 낯선 곳의 화장실 가기란 어쩌면 유럽 횡단보다 더 큰 모험심이 필요한지도 모르겠다.

'불가능은 있다' 하지만…

"내 사전엔 불가능이란 없다"라는 말도 있지만 실제로 세상에는 불가능한 일이 많다. 인력으로 안 되는 일이 왜 없겠는가. 그러나 정작 중요한 것은 불가능한 일이 실제로 존재한다는 사실이 아니다. 살면서 무엇보다 중요한 것은 도전하는 정신이다.

설령 훗날 불가능한 일이라고 판명이 날지라도 직접 부딪치기 전에는 불가능한 일인지 가능한 일인지 아무도 모른다. 신만이 알 수 있을 뿐이다. 일의 결과를 미리 생각해 도전조차 하지 않는 것이야말로 가장 경계해야 할 태도다. 흔히 사람들은 하고 싶은 일이 있어도 그 일의 실패를 서둘러 결정해버리고는 포기해버린다. 나는 할 수 없다, 해도 안 된다, 라며 하기도 전에 체념해버린다. 아마 실패에 대한 두려움 때문일 것이다. 실패하면 그 일을 위해 들인 노력이 모두 허사가 되니까 말이다.

목표를 달성하기 위해 열심히 노력한 결과 마음먹었던 일을 해 낸다면 그것만큼 기쁜 일이 없을 것이다. 목표한 일을 성공하면 노력의 대가를 얻고 실패하면 아무것도 남지 않는다고 생각하는 것은 인지상정이다. 하지만 실패를 한다고 해도 기울인 노력이 모두 허사가 되는 것은 결코 아니다. 성공하면 성취감을 맛보게 되지만 실패하면 인생을 지탱할 교훈을 얻게 된다.

어떤 일을 할 때 결과는 그다지 중요하지 않을지 모른다. 성공과 실패는 종이 한 장 차이다. 어쩌면 인생에서 더 중요한 것은 한때의 성취감보다 가슴에 새길 마음의 교훈일 수 있다. 실패하면 아무것도 남지 않는다고 생각해 시작조차 하지 않는다면 성취감은커녕 교훈마저 얻지 못할 것이다. 시도하지 않는 자는 얻을 것이 아무것도 없다.

다리 없이 야구를 할 때도, 스물여섯 살 먹어 재수를 할 때도, 유럽 2002킬로미터 휠체어 횡단을 할 때도, 한일 4천 킬로미터 휠체어 종단을 할 때도 할 수 있다고 말하는 사람보다 할 수 없다고 말하는 사람이 훨씬 많았다. 그리고 나 자신도 할 수 있을지 자신할 수 없었다.

성공만 생각하고 실패를 생각하지 않았다면 삶의 새로운 지평은 열리지 않았을 것이다. 남들이 할 수 없다고 하는 일은 영원히 할 수 없는 일로 남을 것이다. 나는 성공의 성취감이 크면 클수록 실패의 교훈도 크다고 생각했다. 그래서 누구나 할 수 없다고 고개 젓는 일을 그 결과에 관계없이 도전할 수 있었던 것이다. 만약 실패를 두려워했다면 시작도 못 했을 것이고, 시작하지 않았다면 야구도, 연세대 입학도, 유럽 횡단도, 한일 종단도 할 수 없었을 것이다.

하기 전에는 아무도 모른다. 성공할지 실패할지에 대해서. 중요

한 것은 성공의 결과가 아니라 하고 싶은 일을 하고자 하는 도전
정신이다.

　사람들에게 말하고 싶다. 세상에 불가능은 있다. 하지만 가능한
일이 더 많다.

아저씨 기사를 매일 읽어요

휠체어 유럽 2002킬로미터 횡단을 하고 나서 난 꽤 유명해졌다. 길에서 나를 알아보는 사람도 많아졌다.

"저 사람 텔레비전에 나온 사람이다."

"참 훌륭한 일을 하셨습니다."

지나가는 나를 보면서 사람들은 한마디씩 말을 건넸다. 예전에도 길을 지날 때 사람들의 이목을 많이 받았지만, 그것은 남과 다른 특이한 내 외모 때문이었다. 나를 불쌍하게 여기거나 동정하는 관심의 시선이었다. 하지만 이제는 다르다. 연예인을 쳐다보듯 나를 신기하게 바라본다. 솔직히 예전에 받던 주목보다는 훨씬 기분좋다. 어깨가 으쓱해진다. 사인을 해달라고 매달리는 사람도 있다. 처음에는 부끄러워 사인 요청을 거절했는데, 이제는 못 이기는 척 사인을 해준다. 몸이 불편한 아들에게 전해주겠다거나 병으로 고생하는 남편에게 용기를 주고 싶다는 이들이 사인을 요청한다. 동정하고 놀려대던 사람들이 이제는 나를 부러워하며 대견스럽게 여긴다. 그럴 때면 힘들었던 유럽 횡단에 많은 보람을 느낀다.

한번은 교정에서 초등학교 2학년쯤으로 보이는 여자아이를 만난 적이 있다. 엄마와 함께 봄나들이를 나와 사진을 찍고 있었는데 지나가는 나를 보고 달려왔다. 늘 그래왔듯이 내가 신기해서 다가오나 싶었다.

"아저씨! 휠체어 타고 유럽 횡단 하신 분이죠? 전 아저씨 이름도 알아요!"

앞에 선 여자애는 나를 전혀 이상하게 여기지 않았다. 오히려 존경하는 눈빛으로 나를 쳐다봤다.

나는 이 아이를 어떻게 대해야 할지, 무슨 말을 해야 할지 몰랐다. "아저씨 왜 다리가 없어요? 아저씨 다리는 왜 그렇게 짧아요?"라고 물었으면 "응, 아저씨 다리는 지나가던 나쁜 개가 물어갔어"라고 쉽게 대답했을 텐데…… 나를 무슨 위인처럼 여기는 꼬마에게 나는 어떤 말도 어떤 행동도 쉽게 할 수 없었다.

"전 아저씨 나온 기사를 읽었구요. 아저씨 기사를 보고 독후감도 썼어요."

그 아이는 나에 대해서 모르는 것이 없었다. 내가 몇 살인지, 어디서 태어났는지 또 내가 언제 어떻게 사고를 당했는지도 속속들이 알고 있었다. 존경하는 인물을 말하듯이 나의 신상을 줄줄 외는 아이를 보면서 난 그저 놀랄 뿐이었다.

아이는 엄마에게 나와 함께 있는 사진을 찍어달라고 졸랐다. 난 아무 말도 하지 못하고 아이가 시키는 대로 따랐다. 학교 본관을 배경으로 카메라 앞에 섰다. 아이는 조심스럽게 내 옆에 섰다. 그리고 내 손을 꼭 잡았다. 온몸에 전기가 통하듯 전율이 느껴졌다.

아이는 무척 즐거워했다. 사진을 크게 확대해서 자기 방에 걸어 놓을 거라고 했다. 나와 같이 사진 찍은 것을 아이는 소중한 경험으로 여기고 있었다.

"엄마 말씀 잘 듣고 열심히 공부해라."

뭔가 좋은 말을 해주고 싶었지만 더이상 다른 말이 생각나지 않았다. 아이에게 작별 인사를 하고 강의실로 향했다.

아이는 시야에서 사라질 때까지 나를 지켜보고 있었다. 뭔가에 얻어맞은 듯 머리가 멍했다. 강의 시간 내내 나를 지켜보던 아이의 눈빛이 생각났다.

수백 마디의 말보다 나를 지켜보던 아이의 눈빛이 나에게 많은 것을 느끼게 했다. 시련을 만나 좌절하면 나 혼자 실망하는 것이 아니라 나를 지켜보는 많은 사람들에게 실망감을 안겨줄 수 있다는 강한 의무감이 밀려왔다.

지금도 어디선가 나를 지켜보고 있을 아이의 해맑은 눈을 생각하며 흐트러진 내 마음을 다시 추스른다.

누구의 잘못입니까?

성경에 이런 이야기가 나온다.

앞을 보지 못하는 사람을 보고 제자가 예수께 질문을 한다.

"예수님, 저 사람이 앞을 보지 못하는 것은 누구의 잘못입니까? 저 사람의 부모의 잘못입니까? 아니면 저 사람 본인의 잘못입니까?"

이때 예수께서 대답하시기를,

"저 사람이 앞을 보지 못하는 것은 저 사람 부모의 잘못도 본인의 잘못도 아니다. 저 사람이 앞을 보지 못하는 것은 저 사람을 통해 하느님의 영광을 보이기 위함이다."

내가 개인적으로 가장 좋아하여 가슴에 새기는 성경 말씀이다. 사람들은 보통 몸이 불편한 사람을 보면 불쌍히 여기거나 측은함을 품는다. 장애를 가진 사람의 감추어진 이면의 능력을 보기보다는 표면적인 것에 집착하여 특정 부분의 장애를 그 사람 전체의 장애로 생각하기 때문이다.

나도 한때는 나 자신에 대해서 또 다른 모든 장애인들을 보면서 신에게서 버림받았다고 원망했다. 왜 하필이면 많고 많은 사람 중에서 나에게만 이런 고통과 시련을 주시나 하고 하느님에게 하소연도 했다.

사고를 당해 병상에 누워 있을 때 어머니가 혼잣말을 하는 것을 들은 기억이 난다.

"하느님도 야속하시지. 아버지 사랑도 제대로 받지 못하는 불쌍한 우리 대운이에게 어찌 이리도 큰 시련을 주시나이까!"

사고로 다리를 잃은 아들을 보면서 어머니는 하느님을 원망하였다. 땅이 꺼져라 내쉬는 어머니의 한숨을 들으면서 철없는 마음에 나도 덩달아 하느님을 원망했다.

하지만 이제는 하느님을 원망하지도 또 나와 같은 장애인들을 보면서 불쌍히 여기거나 측은하다고 생각하지도 않는다. 예수님을 통해서 그랬듯이 장애인을 통해서 세상 사람들이 보지 못하고, 듣지 못하고, 느끼지 못하는 것을 보고, 듣고, 느끼게 하기 위해서 장애인을 세상에 내려보내신 것이다.

손을 쓰지 못하는 사람이 발로 그림을 그리거나, 손도 발도 쓰지 못하는 사람이 입으로 그림을 그리는 것을 보면 사람들은 대단하다고 감탄한다. 그들의 외형적인 모습만 보면 참 불편하겠다, 힘들겠다며 측은한 마음을 품지만 발로, 입으로 그림을 그리거나 시를 쓰는 모습을 보면 무슨 기적을 경험하는 사람처럼 숙연한 마음을 가진다. 손을 가졌지만 느낄 수 없었던 것을, 다리를 가졌지만 갈 수 없었던 곳을 느끼고 경험하게 되었기 때문일 것이다.

얼마 전 라디오 프로그램에 출연하기 위해 어떤 방송사를 방문한 적이 있었다. 차례를 기다리며 대기실에 앉아 있었다. 그때 녹음실에서 노래가 흘러나왔다. 알 수 없는 전율로 온몸에 소름이 끼쳤다. 단번에 듣기에도 예사로운 노래가 아니었다. 노래를 너무 잘 부르기도 했지만 그것 때문만은 아니라는 것을 금방 느낄 수 있었다. 노래를 들으면서 알 수 없는 희망과 힘이 전해졌다. 이상한 일이었다.

궁금증을 참지 못해 옆에 있던 작가에게 지금 노래하는 사람이 누구냐고 물었다. 서울 맹인 학교에 다니는 학생이라고 했다. 그때서야 내가 느낀 전율과 희망과 힘이 무엇인지를 깨달을 수 있었다. 나만 그런 줄 알았는데, 주위의 모든 사람이 뭔가 알 수 없는 힘에 이끌린 사람처럼 그 학생의 노래를 넋을 잃고 경청하고 있었다. 녹음실에 있던 아나운서, PD, 녹음기사 모두가 기적을 경험한 사람처럼 경외의 눈빛으로 그 학생을 쳐다보고 있었다. 거기에 있던 모든 사람은 그 순간 신이 보내는 천상의 메시지를 경험했을 것이다.

그 학생의 목소리는 그 어떤 말로도 형언할 수 없는 진한 감동을 주었기 때문이다. 너무나 맑고 깨끗한 목소리를 지닌, 앞을 보지 못하는 소년을 보면서 오히려 부러운 마음마저 들 정도였다. 하느님은 앞을 보지 못하는 그 소년을 통해 두 눈을 가지고 있지만 어리석은 우리들이 보지 못하는 당신의 사랑과 은총을 보여주었던 것이다.

보통 사람들이 다 듣는 것을 듣지 못하는 청각장애인들은 우리들이 듣지 못하는 것을 듣게 하기 위함일 것이고, 손이 없는 사람은 보통 사람들이 만지지 못하는 것을 만지게 하기 위함일 것이고, 걷지 못하는 사람은 걸어서 가지 못하는 곳을 가게 하기 위함일 것이다.

앞을 보지 못하는 사람이 보는 것은 하느님이 진정 우리에게 보여주고 싶은 것이고, 듣지 못하는 사람이 듣는 것은 진정 들려주고 싶은 이야기일 것이며, 손이 없어 만져서 느낄 수 없는 사람들이 느끼는 것은 진정 느끼게 하고 싶은 것일 것이며, 걷지 못하는 사람들이 갈 수 있는 곳은 진정 도달하기를 바라는 곳일 것이다.

사람들은 내가 2002킬로미터 유럽 횡단하는 것을 보고 모두 감동했다고 한다. 걷기도 힘든데 그 먼 거리를 휠체어를 타고 가는 것을 보고, 조그만 일에도 짜증내고 힘들어하는 자신의 삶을 돌아보고 반성했다고 한다. 휠체어를 타고 오천 리 길이 넘는 긴 거리를 간다는 것이 물론 쉬운 일은 아니다. 하지만 나는 다리로 걷는 사람들이 가진 튼튼한 다리 대신에 다리 못지않은 튼튼한 팔이 있기 때문에 사람들이 생각하는 것만큼 힘든 일은 아니었다.

내가 만약 두 다리가 성해 자전거를 타거나 걸어서 유럽을 횡단했더라면? 사람들이 감동한 것은, 다리가 없어서 걸을 수 없는 나를 통해서 걸어서는 도달할 수 없는 곳을 보았기 때문일 것이다.

길을 가거나 낯선 곳에 가서 장애인을 만날 때 불쌍하다고 생각하지 말고 저 사람을 통해서 신은 나에게 무슨 영광과 축복을 전달하려고 하는 것인지 한번 생각해본다면 장애인에 대한 생각과 마음가짐이 많이 달라질 것이다. 앞을 보지 못하는 사람을 만날 때는 저 사람은 내가 보지 못하는 무엇을 보고 있는지, 듣지 못하는 사람을 만날 때는 내가 듣지 못하는 무엇을 듣고 있는지, 말하지 못하는 사람을 만났을 때는 내가 말하지 못하는 무엇을 말하고 있는지, 걷지 못하는 사람을 만날 때는 내가 갈 수 없는 어디를 향해서 가고 있는지, 손이 없어 만질 수 없는 사람은 내가 만지지 못하는 무엇을 느끼고 있는지 생각해볼 일이다.

장애를 가진 사람들도 자신의 장애에 대해서 비관하거나 힘들어하지 말고, 신은 나를 통해서 사람들에게 무슨 말씀을 전하고 싶은지, 어떤 영광과 축복을 보이기 위함인지를 생각해본다면 자신이 세상에 얼마나 소중하고 필요한 존재인지를 자각하게 될 것이다.

패션의 시대

휠체어 장애인에게 휠체어는 다리와 신발의 역할을 동시에 한다. 물론 휠체어의 주된 역할은 다리를 쓰지 못하는 장애인들에게 튼튼한 두 다리가 되어 이동의 편의를 제공하는 것이다. 불과 몇 년 전만 해도 휠체어는 장애인에게도 비장애인에게도 이동 수단의 의미로밖에 인식되지 못했다. 비장애인에게는 바퀴 네 개 달린 다소 어색한 자전거로, 장애인에게는 엉덩이에 붙어 있는 어색한 다리쯤으로 인식되었다. 하지만 이제 휠체어는 더이상 바퀴 달린 다리가 아니다.

예전에는 병원에서 환자들이 타는 휠체어나 일반 장애인들이 타는 휠체어 사이에 별반 차이가 없었다. 쇠파이프에 은색 도금을 한 몸체, 비닐로 만든 안장, 손수레에 달림직한 두꺼운 바퀴 실로 엄청난 무게의 고철덩이였다. 쇠로 만든 몸체가 부서지면 고물상에서 고철을 이어 붙이듯이 시커멓게 그을린 용접을 하고, 안장이 트더지면 보기 흉한 철사로 얼기설기 잇고, 이동하는 데

별 지장 없으면 아예 부서져 고물이 될 때까지 탔다.

요즈음은 보통 사람들이 생각하고 있는 휠체어의 전형인 병원용 휠체어를 일반 장애인은 잘 타지 않는다. 예전과 같이 휠체어를 단지 이동의 수단으로만 생각하지 않기 때문이다.

이제는 옷에 맞추어 신발을 바꾸어 신듯이, 운동하는 종목에 따라 운동화를 바꾸어 신듯이, 휠체어를 상황에 따라 바꾸어 타는 장애인이 많다. 싫증이 나면 새 신발을 사듯이 자신이 타고 있는 휠체어에 싫증이 나면 다른 사람과 바꾸어 타거나 새것으로 바꾸어 탄다(휠체어를 바꾸어 신는다는 표현이 더 잘 어울릴지 모르겠다).

휠체어를 자신의 다리를 대신하는 이동 수단인 동시에 자신의 개성을 표현하는 패션의 도구로 인식하기 때문이다.

요즘 휠체어는 색깔도 가지각색이고, 모양도 각양각색이다. 노란색, 빨간색, 파란색, 하얀색, 심지어는 형광색 등 자동차 색깔 수만큼이나 휠체어의 색깔도 다양하다.

소재도 알루미늄 합금에서 카본, 특수 플라스틱, 심지어 티타늄까지 고가의 소재를 사용한다. 가격도 예전에는 불과 10~20만원 사이였지만 요즈음은 100만원에서 심지어는 1000만원 가까이 하는 휠체어도 있다.

예전에는 멀쩡하던 사람이 장애를 입어 휠체어를 타면 아무것도 못 하고 평생 앉아서 살아야 한다고 비관하는 사람이 많았다. 휠체어 탄 인생은 앉은뱅이 인생이라고 낙담하고 아무것도 할 수 없을 거라고 좌절했다. 그러나 요즈음은 예전처럼 휠체어를 탄다고 인생 끝났다고 비관하기보다는 휠체어를 타고 새로운 인생을 설계하는 사람이 많아졌다.

휠체어를 타고 무슨 일을 할 수 있겠냐 싶겠지만 생각보다 할 수 있는 일은 많다. 휠체어를 타고 농구도 하고, 테니스도 치고, 볼링도 하고, 스키도 탈 수 있다. 물론 운동 종목에 따라 신발이 다르듯이 종목에 따라 휠체어도 다르다.

옛날에야 잘 부서지고 않고 펑크 안 나고 오래 타는 휠체어가 최고였지만, 요즘은 휠체어를 선택할 때 견고함이나 이동성만을 따져서 타는 장애인은 드물다. 신발을 고르듯이 요모조모를 잘 살핀다. 튼튼하면서 가벼운지, 또 미세한 디자인의 차이까지 눈여겨본다.

자신의 개성을 표현하기 위해서 자동차에 화려한 스티커를 붙이듯 휠체어에도 눈에 잘 띄는 화려한 스티커를 붙이고, 인형을 달고, 심지어 바퀴를 화려한 조명으로 장식한다.

바야흐로 패션 휠체어 시대가 열린 것이다. 이제는 휠체어가 더 이상 장애를 드러내는 낙인이 아니다. 자신의 독특함을 나타내는 패션이다. 개성을 가장 잘 보일 수 있고, 멋있고 좋은 신발과 옷으로 자신을 치장하듯 화려하고 멋있는 휠체어로 멋을 부리는 휠체어맨들이 많아졌다.

사회의 짐이 아닌
사회의 힘이 되는 장애인으로

사람들은 장애인을 자기보다 못한 사람 또는 도와줘야 할 대상으로만 생각하는 경우가 많다. 물론 장애인이 비장애인의 도움을 많이 필요로 하는 것은 사실이다. 나같이 다리가 불편해 휠체어를 타는 사람들은 계단을 오르내릴 때 도움이 필요하고, 시력을 잃어 앞을 보지 못하는 시각장애인의 경우 이동할 때나 점자가 아닌 책을 읽을 때 누군가의 도움이 필요하다.

그러나 계단을 혼자 오를 수 없다고, 점자가 아닌 책을 읽지 못한다고, 들을 수 없다고 모든 것을 하지 못하는 것은 아니다. 특정 부분만 하지 못할 뿐이다. 하지만 사람들은 장애인은 모든 면에서 모자라고 뒤진다고 지레짐작한다.

장애를 갖고 살아가는 사람들에게는 장애로 인해 뒤지는 부분을 채우기 위해 장애를 입지 않은 부분이 보통 사람보다 더 발달한다. 시각을 잃은 사람은 보지 않고 살아가야 하기 때문에 청각이나 다른 감각기관이 보통 사람보다 몇 배 더 발달해 있고, 청각

장애인의 경우는 듣지 못하고 말하지 못하기 때문에 관찰력이나 집중력이 보통 사람보다 훨씬 더 탁월하다.

내가 자주 가는 연세대학교 재활병원에는 장애인들에게 용기를 주는 글이 새겨진 비석이 하나 있다. 그런데 이상하게도 이 비석은 휠체어를 타고 지나가는 사람들은 잘 볼 수 있는데 서서 지나다니는 사람들은 잘 보지 못한다. 나와 항상 그 길을 지나가곤 했던 친구들이 그 비문을 보게 된 것도 한참이 지나서였다. 우연히 비석 앞에 앉아 쉬면서 이야기할 때였다.

"어! 이 비석 언제부터 여기 있었지?"

친구 한 명이 비석을 발견하고는 의아해했다.

"이 병원 생길 때부터 있었어."

나는 매일 보고 지나갔는데 친구는 반년이 지나서야 겨우 비석을 발견한 것이다.

장애인은 신체적인 면에서는 보통 사람보다 능력이 떨어지지만 다른 면에서는 훨씬 더 탁월한 능력을 지녔다.

현재의 장애인 재활이나 교육은 장애인을 보통 사람과 비슷하게 살아가게 하는 것에 그치고 있다. 장애를 극복시켜 한 사람의 사회인으로 살아가게 하는 것도 매우 중요하다. 문제는 거기에 덧붙여 장애인의 특출한 재능을 발굴하고 계발시키는 일에는 아직까지 미치지 못하고 있다는 것이다.

장애인은 보통 사람과 좀 다르게 세상을 살아가기 때문에 사람들이 보지 못한 것을 보고 느낄 때가 많다. 장애인이 지닌 이런 특수한 느낌이나 재능을 잘 계발시켜준다면 사회의 짐이 되기보다는 역설적으로 사회의 힘이 될 수 있을 것이다.

95년부터 시행된 장애인 특례입학제도로 그 동안 교육받지 못하던 많은 장애인들이 대학 교육을 받을 수 있게 되었다. 이것은 대학이 장애인의 입학을 거부하던 때에 비하면 매우 획기적인 일이다. 그렇지만 장애인의 특례입학제도에 문제점이 없는 것이 아니다. 장애인의 개성이나 특수성을 간과한 채 보통 학생과 비슷한 수준으로만 교육하는 것에 그치고 있는 것이다. 물론 장애인에게 비장애인과 같은 수준의 소양과 지식을 습득하게 하는 것은 매우 중요하다. 그러나 대학이 장애인을 비장애인과 비슷한 수준으로 교육시키는 것에만 만족한다면 장애인은 언제까지나 배려의 대상으로만 남을 수밖에 없을 것이다. 대학이 장애인을 이해하고 그들만이 지닌 특출한 재능을 발굴하고 계발하는 데 앞장선다면, 장애를 극복한 장한 장애인을 양성하는 데 그치지 않고 새로운 사고와 뛰어난 능력을 지닌 한 사람의 훌륭한 인재를 배출해낼 수 있을 것이다.

장애인에게 비장애인과 같은 수준의 교육권을 보장하는 것에 덧붙여 장애인만이 가진 재능—시각장애인들의 뛰어난 기억력, 청각장애인들의 집중력, 그 외 여러 지체장애인들이 느끼는 개성적이고 창의적인 세상에 대한 시각—을 개발하고 발전시켜준다면 더이상 장애인은 배려하고 도와줘야 할 사회의 짐이 아닌, 오히려 비장애인들 앞에 서서 조직을 리드하고 사회를 변화시키는 힘으로 존재할 수 있을 것이다.

하기 싫은 이야기

아버지 이야기를 하려니 목이 멘다. 아버지를 생각하면 불쌍한 어머니가 생각나기 때문이다.

어머니는 태어나서 얼마 되지 않아 외할머니를 여의었다. 할머니에게 제대로 어리광 한 번 부리지 못하고, 할아버지와 이모들 손에서 젖도 한 번 옳게 먹지 못한 채 불쌍하게 배 곯면서 어렵게 커야 했다. 고생하며 어려운 시절을 보냈는데 결혼 생활마저도 평탄하지 못했다. 수녀가 되려다 아버지의 끈질긴 구애 끝에 어렵게 결심한 결혼에서도 아버지로부터 버림받고 말았다. 아버지를 생각하면, 아버지 때문에 일생을 마음 아파하며 사신 어머니가 너무 애처로워진다. 아버지는 어머니를 버리고 다른 여자분을 택하셨다. 그 때문에 어머니는 홀로 우리 두 형제를 키워야 했다. 여자 혼자의 힘으로 자식 둘을 키우고 공부시켜야만 했으니 어머니의 고생은 이만저만이 아니었다.

내가 교통 사고가 났을 때도, 초등학교, 중학교, 고등학교 입학을 할 때도 아버지는 우리 곁에 계시지 않았다.

아버지가 필요한 때에, 아버지가 있음에도 불구하고, 우리는 아버지의 모습을 볼 수가 없었다. 어렸을 때 아버지에 대한 기억은 사고를 당하고 병원에서 퇴원한 후 같이 산 이 년이 고작이다.

아버지와 소식을 끊고 살다가 내가 중학교 입학할 즈음에 다시 연락이 되었다. 그때도 아버지는 일 년에 한두 번 우리 집을 찾는 손님에 불과했다. 생활비를 준다거나 우리에게 아버지의 정을 베풀어주지는 않았다. 가끔씩 찾아와 우리들이 잘 크는지만 보고 갈 뿐 우리에게 아무런 도움도 주지 않았다.

내 기억 속에 아버지라는 존재는 희미하다. 아버지와 함께 산 기억도 없고 또 아버지로부터 부성을 느껴본 적도 없다.

초등학교 다닐 때 선생님이 아버지 없는 사람 손 들어보라고 한 적이 있었다. 나는 그때 참 망설였다. 아버지가 살아 계시긴 한데, 우리 곁에 없었기 때문에 나는 손을 들어야 할지 말아야 할지 참 고민이었다.

그럴 때면 나는 마지못해 손을 들곤 했다. 정상적인 가정이 아니라는 것이 부끄러웠다. 나의 가장 큰 콤플렉스는 다리 없음도, 우리 집이 가난함도 아니었다. 아버지가 두 가정을 꾸린다는 것이 친구들에게 가장 부끄러웠다. 고등학교를 졸업할 때까지 아버지 없이 어머니하고만 산다는 것을 아는 친구는 거의 없었다. 친구들에게 나의 가정 형편에 대해서 말한 적이 한 번도 없었으니까.

예전에는 아버지 원망도 많이 했었다. 어머니를 버린 것에 대해서, 우리가 절실히 필요할 때 곁에 없음에 대해서. 사람은 망각의 동물이고 피는 물보다 진하다고 했던가? 예전 아버지에 대한 증오심의 기억은 희미해지고, 어머니 앞에서 우리 두 형제 앞에서 얼굴 제대로 들지 못하는 늙고 기력이 쇠하신 아버지를 보면 측은한 마음만 들 뿐이다. 얼굴 몇 번 보지 못한 할아버지를 조카 제현이가 달려가 안기는 모습을 보면서 혈육의 정은 어쩔 수 없음을 느낀다.

지금도 아버지는 우리와 함께 살지 않는다. 명절 때나 집안에 큰일이 있을 때만 찾아올 뿐 여전히 작은집에서 사신다.

돌이켜보면 어머니, 형, 나, 우리 세 식구는 아버지 없이 참 열심히 살았다. 어머니의 헌신적인 노력으로 우리 두 형제는 남부럽지 않게 자랐다. 결손 가정이라 빗나갈 만도 한데 형과 나는 고생하시는 어머니를 생각하면서 곧게 자랐다.

이제는 아버지에 대해서 친구들에게 자연스럽게 얘기한다. 우리 아버지는 두 가정을 꾸린다고…….

여전히 아버지는 우리 집에 가끔씩 들르는 손님이시다. 성인이 된 아들에게 아버지는 술잔을 권하신다. 적당히 술이 오르면 아버지는 내게 말씀하신다.

"대운아, 미안하다."

"아버지가 너희들에게 참 못할 짓을 많이 했구나!"

이제는 진심으로 아버지를 용서한다.

아버지에 관한 글을 쓰면서 참 많은 고민을 했다. 아버지에 대해 쓰는 것이 자식이 되어서 아버지의 허물을 들추어내는 것 같아 마음이 편치 않았다.

아버지가 우리 곁에 계셔서 자리를 지켜주셨다면 어쩌면 난 응석받이가 되었을지도 모른다. 사는 것이 힘들다고, 나는 왜 장애인이 되었냐고 아버지 어머니에게 응석을 부리고 내 처지를 원망하면서 살 수도 있었다. 나의 응석을 받아줄 만큼의 여유가 우리 집엔 없었기 때문에 내 장애를 비관할 수 없었던 건지도 모른다. 아마 그래서 난 더 열심히 살았을 것이다.

성 고백

얼마 전부터 구성애라는 옆집 아줌마 같은 입담 좋은 사람이 텔레비전에 나와서 그 동안 말하기 꺼려하던 성에 대해 거침없이 이야기하기 시작했다. 먹고 숨쉬는 것만큼이나 중요하지만 모두가 부끄러워 쉬쉬했던 성을 구성애 씨는 자연스럽고 당당하게 이야기했다. 남녀가 좋아하고 사랑하면 당연히 경험하는 것이 성이다. 그런데도 한국 사회는 유교적 전통의 영향으로 성에 대해 공개적으로 이야기하지 않는 것을 미덕으로 생각해왔다. 그랬기 때문에 구성애 씨의 공개적인 성 이야기는 사람들로부터 각광을 받았고, 남녀의 성이 부끄럽고 은밀한 것이 아니라 자랑스럽고 당연한 것이라고 인식을 바꿔놓는 계기를 마련했다.

구성애 씨 이후로 성에 관한 이야기는 각 방송사의 단골 메뉴가 되었다. 한국 사회가 늘 그래왔듯이 성담론도 불에 기름을 붓듯 급속도로 확산되기 시작했다. 성교육 전문 강사가 기업체와 학교, 그리고 각종 모임에 불려다니기 바빴다. 서점가에는 성담론에 관한 책과 성교육 책이 진열대를 가득 메웠고, 성교육 비디오, 성교육 만화책 등 성에 관한 관심은 식을 줄을 몰랐다.

그러나 한국을 강타한 성담론의 홍수 속에서 장애인은 또 한 번 소외되고 말았다. 인간의 성이라는 것은 공통적이지만 일반인의 성과 장애인의 성은 상당한 차이가 있다. 그리고 장애인 속에서도 개개인에 따라 천차만별이다. 비장애인의 성에 관한 이야기를 접하면서 많은 장애인이 자신의 성에 관해서도 남다른 관심을 가졌을 것이다. 하지만 그 관심은 오래 가지 않았을 것이다. 장애인의 특수한 성에 관해서는 어디서도 언급되지 않았기 때문이다. 혹시나 하는 생각에 학교 도서관에서 장애인의 성에 관한 책이나 논문을 찾아봤지만 시원스럽게 이야기하는 책은 구하기 힘들었다.

비장애인에게도 마찬가지지만 장애인에게도 이성간의 성은 두려운 대상이다. 많은 장애인이 대인 관계에 어려움을 겪는다. 보통 사람과 다른 자신의 장애로 인해 낯선 사람을 만날 때나 그다지 친하지 않은 사람을 접할 때 위축되어 자신감을 잃는 경우가 많기 때문에 사람을 접하기가 쉽지 않은 것이다.

특히 그 대상이 이성이 될 때는 어려움이 더 큰 것 같다. 비장애인도 이성을 접할 때는 동성을 접할 때보다 더 조심스럽고 부담스러운 것이 사실이다. 동성을 만날 때보다는 이성을 만날 때 외모에 더 신경을 쓰고 행동이나 말도 훨씬 더 조심하게 된다. 장애인은 외모나 행동, 말이 비장애인보다 훨씬 부자연스럽기 때문에 이성 앞에 당당하게 나서지 못하는 경우가 많다. 자신의 부자연스러운 외모나 행동이 이성에게 거부감을 주지 않을까, 그래서 자신을 무서워하거나 싫어하지 않을까 하는 걱정으로 비장애인보다 몇 배 더 이성을 대하기 힘들어한다. 남과 다른 자신의 신체적, 언어적 장애로 인해 자신감을 잃고 이성과는 아예 담을 쌓고 지내는 장애인의 수도 상당하다.

자신감 빼면 시체나 다름없는 나도 한때는 이성에 대해 커다란 두려움을 갖고 있었다. 천하의 박대운이 여자 앞에서 주눅들었다고 하면 친구들 중에는 어이없어하는 이가 태반일 것이다. 왜냐하면 학교 다닐 때 근처에 있는 여학교란 여학교는 다 찾아다니고 그중에서 예쁜 여자는 다 꼬시고 다닌 이가 바로 나이기 때문이다. 하지만 그런 나도 한때 이성을 대하는 것이 너무 힘든 때가 있었다. 그래서 여학생 앞에 가면 주눅이 들어 말 한마디 제대로 하지 못하고 여학생이 있는 곳을 피해서 다니기도 했다. 여형제가 없었기 때문에 비슷한 또래의 이성을 가까이에서 접할 경우가 없었던 탓도 있었지만 나의 장애가 한몫 했을 것이다. 두 다리 없이 휠체어를 탄 내 모습이 동성 친구들 앞에선 개성이라 주장하며 당당했지만 이성 친구 앞에선 나도 모르게 어색한 기분이 들었다. 그러다가 나의 첫사랑인 윤숙이 누나를 만나고, 또 중학교에 들어가 학원을 다니면서 나의 이성 공포증은 자연스럽게 해소되기 시작했다. 학원 다닐 때 나를 좋아하는 여학생이 꽤 많았다. 편지를 주는 여학생도 있었고, 꽃을 선물하는 여학생, 심지어는 학을 천 마리 접어 선물하는 여학생도 있었다. 나의 특이한 외모가 이성에게도 그다지 거부감을 주지 않는다는 것을 알고부터는 나의 이성 콤플렉스는 사라졌다.

중학교를 졸업하고 고등학교에 입학하면서 나의 연애 사업은 전성시대로 접어들었다. 여학교 축제는 다 찾아다니고, 학원을 다니면서도 예쁜 여학생들한테는 수작을 부리고 다녔다. 그 덕택으로 우리 학교 축제 때 학교에서 여학생들로부터 꽃다발을 제일 많이 받아 친구들의 부러움을 한몸에 받았다.

고등학교를 졸업하고 성인이 되어 성에 대해 눈뜨면서 한 가지 의문이 생기기 시작했다. 과연 내가 연애를 할 수 있을까 하는 것이었다. 고등학교 때까지 사귄 친구는 말 그대로 이성 친구였지 특별한 관계는 아니었기 때문에 나의 성능력에 대해 신경쓰지 않아도 되었다. 하지만 성인이 되면서 사귀게 된 이성 친구들은 이전과는 달랐다. 스킨십도 하고 싶고 또 그 이상의 육체적 관계도 갖고 싶은데, 두 다리 없는 것이 마음에 걸렸다. 과연 내가 남들처럼 성교를 할 수 있을까.

고등학교 졸업 후 여자를 몇 번 사귀었다. 손을 잡거나 어깨에 손을 올리는 간단한 스킨십은 가졌지만 입맞춤을 한다거나 잠자리를 한다거나 하는 깊은 관계는 가지지 못했다. 솔직히 할 기회는 많았는데 용기가 생기지 않았다. 고등학교 졸업 후 가졌던 몇 번의 연애 사업은 싱겁게 끝이 났다.

우리 세대 친구들은 초등학교, 중학교, 고등학교 도합 십이 년 동안 학교를 다녔지만 성교육이라는 것을 제대로 받아보지 못했다. 더군다나 나 같은 장애인의 성에 대해서는 말할 것도 없다. 비장애인들은 특별히 교육을 받지 않아도 성인 잡지나 책을 통해서 혹은 친구나 선배 등 주변 사람들로부터 자연스럽게 성을 배운다. 비장애인들은 자기와 비슷한 사람들과 성에 관한 경험을 공유할 수 있기 때문에 힘들이지 않고 남녀의 성을 배울 수 있는 것이다. 하지만 장애인은 다르다. 장애인의 성을 특별히 취급하는 성인 잡지도 책도 쉽게 구할 수가 없다. 특히 자기와 비슷한 사람의 성경험을 공유할 기회는 지극히 제한적이다.

한국 사회에서는 많은 비장애인들도 성에 대해 잘 알지는 못한다. 그러나 장애인의 경우는 특히 성에 관한 상식이 거의 없다고 해도 과언이 아니다. 나 또한 성교육을 받아보지 못했기 때문에 나의 성능력이 어느 정도인지 알 수가 없었다. 섹스가 가능한지 가능하다면 어떻게 해야 하는지 궁금하고 두려웠다. 친한 친구들에게도 털어놓지 못하고 속앓이만 했다. 친구들은 다 비장애인이었기 때문에 이야기를 해도 공감할 수 있는 부분이 없었다. 지나가는 말로 "대운이 넌 힘이 세니까 그것도 잘할 거야" 하고 웃어넘길 뿐이었다. 친구들의 농담을 받아넘길 뿐 나도 더이상 이야기하지 않았다.

내가 성을 처음 경험한 것은 스물세 살 때였다. 고등학교 때 독서실에서 만난 친구들과 오랜만에 술을 마셨다. 1차로 소주를 마시고 2차로 맥주를 마시러 갔다. 중앙에 무대가 있어 노래를 신청하면 부를 수 있는 술집이었다. 함께 간 친구들이 다들 한가락씩 하는 이들이라 500cc 맥주를 단숨에 들이켜고 모두들 다투어 노래 신청을 했다. 내 차례가 되어 박강성의 〈내일을 기다려〉를 멋들어지게 불렀다. 친구들도 돌아가며 다들 한 곡씩 했다. 노래를 부르고 나서 우리는 흥에 겨워 부어라 마셔라를 외치며 코가 삐뚤어지도록 마셨다.

몸을 주체할 수 없을 정도로 술을 마시고는 술집을 나오는데, 예쁘장하게 생긴 아가씨가 계단을 내려오는 나를 불렀다.

"저기요."

초점 잃은 눈으로 뒤를 돌아봤다.

"저 불렀어요?"

"초면에 죄송한데요, 혹시 연락처 좀 알 수 있을까요?"

조금은 의외였지만 아무 생각 없이 집 전화번호를 가르쳐주었다.

그리고 그 일을 까맣게 잊고 있었다. 이 주쯤 후에 그때 그 아가씨에게서 연락이 왔다. 한번 만나자는 것이었다. 짧은 시간이었지만 그때 느꼈던 감정이 싫지 않았기 때문에 흔쾌히 약속을 했다.

대학을 졸업하고 직장을 다니는 여자였다. 내가 노래 부르는 모습이 너무 멋있어 보여서 사귀고 싶은 마음이 들어 연락했다고 했다. 동갑이어서 만나자마자 곧바로 친해졌고 그렇게 얼마간 사귀었다. 예전에 사귀던 이성 친구들하고는 느낌이 달랐다. 친구가 아닌 여자로 느껴졌다. 그래서 만나면 자주 스킨십을 가졌다. 사귄 지 몇 달 후 같이 바닷가로 여행을 떠났다. 그전에도 몇 번 내게 성적인 것을 원했는데, 경험이 없었고 솔직히 두려운 생각이 많이 들었기 때문에 번번이 거절했었다.

바닷가로 그 여자와 여행을 갔을 때 난 처음으로 여성을 경험했다. 경험이 한 번도 없었으니 당연히 난 숙맥이었다. 어쨌든 그날 이후 난 성 공포증을 조금은 덜었다. 적어도 내가 성행위를 하는 것이 불가능하지 않다는 것을 확인할 수 있었기 때문이다.

결혼도 안 한 사람이 성경험을 이야기하기까지는 많은 용기가 필요했다. 쓸까 말까 수십 번도 더 망설이다가 결국 쓰기로 결심한 것은 나의 경험을 통해 장애인의 성에 관한 인식이 조금은 바뀌었으면 하는, 그리고 장애인 문제를 생각할 때 성에 관해서도 관심을 많이 가져주었으면 하는 바람에서이다.

처음에는 영화나 잡지에서 본 것을 생각하면서 성행위를 하려고 했다. 당연히 다리가 없는 나로서는 일반적인 방법으로는 성교가 불가능했다. 그리고 무엇보다 나의 장애를 상대방에게 이해시키는 것이 부끄러웠다. 그래서 실망도 하고 좌절도 했다. 그런데 시간이 지남에 따라 사랑하는 사람과 성행위를 할 때 중요한 것은 테크닉이 아니라는 것을 깨달았다. 테크닉은 부수적인 것이고 실제로는 상대방을 이해하고 나를 상대방에게 이해시킴으로써 서로가 좋은 감정을 교감하는 것이 더 중요하다는 것을 알았다. 그리고 성행위를 할 때 나의 장애가 별 문제가 되지 않는다는 것도 알게 되었다.

자신의 단점을 거부감 없이 인식시키기 위해서는 성행위를 하기 전에 충분한 시간을 두고 상대방과 많은 대화를 나눠야 한다. 자신을 충분히 이해시키지 못한 상태에서 성행위를 하면 자신도 놀라게 되고 상대방도 놀라기 때문에 바람직한 성행위가 이루어지지 못한다.

부끄러움을 배제하고 상대를 알고 나를 상대에게 인식시킨다면 장애인에게도 성은 부끄럽고 무서운 것이 아니라 인간으로서 당연히 누려야 할 행복으로 다가올 것이다.

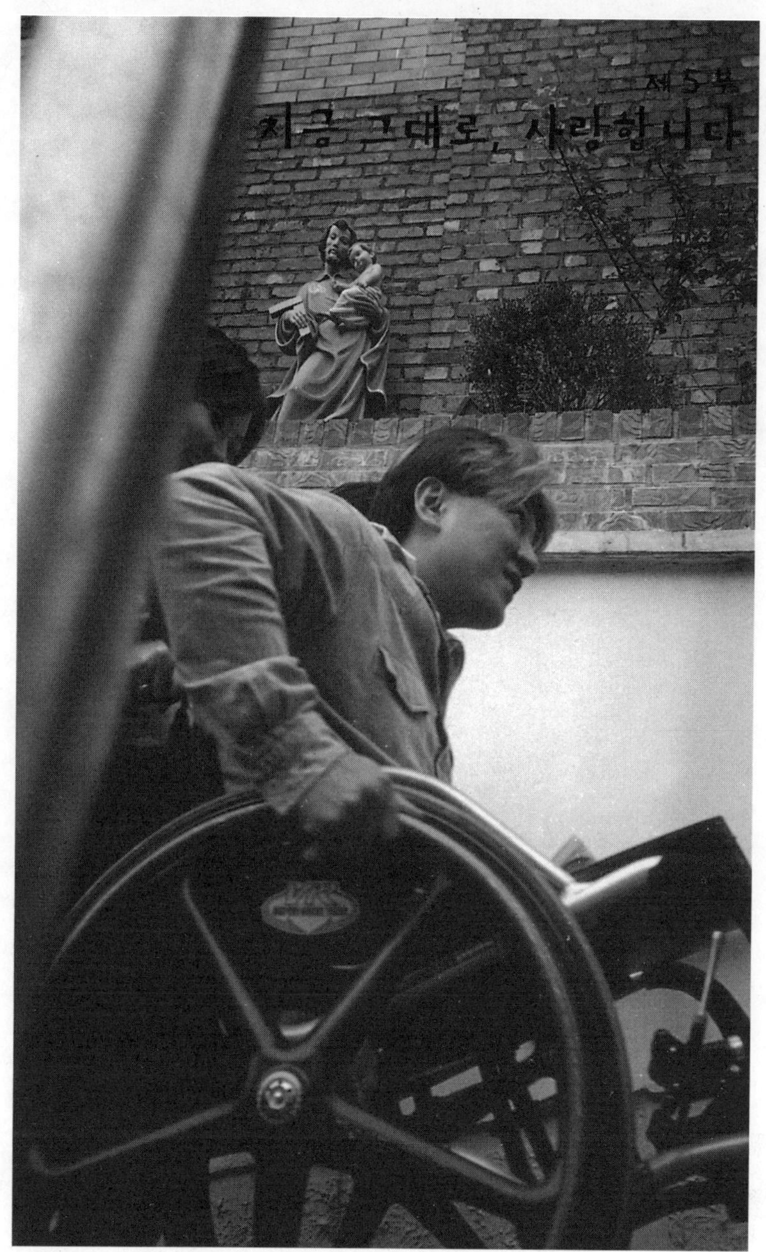
제 5 부
지금 그대로, 사랑합니다

어머니 이제는 웃어도

아무 탈 없이 건강하게 자라는 것이 부모님을 가장 기쁘게 해
드리는 길일 텐데 저는 그 기쁨을 어머니에게서 빼앗고 말았습
니다.

이 못난 자식은 그만 어머니께 큰 불효를 저질렀습니다. 열
달 배불러 힘들게 낳아주셨는데 저는 어머니가 주신 양다리를
잃어버렸습니다. 어머니 가슴에 평생에 한이 되는 대못을 박았
습니다.

어머니 죄송합니다.

다른 어머니들이 아들의 신발을 살 때 어머니는 휠체어를 사
야 하는 고통을 저는 안겨드렸습니다. 아들의 떨어진 양말을 꿰
매는 대신 해어진 휠체어 바퀴를 고쳐야 하는 쓰라림을 겪게 했
습니다.

다른 어머니들이 아들의 손을 잡고 길을 걸을 때 어머니는 묵묵
히 아들의 휠체어를 밀어야 했습니다. 비 오는 날 우산을 챙겨주

는 대신에 어머니는 아들의 가방을 비닐로 싸야 했습니다. 다른 어머니들이 학교 가는 아들의 뒷모습을 보면서 손 흔들 때 어머니는 울음을 삼키셨습니다. 입학을 거부하는 학교와 몇 날 며칠을 싸워야 했고, 초등학교를 졸업해 중학교에 입학하면 중학교 근처로 이사를 가야 했으며, 중학교를 마치고 고등학교에 진학하면 또 고등학교 옆으로 이사를 가야 했습니다.

어디 어려움이 그뿐이었겠습니까? 장애인 자식 때문에 받은 멸시는 또 얼마이며, 놀림받은 아들의 상처를 달래기 위해 속으로 흘리신 눈물은 또 얼마였습니까? 다리가 없는 것은 제게는 단순한 불편함이었지만 저를 지켜보는 어머니는 아마 고통이었을 것입니다. 그리고 남몰래 수없이 눈물을 흘리셨을 것입니다. 그렇게 힘들고 고통스러워도 삶의 무게에 버거워하는 아들이 실망할까 봐 힘든 내색 한 번 하지 않으셨습니다. 그 고통이 얼마나 힘든가를 제가 감히 알 수는 없지만 이제 철이 들어 어머니의 고통을 어렴풋이나마 짐작해봅니다.

장애인 아들 한 명을 키우기 위해 들여야 했던 노력과 감당해야 했던 고통은 성한 아들 수십 명 키우는 것보다 더 힘든 일이 아니었겠습니까? 못난 자식 때문에 평생 마음 편히 지내지 못하고 항상 노심초사하며 마음 편한 날이 있었겠습니까? 어머니는 항상 당신이 잘 돌봐주지 못해 제가 사고를 당했다며 미안하다고 말씀하십니다. 이제 그런 말씀은 그만하십시오.

미안한 사람은 어머니가 아니라 바로 이 못난 아들입니다. 이십 년 넘게 두 발로 땅을 딛고 걷지 못하고 두 손으로 땅을 기는 자식을 보게 해드려 너무나 죄송합니다.

아무리 가슴 아파도 제 앞에서 아픈 내색 한 번 하시지 않았던 어머니.

몸 성하지 않은 이 못난 아들을 세상에서 가장 자랑스러운 아들이라고 어머니는 항상 입버릇처럼 이야기하십니다. 아무리 다른 사람이 저를 보고 손가락질하고 업신여겨도 어머니는 저를 세상에서 가장 자랑스러워하셨습니다.

자랑스러워하는 어머니를 실망시키지 않기 위해 열심히 노력했습니다. 그 어려운 시련 속에서도 저를 버티게 했던 가장 큰 버팀목은 바로 당신이었습니다. 세상이 날 외면하고 세상이 싫어질 때 전 어머니를 생각하며 입술을 깨물고 다시 일어섰습니다.

다리 병신 아들이 야구를 한다고 할 때, 어머니는 두말하지 않고 야구 글러브를 사주셨습니다. 땅바닥을 길 때 엉덩이가 상한다고 바지를 두 겹 세 겹으로 기워주셨지요. 하루가 멀다하고 바지가 찢어져도 어머니는 싫은 내색 한 번 짓지 않으셨습니다.

다리 병신이라고 남들이 손가락질해도 아들을 자랑스러워하는 어머니를 생각하며 제게 가해지는 모멸감을 참았습니다. 세상이 아무리 저를 손가락질해도 저는 어머니를 생각하면 그 어떤 모멸감과 수치심도 참을 수 있었습니다. 그까짓 손가락질은 어머니의 든든한 버팀목으로 서 있는 저에게는 아무런 문제가 되지 않았습니다.

멀쩡한 바지를 사서 반바지를 만들어야 하는 불쌍한 내 어머니!

바지를 자를 때 아마 이 못난 아들의 다리를 자르는 마음이 아니었겠습니까? 어머니 죄송합니다. 평생 저 때문에 크게 한 번 웃지도 못하고 화장 한 번 제대로 못 하신 가엾은 어머니!

어머니 감사합니다. 세상 사람 모두가 이 못난 아들을 외면할 때 어머니는 그 누구보다도 저를 굳게 믿어주셨습니다.

이제는 저에게 미안하다는 말은 그만하십시오.

어머니는 저에게 미안한 일을 하신 적이 없습니다. 평생 어머니 가슴에 대못이 된 이 못난 아들이 어머니에게 씻을 수 없는 잘못을 저질렀지 어머니는 저에게 잘못한 일이 없습니다.

어머니! 이제는 크게 한 번 소리내어 웃으세요. 불구 자식 때문에 평생 죄인이 되신 것처럼 웃음 한 번 제대로 크게 내지 못한 어머니! 저를 보고 이제 웃으셔도 됩니다.

이제 저를 보고 병신이라고 손가락질하는 사람이 없습니다. 손가락질하던 사람들이 이제는 훌륭하다고 저의 어깨를 두드려줍니다.

못난 아들 때문에 가슴에 품었던 응어리를 푸십시오. 불구 아들을 키우면서 얼마나 힘들었는지 사람들에게 속시원히 이야기하십시오.

그리고 크게 외치십시오. 나는 세상에서 가장 자랑스러운 아들을 두었다고…….

아들 대운 올림

사랑하는 대운아

사랑하는 대운아 읽어보아라.

더운 날씨에 학교에 다닌다고 고생이 많구나.

엊그제 조그맣더니마 벌써 나이가 서른 살이나 되었구나. 편지를 쓰려고 하니까 무슨 말을 써야 할지 마음이 아프구나. 내 인생의 기쁘던 일은 대운이가 이 세상에 태어나서 기뻤고 태어나 남자라서 기뻤다. 대운이가 다섯 살까지는 엄마가 웃음으로 지냈지만 여섯 살 되는 해 11월 4일 날 이후로는 이 엄마의 가슴에는 큰 대못 하나가 박혀 있구나.

그때 그날 사고가 있던 날 형이랑 범어동에 놀러 간다고 했을 때 이 엄마는 그날 따라 왠지 마음이 멍하더구나. 그러다 사고 소식을 듣고 나니 하늘이, 그 맑은 하늘이 노랗게 보이더구나. 이 엄마가 삼십 리 길을 어떻게 달려갔는지 내 자신도 모르게 거기까지 달려갔단다. 그 사고 현장에서 이 엄마는 얼마나 울고 울었는지 모르겠구나. 대운아 미안하다 죄송하다.

대학병원에서 다리 수술하고 나서 피가 모자라 이모와 엄마는 피를 구하려고 여기저기 얼마나 다녔는지…… 다니면서 우리 대운이가 무슨 잘못이 있길래 이런 고통을 주는지 하느님을 얼마나 원망했는지…… 막상 또 모자라는 피를 구하고 보니 "하느님 감사합니다, 하느님 감사합니다" 이렇게 되더구나.

병원에서 치료받으면서 대운이가 웃었다 울었다 할 적에 이 엄마의 가슴이 천 갈래 만 갈래 찢어지는 가슴이었단다.

대운아 미안하다 죄송하다.

대운아, 이 엄마는 내 평생에 이 말밖에 할말이 없구나. 이제 와서 누구를 원망하겠노. 어떻게 하든 우리 대운이를 훌륭하게 키워야지 하는 마음이 자리를 잡았을 때 이 엄마도 용기가 나더구나.

대운아 미안하다 죄송하다.

병원 치료를 받다 보니 초등학교도 남들보다 삼 년 늦게 열한 살에 입학을 했잖아.

초등학교 입학식 때 휠체어에 대운이를 태우고 가니, 다른 애들은 모두 두 발로 걸어서 교문을 들어서는데 왜 나는 대운이를 두 발로 걸려서 못 보내고 휠체어에 태워서 오나 생각하니 이 엄마의 마음이 미어지더구나.

입학은 막상 했지만 우리 대운이가 학교를 어떻게 다닐까 생각을 하니 걱정이 앞서더구나. 다행히 교실은 1층이라서 안심은 되었지만 화장실은 어떻게 갈지 걱정을 하니 우리 대운이가 그때 이런 말을 했었지. "엄마, 소변은 학교에서 보고 대변은 참아서 집에 와서 보면 된다"고.

또 다른 애들은 수업을 마치고 교실 청소를 하는데 대운이는 청소를 못 하니 엄마가 대신 청소를 해주곤 했지. 그걸 본 대운이는 "엄마, 나도 청소할 수 있다"면서 "다시 엄마가 청소를 하면 학교를 안 다닌다"고 했지.

그래도 엄마가 1학년부터 3학년까지 새벽에 일어나서 학교에 가서 대충 청소를 하고 다시 집에 와서 대운이를 학교에 등교시키곤 했지. 이 엄마의 마음을 아는지 대운이가 공부를 열심히 하려고 하니 이 엄마도 힘든 줄 모르고 밤을 낮삼아 열심히 살았다.

대운이도 실망하지 않고 열심히 학교를 잘 다녔지. 대운아, 네가 공부를 하려고 하니까 이 엄마는 얼마나 기뻤는지…… '그래 니는 오직 공부다' 그렇게 생각하니까 이 엄마는 마음이 조금씩 조금씩 가벼워지더구나. 엄마가 아무리 공부를 시키려고 해도 대운이가 공부를 안 한다고 하면 어떡하겠노. 네가 더 공부를 하려고 하니까 엄마는 아무리 힘든 일을 해도 힘든 줄 몰랐단다.

대운아 고맙다. 이 엄마를 원망을 하면은 어떻게 하겠노. 대운아, 그래도 엄마한테 원망하지 않고 학교에 열심히 다녔지. 대운아 진심으로 고맙다.

그리고 대운이가 중학교 입학하기 전에 중학교는 가까운 데 걸리면 안 좋겠나 하고 생각했는데 마침 가까운 남중학교에 입학을 했지. 엄마는 입학식 때 고개를 들지 못하고 휠체어를 밀고 갔지만, 대운이가 "엄마, 그렇게 생각하지 마"라고 했을 때 눈물이 앞을 가려 더 얼굴을 못 들었지. 대운아 미안하다. 대운이는 학교에 갈 때마다 다른 애들보다도 더 열심히 다녔지.

"딴 사람은 놀러도 다니는데 엄마는 나 때문에 놀러도 못 간다"

고 대운이는 그랬지만, 대운이 불구를 만들어놓고 놀러 갈 정이 어디 있노. 대운이는 "공부 열심히 해서 비행기 조종사 구해서 구경시켜드릴게요" 그런 말을 했지. 오냐 고맙다. 비행기 조종사 못 구해도 네가 훌륭하게 공부해서 성공해가지고 좋은 각시 만나서 행복하게 살면은 이 엄마는 평생에 더 소원이 없다.

대운아, 편지를 쓰고 보니 말은 하면은 한도 끝도 없고 자꾸 옛날 생각을 하니까 엄마가 마음이 미어지는구나. 그래 아무따나 건강하게 열심히 살아라.

중학교 졸업식 날 상을 받을 때 보조기를 하고 가니까, 대운아, 내 아들이지만 우예 그래 잘났는지. 보조기를 차고 있으니까 진심으로 다린가 보조긴가 목이 다 메더구나. 대운아, 세월이 가면은 의학이 발달되면 다리처럼 걸을 날이 오겠지. 대운아, 용기 내고 더 힘차게 용기 있게 세상을 살아라.

대운아 미안하다, 가슴 아프게 미안하다.

엄마는 미안하다는 말밖에 안 나오는구나.

대운아, 느그 형도 학교를 졸업을 하고 네가 고등학교 다닐 때 애 많이 먹었다. 4층 계단까지 휠체어를 밀고 올라간다고 그 이야기를 들었을 때 엄마가 학교에 가보니 계단이 너무 많아 걱정이 태산같았단다. 그때 느그 형이 이런 말을 했었다. "어무이요 인제는 제 차례입니다. 걱정하지 마이소. 세월이 가면 다 약이 되겠지요. 어떻게 하든지 대운이 하나만은 제가 열심히 힘껏 보살필게요." 이런 이야기를 들었을 때 이 엄마는 느그 형한테 짐을 지우는 것 같아 미안하더구나. 그래도 우짜겠노, 운명의 현실이 이런걸.

대운아, 세상에는 대운이처럼 몸이 불편한 사람이 많은데 그래
도 대운이는 훌륭한 형도 있고 엄마도 있지. 그렇지만 형이랑 엄
마가 평생 네 곁에 있을 수만 없잖아. 그러니 대운이도 좋은 배우
자 만나서 가정을 꾸려나갈 나이도 되었잖아.

대운아, 인생이란 한번 만나면 한번 헤어지는 것, 인생이 너무
고달프다고 좌절하거나 실망하지 마라. 쨍하고 해뜰 날 돌아온단
다 노랫말처럼, 우리도 힘들게 어렵게 살았지만 옛날에 비하면
쨍하고 해가 뜨잖아. 그러니 대운이가 훌륭하게 자라면, 우리보
다 힘든 사람들이 이 세상에는 너무너무 많아, 그늘진 곳에 밝은
태양처럼, 목이 마른 사람들에게는 물처럼, 그렇게 둥글둥글하게
살자꾸나.

그리고 대운이가 외국 나라에 가서 그렇게 힘든 일을 하고 돌아
왔을 때 이 엄마는 한편으로 기쁘고 한편으로는 얼굴이 새카맣게
탄 너의 얼굴을 보니 얼마나 고생이 많았겠노 생각을 하니 무어
라 말을 할 수가 없더구나.

대운아 몸 건강하게 잘 있어라. 대운이 졸업식 때는 이모랑 엄
마랑 형이랑 너그 형수랑 제현이도 같이 올라갈게. 그만 이만 줄
일까 한다.

청도 농장에서 엄마가

진정한 사회인으로 만들기 위해

정재남(중학교 때 선생님)

삼월이었다. 봄기운처럼 힘이 솟는 대구 남중학교의 첫 출근이
었다.

집에서 걸어서 칠 분이면 당도하는 복현중학교를 눈앞에 두고
한 시간 버스를 타고 서부 정류장에서 또 십 분을 걸어야만 도착
하는 대구 남중학교. 모든 것이 새로운 시작이었다. 신설 학교에
고사리 같은 열 개 반 학생들의 입학식. 대구 남중으로서는 처음
치르는 행사였다. 나는 1학년 1반 담임이 되었고 학생들을 배정받
아 교실로 보내야 했다. 새로움에 들떠 있는 대구 남중과는 달리
나는 그저 무심한 느낌뿐이었다. 그러나 운동장 뒤쪽에서 오는
예사롭지 않은 눈길이 나를 멈추게 하였다. 그것은 휠체어 위의
한 소년과 그 곁에 슬픔과 염려 어린 눈빛으로 서 있는 한 어머니
의 모습이었다. 무심한 나를 야단치듯 해맑은 소년의 미소가 나
에게 보내져왔다. 이것이 대운과의 첫 만남이었다.

대운은 여섯 살 때 교통 사고로 두 다리를 잃은 장애 학생이다.

그의 다리는 거의 흔적이 없을 정도로 잘려져나가 있었다. 그 당시에는 장애아를 위한 특별 시설이 되어 있지 않았기 때문에 학교에서는 이 학생을 위한 조치를 취하였다. 1학년의 모든 반은 2층이었지만 우리 반은 교문에서 가장 가까운 서쪽 출입구 옆 1층으로 결정되었다.

나는 대운의 장애 정도가 너무 심하기 때문에 그에 대한 모든 것이 걱정스러웠다. 혹시 너무 의기소침해 있지 않을까, 친구들과 잘 어울리지 못하면 어떻게 하나, 학생들이 따돌리면 어떻게 하나. 그러나 이 모든 걱정은 기우였다. 대운은 자신의 장애를 아는지 모르는지 다리 대신 발달한 두 팔을 이용해 양손에 장갑을 끼고 책상과 책상을 짚고 날쌔게 다닌다. 또 아이들과 장난도 잘 치며 휠체어를 타고 복도를 마구 달리며 종횡무진하는 다소 시끄러운 학생이었던 것이다. 처음 보는 사람들에게는 대운은 큰 보호를 받아야 하는 장애아로 보이지만 7, 8년간 그의 두 팔이 두 다리가 되고 휠체어는 자기 몸의 일부가 되어 있는 듯했다.

이렇게 활발한 대운은 친구들과 곧잘 싸우곤 했다. 아이들과 시비가 벌어지면 그에게는 남을 공격하는 특별한 기술이 있었다. 두 어깨와 양팔이 몹시 발달한 대운은 상대방의 어깨 부분이나 목덜미 부위의 옷자락을 순식간에 꽉 쥐고 잡아당기면서 동시에 머리로 상대방 턱 부분을 박치기해버리는 것이다. 상대방을 제압하고 난 이 박치기의 명수는 사기등등하여 교실 구석구석을 활기차게 다닌다. 나는 새로운 고민에 빠졌다. 이러한 대운을 장애아라는 이유로 그냥 두어야 하는 걸까 아니면 야단을 쳐야 할까.

나는 결심했다. 이 아이를 이 사회의 한 일원으로서 키우기로.

그러려면 똑같이 대우를 해야 한다. 그래서 나는 대운을 벌주는 데 예외를 두지 않았다. 수업시간과 자습시간에 떠든 학생들을 모두 교실 앞쪽으로 불러 꿇어앉혀놓고 양팔을 위로 들게 하고는 일장 훈화를 한다. 운동장에서 놀고 복도에서는 조용히 좌측 통행을 하며 교실에서는 책을 펴자, 라고 훈화를 한 후에 지휘봉으로 꿇어앉은 아이들의 허벅지를 두 차례 또는 세 차례씩 때렸다. 대운은 양다리가 없어 꿇어앉은 모습이 특이할 뿐 아니라 때릴 곳도 없어 안쓰러웠다. 장난을 쳐도 무시하고 봐주어도 학급 학생들은 이해했을 것이다. 아마 지금까지 대운은 그런 이해 속에 지내왔을지도 모른다. 그러나 언제까지나 사회의 이러한 묵인만을 구걸할 수는 없다. 대운은 진정한 사회인이 되어야 했다. 그래서 나는 겪을 아픔이 있다는 것을 알게 해주고 싶었다. 양다리가 없는 그를 나는 양다리 대신 몹시 발달한 대운의 왼쪽 어깨 부분을 두 차례 연타한다. 그리고 아이들을 자리에 다 보내고 대운에게 한마디를 보냈다. 낮은 소리로 "요런 것을 잘 참아야 한대이". 그러면 며칠간은 조용하다. 떠든다고 매일 벌을 줄 수는 없다. 간헐적으로 벌은 반복되었다. 그때마다 대운의 왼쪽 어깨를 두 차례 연타하고 어김없이 귀엣말로 "요런 것을 잘 참아야 한대이"라고 속삭여준다.

　대운은 이해심이 있고 명랑하며 공부도 곧잘 하는 아이였다. 벌을 받아도 기분 나빠하지 않고 잘 수용하며 아이들과 잘 논다. 그리고 머리가 좋아 공부도 잘하며 성격도 좋다. 나는 대운의 휠체어를 밀어주며 대화를 나누었다. 너는 무엇을 하고 싶나! 열심히 공부해서 약학 대학에 가는 것은 어떻겠나? 언젠가는 화장실에서

변을 볼 때는 어떻게 하냐? 하고 물은 적이 있었다. 한 번도 장애라는 것을 스스로 인정하지 않는 아이처럼 보였지만 이때만은 극구 대답을 거부했다. 마음이 아팠다. 대운은 나의 이러한 마음을 아는지 모르는지 씩 웃기만 했다.

이렇게 해서 대운은 장난도 덜 치고 정서 순화도 잘되어가고 있었다. 어느덧 급우들 중에서 대운의 휠체어를 밀어주고 보호하겠다고 자청하는 학생들이 하나 둘씩 늘어났다. 심지어는 여럿이 달려들어 2층으로 옮겨주고 말어주는 학생들이 생기게 되고 다소 거칠던 대운은 어느새 학생들과 잘 어울리며 인기인이 되어가고 있었다. 그리고 나는 그의 1학년 담임으로서의 막을 내리게 되었다.

나는 그후에 대구 북중학교, 경운중학교를 거쳐 복현여중에서 근무하게 되었다. 그리고 대운의 소식은 멀어지고 그를 잊을 무렵 신문에서 한 편의 기사를 보게 되었다. "월드컵 성공 개최를 기원하며 휠체어로 일본 종단을 마치고 24일 부산을 출발하여 경북 청도를 지나 판문점까지 종주중인 박대운 군" "두 다리를 잃은 박대운 군은 지난해(1998년)에도 40일간 유럽 5개국 2002km를 달리며 한일 양국의 2002년 월드컵 공동 개최를 세계에 널리 알림" 등의 기사와 함께 세 명의 건장한 젊은이와 휠체어를 타고 달리고 있는 박대운 군의 모습을 보았다. 나는 가슴 깊은 곳에서 뜨거운 것이 솟구치는 것을 느꼈다. 저 청년이 나의 제자가 맞는가! 대구 남중의 그 소년이란 말인가! 그래! 너는 결국 이루고 말았구나. 이렇게 무심한 세월이 흐르는 동안 너는 결코 고인 물이 아니라 역동적으로 흐르는 커다란 강물이 되었구나. 그 많은 시간 동안 함께 할 수는 없었지만 너의 눈빛 그 속에는 진정한 사회인으로서 의지가 빛나고 있음을 알 수 있었다. 대운아 정말 장하다!

얼마 전 나는 31년간의 교직 생활을 평교사로 마감하였다. 사회의 요구와 여러 가지 상황으로 인해 이름뿐인 명예퇴직을 하였다. 마음 무겁게 정든 교직을 떠나야 하지만 이제 결코 쓸쓸하지는 않다. 너의 모습이 나에게 새로운 용기가 되었단다. 너의 행로는 이제 장애인뿐 아니라 모든 사람에게 격려의 횃불이 될 거야. 마지막으로 너의 건강을 빈다.

단단한 풀은 눕지 않는다

김한근(선배, 국회교육위원회 입법조사관)

"형에게 내가 단단한 힘이 되었으면 해."

내가 대운이를 두번째 만나던 날, 분주한 대화 가운데 화두같이 던져져 온몸을 감전시키더니 어묵 국물이 부옇게 식도록 내내 방전(放電)치 않다가 그후로도 가끔씩 나를 설레게 하는 말이었다. 지금까지 내게 이런 확신에 찬 말을 건넨 사람이 있었던가? 장도(壯途)를 곧 떠날 대운을 위해 오히려 내가 하고 싶었던 말이 아니었던가?

그날은 대운이를 아끼는 사람들이 무척 많이 모인 대운이의 생일 모임이어서 기실 밤이 늦어 마지막까지 남은 소수 정예들로 술자리가 무르익을 때에야 대운이와 얘기할 기회가 왔다.

그 며칠 전 대운이의 전화를 휴대폰으로 받은 곳은 정선에서 멀지 않은 '자미원'이라는 강원도 첩첩산골 폐광촌의 광부 숙소였고 변덕스런 날씨 탓에 방바닥에 등짝만 하염없이 비비고 있을 때였다.

"형, 모레가 제 생일인데 저녁 여섯시까지 신촌 독수리다방 앞으로 오실 거죠?"라는 것이 아닌가. 그때 나는 얼마간의 금싸라기 같은 휴가를 내어 정선군과 태백산 인근을 헤매는 중이었는데 처음 대운이를 만나던 날, "얼마 있으면 생일인데 막걸리 잔치에 초대하면 오시겠냐?" 하던 말에 기꺼이 가겠다며 너스레로 약속했던 것을 지켜야만 할 것 같았다.

아쉬움을 뒤로 한·채 부랴부랴 일정을 접고 상경했는데 그때만 해도 나는 대운이가 사람들에게 제법 알려진 유명 인사(?)라는 것을 몰랐다. 내 절친한 친구 석준이의 생일 모임에 갔다가 우연히 합석하고는 그때 받은 솔직담백한 느낌이 좋아서 당시 행정고시에 붙어 연수중이던, 대운과 동갑내기 막내동생과 만나게 해주면 서로 느낌이 통하는 좋은 친구가 될 것이라고만 생각했다.

그후 우연한 기회에 광고 회사에 다니던 후배를 만날 일이 있어 동갑내기 모임을 한번 주선해보라며 동생과 대운이의 전화번호를 일러주었다. 한참 후에야 안 일이지만 셋이서 자주 만나 술 기울이는 절친한 사이가 되었다는 얘기를 듣게 되자, 내 느낌이 틀리지 않았음에 흐뭇해하면서도 젊은 그네들의 스스럼없는 즉자적 대면력이 한편으로는 부럽기도 하였다.

강원도에서 상경 직후 지방 연수중이던 막내동생에게 대운이 생일에 초대받았는데 너도 오냐고 물었더니 자기는 일 때문에 못 가게 될 것 같으니 형이 대신 가서 막걸리 한턱 내라는 말을 하며, 대운이가 유럽 횡단을 한 친구이며 광고뿐만 아니라 모 TV 프로그램의 칭찬 주인공으로도 출연한 적이 있는데 지금은 방학을 이용해 또다른 종단을 준비중이니 용기를 북돋워주라고 했다. 그런 얘기를 듣고 나간 자리에서 되레 대운이로부터 형에게 단단한 힘이 되어주고 싶다는 말을 듣게 되자, 그 뭉툭하면서도 당당한 손잡음에 내 작고 가는 손이 부끄러우면서도 가슴에는 오히려 강원도 여행길에 못다 담아온 새벽녘 아우라지 강가의 물안개보다 더 뽀얀 느꺼움이 차올랐다.

"체력 다지기는 잘되고 있냐?"

나는 짐짓 당황을 추스르며 코앞으로 다가온 대운이의 해외 종단 준비에 대해 물었다.

"다른 준비는 잘되고 있는데 경비를 예정액의 십분의 일도 준비 못 했어요."

"아니 그럼, 못 가는 것 아냐?"

"웬걸요, 돈으로 가나요! 젊음으로 밀고 가야죠."

순간 나는 강낭콩에 비해 부끄럽기 그지없는 달걀 껍질임을 느꼈다. 겉은 희고 깨끗하지만 속은 물러터지고 기실은 그 껍데기조차 한 번의 손아귀 힘만으로도 터지고야 마는 달걀 껍데기. 그에 비해 말랑하고 까실거리는 껍질 속에 담긴 단단하기 그지없는 푸른 강낭콩. 그후 두 달이 채 못 돼 폭염과 태풍 속의 일본 열도를 태극기를 꽂고 내달리는 대운이를 두 아들과 함께 TV 다큐멘터리 프로에서 지켜보았다.

"막내삼촌 친구 아저씨가 빗속에서 막 달려, 아빠!"

막내아들 뿌리의 목소리가 들떠 있었다.

내가 대운이에게서 느끼는 무엇보다 소중한 것은 그가 지닌 정감 어린 눈길이 강낭콩보다 더 파랗게 살아 있는 것이다. 누구도 선뜻 먼저 가기를 내켜하지 않는 길을 스스럼없이 앞서가는 개척

정신을 지녔음에도 어릴 적 우리를 목간시키시던 어머님의 그
리운 눈길을 대운이는 고스란히 간직하고 있어서 부럽기가 그
지없다.

내게도 어릴 적 홀로 되신 어머님이 그 길고 어렵던 가난 속에
서도 자식들을 향해 베풀어주시던 무한 애정의 기억이 오롯이 존
재한다. 나는 대운이의 끝없는 도전 정신이 어머니의 순정(純情)
하면서도 자식을 위해서라면 더이상 물러설 수도 편하게 한번 누
울 수도 없는 가없는 사랑에서 비롯된 것임을 의심치 않는다.

그런 대운이에게 어머님에게서 느낄 수 있는 자유를 고스란히
간직하고 있는 내 그리운 바다를 보여주고 싶어했음은 너무나도
당연한 일이었다. 한겨울 새벽의 동해 옆에 서본 사람은 익히 알
고 있겠지만 낭만을 먼저 떠올리기 전에, 바다보다 먼저 잠을 깨
어 명태잡이 배를 몰고 나간 삶의 고단함이 매운 겨울 추위를 버
티며 점점이 흩어져 있음을 확인할 수 있었으리라.

멀리 오징어잡이 배에 걸린 집어등(集魚燈)이 밤새 명멸을 거
듭하다가 희미해지는 샛별과 함께 온몸으로 새벽녘의 조화를 만
들어갈 때, 밤샘 끝에 귀항을 준비하는 얼굴 위로 퍼지는 동해 일
출의 따스함이 그네들에게 어떤 의미를 주는지를 대운이는 이미
알고 있기라도 한 듯 그렇게 방파제 위에서 한참이나 휠체어를
멈추고 있었던 것으로 기억된다. 그 어느 때보다 대운이와 같이
서 있었던 겨울 바다가 따스했음은 물론이었다.

이 글을 쓰며 다시금 부러운 것은, 작은 만남일지라도 크게 되
새기고 키워가는 법을 대운이와 그 곁에 굳게 버티고 서 있는 젊
은 친구들은 잘 알고 있다는 점이다. 우리 모두가 저마다 무관심

292

과 아집의 각질 속에서 가슴을 비우고 있을 때, 그네들은 자만에 가까운 고요한 양심으로 또는 태백준령 심장 속에서 탄을 캐던 건강한 힘으로 단절(斷絶)을 부숴내고 있음이 못내 자랑스러우면서도 그런 한편으로 가슴이 저며오는 것은 나 역시 각질화가 진행되고 있음을 느끼고 있는 탓은 아닐까?

나는 요즈음 직장에서 우리 교육의 현재와 미래를 함께 고민해야 하는 일로 봉급을 받고 있다. 미숙한 고민만 하다가 안이하게 지나쳐온 결과가 오늘 한국 교육의 뒤처진 경쟁력이며 교육 현장의 비틀어진 현실이라는 것에는 모두가 공감하면서도 정작 힘을 모아야 할 우리 모두는 일과성 화재경보식 장탄식만으로 미래 또한 비틀고 있는 것은 아닌지? 나 또한 거대한 통곡의 벽 앞에서 잔모래 같은 존재의 가벼움에 몸 떨어 뒷걸음질하는 당나귀는 아닌지 거듭 고민을 해야 할 것 같다.

이제 두 해가 지나면 그 옛날 성현들이 불혹(不惑)이라고 일컫던 나이가 되는 요즈음 "나 니들 21세기 동창생이야. 예전엔 오십에 졸(卒)함이 예사였지만, 요사이 시간 지체(time lag)는 예전보다 훨씬 늦고 넓게 맞춰져 있어, 임마!"라며 너스레를 떨어보기도 하지만, 고향 순개울(숨개) 바닷가에 가면 온갖 상처가 다 치유될 것만 같은 기대가 조금씩 자리잡아가고 있음을 대운이와 그 친구들을 보면서 자연스레 느끼고 있다.

그럼에도 불구하고 대운이와 그 친구들을 대하면 단단한 힘이 솟는 것은 왜일까?

대운이 형

한상규(후배)

형과의 첫 만남은 모형 항공기. 그때의 아이들이 다 그렇듯이 항공기를 잘 날리는 건 아이들의 부러움이었다. 몇십 초를 날다가 곤두박질친 내 비행기. 아이들 틈에 있는 이가 누굴까? 그 틈에 아이들의 부러움 속에 비행기를 만지고 있던 사람이 바로 대운 형이었다. 형과 나의 첫 만남인 셈. 그후 난 줄기차게 형을 따라다녔다. 점심시간이고 쉬는 시간이고. 화장실까지 따라다닐 정도로 난 형을 닮으려고 노력했으니까. 씽씽 나는 형의 비행기. 난 그것이 그렇게 부러웠다.

그후, 방과후 매일 학교 과학실에 모여서 모형 항공기를 만들고 날리고 또 만들고…… 수십 번을 반복하던 중에 형과 난 자연스럽게 하루 일과를 같이하게 되었다. 형을 닮고 싶었다. 하나님은 형의 다리를 가져간 대신에 형에게 저런 실력을 주었구나. 그리고 나도 하나님께 기도했다. 형처럼 되게 해주세요. 그때 철없던 내가 얼마나 형으로서는 우스웠을까? 그 당시 형의 모형 항공기 만드는 솜씨는 정말 전국 최고였다. 나도 형처럼 되고 싶었다. 형이 비행기를 날리면 난 날다가 떨어진 비행기를 주워오고. 늘 그랬다. 어린 마음에 항상 형 뒤에서 휠체어를 밀고 또 형의 불편한 점을 도와주면서도 전혀 힘든 줄을 몰랐다. 나도 형처럼 최고가 되겠다는 생각에…….

지금도 형은 가끔 그때 이야기를 한다.

"니 그때 내한테 정말 많이 맞았지……."

난 솔직히 맞은 기억이 없는데…… 그냥 형하고 매일 비행기 만들고 날리고 또 잃어버리고 그런 것밖에…… 형은 단지 열심히 가르쳐주려는 것뿐이었는데…….

형과 보낸 초등학교 시절은 오직 비행기를 만들고 날렸던 기억뿐이다. 나의 관심사는 오직 비행기였고 나의 벤치마킹의 상대는 형이었기 때문이다.

모형 항공기 중 고무 동력기는 고무줄의 힘이 상당 좌우한다. 형이 어디서 들었는지 연구한 건지 샴푸에 고무줄을 절여놓으면 좋다고 했다. 순수 고무줄의 힘으로 프로펠러를 돌려서 그 힘으로 나는 장난감 비행기니까 조금이라도 많이 감을 수 있는 고무줄 그리고 천천히 부드럽게 풀리는 고무줄이 필요했다.

나도 형의 말을 듣고 고무줄을 샴푸에 절였고 이상하게 고무줄이 탄성이 생겨서 많이 감아도 끊어지지 않고 천천히 풀려졌다. 그때 형은 그 사실을 어떻게 알았을까! 하여튼 정말 그 당시에 형이 엄청나게 크게 느껴졌다. 때로는 발명가처럼. 이렇듯 형은 항상 어떤 일을 하든 그 원인을 파악하고 일을 했다. 안 된다고 생각하지 않고 왜 안 되는지를 연구하는 사람, 그런 사람이 형이었다.

형과의 초등학교 때의 그 관계는 시간이 지나도 변하지 않았다. 형은 나를 언제나 친동생처럼 대해주었다.

지금 생각해보면 형이 또래의 애들보다는 세 살 위인지라 항상 형이 베푸는 뭔가가 있어 보였다.

난 형과 다른 중학교에 배정받았지만 주말마다 형 집에 놀러 갔고 방학 때는 아예 우리 집보다 형 집에서 지낸 날이 더 많았다. 오죽했으면 형의 어머니께서 이제부터 방학이면 쌀 가지고 오라는 농담까지 했을까! 적어도 내 눈에 비친 형은 참 박식했다. 지금 와서 생각해보면 중학생치고 모르는 것이 없었다.

형은 무척이나 노력하는 모습을 보여줬다. 난 그때 공부가 뭔지도 모를 때였지만 형과 있으면 항상 공부하게 되고 이렇게 매주 형과 만나서 주말에 도서관에 가는 나를 보고 부모님도 참 형을 좋아하게 된 것 같다. 항상 "상규야, 넌 대운이 형만 따라다니면 된다"라는 말씀을 하실 정도로 형은 우리 집에서 상당한 신뢰를 얻었다.

겨울이 되면 주말에 형과 목욕탕에 갔다. 목욕탕에 가면 아버지를 따라온 꼬마애들이 "어! 이 형 다리 없다, 아빠!" 이렇게 말하면서 신기하다는 듯이 따라다닌다. 그저 형은 할 일을 계속하는데 그럴 때마다 난 여간 난처한 게 아니었다. 정작 형은 괜찮은데 내가 어색해서 괜히 다른 말을 건네곤 했다. 형은 너무 익숙해진 걸까! 한참 감수성이 예민해진 때라 나도 초등학교 때는 느끼지 못한 것을 느꼈다. 그냥 다른 사람들이 형을 정상적인 시각이 아닌 그런 눈으로 바라볼 때 그런 걸 애써 넘기려고 노력했던 것 같다.

고집스러운 형

형은 너무 바른생활 사나이다! 때로는 지나치리만큼 도덕적(?)이라고나 할까. 어쨌든 교과서에 나오는 그런 학생이었다. 늘 그랬듯이 난 형 휠체어를 밀었다. 밀었다기보다는 그냥 형 휠체어 손잡이를 잡고 다녔다. 오르막이면 형이 항상 팔로 바퀴를 밀고 난 그냥 손만 얹고 있었다. 혹시나 내가 휴지를 아무 데나 버린다거나 차도 잘 다니지 않는 건널목을 막 건너려고 하면 마구 닥달하곤 했다. 난 짜증이 났다. 뭐 그리 따지는지…… 물론 생각해보면 다 맞는 일이지만 너무 재미가 없었다.

너무 원리원칙대로 따지고…… 난 항상 적당히 하고 넘어가자고 하는데도 형은 그렇지가 않았나 보다. 휴지 하나라도 버리면 다시 주우라고 한다. 형 뭐 어떤데, 이런 걸 가지고 정말! 이런 적도 있었지만 정말 내가 생각해보면 형을 가까이할 때 나도 내 인생에서 가장 값진 것을 하지 않았나 싶다.

형이 가장 안쓰러웠을 때

형은 재수를 했다. 난 고3이었고. 시험을 끝내놓고 만족하지 않은 점수에 실망하고 재수를 결심하고 공부를 하고 있을 때였다. 그때 형은 K대 법학과에 지원해놓고 결과를 기다리던 중이었다. 난 재수를 해야 한다는 두려운 마음으로 형에게 항상 그랬듯이 나보다는 세상을 일 년 더 일찍 겪었으니 이런저런 것을 물었다.

형은 발표가 날 쯤에 연락이 없으면 떨어진 줄 알라고 했다. 그런데 며칠이 지나도 연락이 없었다. 집에 전화를 걸어도 없다고 하고…… 그때쯤 형이 처음 자동차를 운전할 때였는데 어디론가 말없이 떠난 것 같았다. 정말 형은 남들과 달리 학원도 못 다니고 혼자서 재수를 했는데…… 아쉬웠다. 형! 그때 얼마나 걱정 많이 했는지 알아!

대입 실패를 오히려 위로해준 형

내가 가장 힘들었을 때 옆에 있어준 사람도 형이었다. 대입에 실패하고 모든 것이 절망적으로 보였을 때 임마, 그까짓 것 가지고. 다시 시작하는 거야. 내 발걸음이 떨어지기도 전에 휠체어를 민 것은 형이었다. 독서실로의 직행. 물론 형은 독서실에 갈 이유가 없었다. 그저 내 옆에서 내가 공부하는 것을 지켜보면서 위로해주고 싶었던 게다. 소설책 몇 권을 들고 독서실로 가자고 하던 형이 생각난다. 난 그 옆에서 아무 소리 없이 다시 공부를 시작하기 위해 참고서를 챙기고. 세상에 홀로 버려졌던 절망적인 마음이 희망으로 바뀌던 순간.

사람들은 항상 내게 말한다. 형과 함께 다니는 나를 두고 참으로 좋은 일 하시는군요. 글쎄다. 항상 내가 도움을 받은 것 같다. 형에게 비행기를 만드는 것부터 대입 실패 때 희망이라는 선물을 준 것도 형이었으니까.

여자 이야기

형에게는 어떤 이야기도 다 할 수 있다. 나도 사춘기 시절 가장 많은 시간을 보낸 것이 형이었다. 나에게 형이 없어서 그랬는지 더욱더 형을 의지하게 되었다. 항상 형에게 말할 때 주저함이 없었다. 아직도 형에게 존대말을 쓰지 않을 정도로. 그런데 딱 한 가지 형에게 말할 때 주저하는 것이 있다. 여자 이야기다. 여자 이야기는 아직도 꺼려진다. 난 주위에 좋은 사람이 있으면 소개하기를 마다하지 않는다. 하지만 여태껏 형에게 여자친구 한 명 소개시켜준 적이 없는 것 같다. 형은 항상 나한테 말해왔다. 괴팍하다는 말! 형은 항상 형 자신의 성격이 괴팍하고 했다. 형이 입버릇처럼 말하던, 형의 성격이 괴팍하다는 것, 정말 그것 때문이었을까. 그래 형은 그 동안 이성 교제가 없었던 것 같다. 물론 알고 지내는 여자는 많았다. 근데 그건 그냥 지인(知人)일 뿐! 아직도 형과 난 여자 이야기를 하지 않지만 나도 형에게 딱 어울릴 여자를 소개시켜주고 싶다. 형, 정말 좋은 여자 만났으면 좋겠어요.

이 년여 동안의 공백기

96년 6월! 내가 군에 입대한 후 한동안 형을 볼 수가 없었다. 중학교 때까지 늘상 붙어다니다가 형이 고등학교 때 청도로 이사간 이후에도 한 달에 한 번은 꼭 봤는데. 입대 하루 전 집에서 형이랑 마지막 저녁을 먹었다. 그후 훈련소에서 편지를 써도 답장이 오지 않았다. 그러던 97년 겨울! 형이 소식을 전했다. 다시 입시 공부를 했다고, 그래서 연락 못 했다고…….

그후 나도 군인이다 보니 차츰 소홀해지기 시작했다. 그후 제대할 무렵 휴가 나가니 어머니께서 대운이 형 이야기를 했다. 형이 텔레비전에 나왔다고. 나도 깜짝 놀랐다. 드디어 형이 일냈구나!

결코 평범하게 살 것 같지 않던 형이 정말로 대단해 보이고 막상 연락하기가 어색해졌다. 왠지 형의 유명세에 날 잊은 것은 아닌지…… 가끔씩 텔레비전에서 모습을 보면 변한 건 하나 없는데.

그러던 중 형한테 연락이 왔다. 사 년이라는 나이 차이에도 반말을 했던 난데 나도 모르게 이상하게도 존대말이 나왔다. 그냥 너무 어색하고 불편했다. 그런데 형을 만나고 삼십 분이 채 되기 전에 예전처럼 반말을 하기 시작했다. 형과의 우정에 이까짓 이 년 정도의 공백쯤이야! 우습다.

98년 유럽 2002킬로미터를 휠체어 타고 횡단한다고 했을 때 적어도 형을 알고 있는 사람들은 별로 놀라지 않았을 것이다. 물론 내가 아는 사람이 TV에 나온다는 것이 놀랄 일이지만. 당연히 "뭔가 큰일 낼 사람이라는 것"쯤은 다 추측할 수 있었을 것이다. 난 여태껏 형이 장애자란 생각을 해본 적이 없다. 내가 불편한 형을 돕고 있다는 생각도 해본 적이 없다. 어릴 때 휠체어를 밀 때도 항상 형도 바퀴를 저었다. 내가 밀어준 게 아니라 내가 형 휠체어에 매달려 간 것뿐이었다.

내가 오히려 도움을 받아왔었다. 사람들은 형을 대단하다고들 한다. 장애자가 이런 일을 했기 때문에. 아니다. 형은 장애자로서가 아니라 한 인간으로서 이런 일을 해냈다.

'숨은' 이야기었으면

염동국(가톨릭 신부)

어디선가 잘려져나온 조각들. 종종 그런 아이들, 그런 사람들을 보게 된다. 지치고 힘든 작은 영혼들, 행여 내 인기척에 놀랄까 조심스러워진다. 그렇게 대운이를 만났다, 적어도 나에게는.

홍제동 성당은 조명이 여느 곳에 비해 좀 약하다. 현관이 위치한 뒤쪽은 2층 성가대석을 지고 있는 탓에 유난히 어둡다. 더구나 드나드는 사람들과 늦게 와 자리를 차지하지(?) 못해 서성거리는 사람들 탓에 소란스러움이 그치질 않는 맨 뒷자리 기둥 옆에, 기댄 듯, 숨은 듯이 대운이가 있었다. 하긴 그 녀석은 늘 거기 앉았다. 그렇게 작은 영혼으로. 서른 해 가까이 세상의 무지와 편견, 불편함과 싸워왔던 시간들이 어림짐작으로도 눈에 선한 그늘을 드리운 채 왔다.

그러던 어느 날 어딜 간단다. 2002킬로미터 행(?)—이거 뭐라 캐야 하나—아무튼 휠체어 바퀴를 굴려 유럽 횡단을 한단다. 그러면서 체력이 어쩌구 후원이 어쩌구 하구, 먼길을 떠나 남을 걱정시키더니 결국 대운인 "떴다" "대박이었다".

성당에서도 많은 사람들이 그를 알아보기 시작했고, 각종 인터뷰와 수차례의 TV 모닝 토크쇼 출연이 이를 부추겼다. 급기야 거액(?)에 모 그룹의 TV 광고를 찍기까지 했다. 갈구고 갈궈 '끝물'에 나도 맥주 한잔 얻어먹을 수 있었다. 녀석의 학교 앞에서 홍제동 사제관으로 돌아오는 길에 '정말로' 눈이 펑펑 왔다. 삽시간에 눈이 구두를 덮었지만 그땐 나도 무엇 때문인지 기분이 무척 좋았다. 공술을 먹어서일까.

녀석은 운전을 한다. 녀석은 예쁘장하게 생긴 여자친구도 있다(?), 아니 있었다. 녀석은 대학도 벌써 두번째다, 미대, 신문방송학과까지. 물론 다 제대로 다니지는 않았지만(^.^). 녀석은 수영도 한다. 볼링도 한다. 그리고 나랑 '맞-고' 칠 만큼 '고스톱'도 꽤 잘 친다. 또 뭘 하는지 모르지만, 아무튼 녀석은 자기가 하고 싶은 건 다 한다. 난 수영도 전혀 못 하고, 볼링도 잘 못 치는데. 아무튼 이게 내가 아는 대운이다. 딴 애들과 똑같아 때론 시샘이 생기기도 하는 애가 대운이다. 아참, 차도 새로 뽑았다.

너무나도 평범한 아이, 평범하다는 말이 어떻게 들릴는지 모르지만 때론 그의 두 다리가 없다는 사실을 잊을 수밖에 없는, 그런 아이다. 비범하다거나 기이 혹은 괴기(?)하다거나, 또 웅변적이거나 영웅적이란 말도 어울리지 않는 평범한 한 아이다.

굳이 그가 남 같지 않은 점을 찾아보려면, 뭐가 있을까? 참, 그 녀석은 요즘 바람이 들었다. 언젠가 겨울 MT를 같이 간 적이 있는데, 한번은 화장 도구(?)를 한 보따리 챙겨들고 화장실에 가더니 바르고 머리에 힘주느라 삼십 분간 나올 줄 몰랐다. 전엔 안 그랬는데 한번 뜨더니 머리에 '브릿지(블리치)'를 넣지 않나, 물을 들이지 않나, 고슴도치 새끼마냥 짧은 머릴 한껏 세우질 않나. 공부할 생각은 안 하고 이벤트를 찾고 만들기에 바쁘다. "그래서 공부는 언제 하냐"는 말이 내 인사가 됐다. 하긴 나중에 이벤트 회사를 운영하고 싶다니 할말이 없다만 아무튼 녀석은 지금도 또 뭘 궁리하고 있을 게다.

그런데 이 바람든 녀석이 또 이번엔 책을 낸답시고 몇 자 적어 달란다. 하여간에…… 무슨 얘길 들려줘야 하나'도 걱정이지만 녀석이 책으로 뭘 얘기할까가 더 걱정이다. 최소한 남들이 듣고 싶어하는 이야기가 아니라 자기가 하고픈 얘기면 좋겠다. 난 어 렸을 적부터 위기—위험과 기회란 말이란다—를 극복한 옛사람 들, 직면한 위험을 기회로 삼았던 소위 성공한 사람들의 이야기 를 들어왔다. 가톨릭 집안에 태어난 탓에 성인들과 순교자들의 이야기까지 두루 섭렵할 수 있었고, 지금도 그분들의 삶은 일상 의 자극제로서, 그리고 불의에 희생당하는 사람들과 소외된 사람 들을 보게 해주는 제3의 눈으로 남아 있다. 그러나 생각해보건대 그분들은 늘 영웅이었다. 물론 또다른 영웅들을 불러들여 영웅들 의 역사를 이어왔지만, 대다수의 '우린' 지극히 평범한 삶을 산 다. 모두가 다 영웅일 순 없다. 우린 눈에 띄지 않는 평범함으로 점철된 역사의 시간과 울타리에서 살고 있기 때문이다.

그것이 사회적, 문화적 혹은 심리적 장애나 육신의 장애이거나 간에, 치유될 수 없는 장애를 갖고 살아야만 하는 사람들 역시 평범한 삶을 영위할 권리와 의무가 있다. 굳이 영웅적이거나 귀감이 될 만한 업적, 생(生)에의 치열함이 아니더라도 평범한 일상을 지내는 데 불편함이 없는 우리들처럼.

대운이, 아우구스티노(세례명)가 내게 그렇듯이 그의 이야기와 그를 바라보는 모든 사람들의 이야기가 평범함으로, 그 잔잔함이 가벼워 보이지만 대지 깊숙이 자리를 튼 호수처럼, 이끼 틈 사이로 흘러내리지만 온 세계를 휘도는 냇물처럼, 평범하지만 진실과 삶을 간직한 '숨은' 이야기로 회자되었으면 좋겠다.

사실은 그 녀석에게 술을 얻어먹은 날, 자정을 넘겼는데 눈이 너무 많이 와서 사제관에 돌아오는데 차는 끊기고 택시도 못 잡고, 고생이 이만저만이 아니었다. 하여간 '죽는 줄' 알았다.

자랑스러운 친구,
하지만 아주 특별한 사람은 되지 않기를

하마리아(성당 친구, 숙명여대 교육대학원 석사과정)

대운이란 사람은 텔레비전에서 비춰지는 모습에 어린애 같은 순수함과 유치함, 웃긴 모습만 덧붙이면 꼭 맞다.

그에 대해 얘기하려고 하니 체계가 잡혀지지 않는다. 나 이외에 많은 사람이 다양한 이야기로 그를 소개했을 것이다. 오래 안 사이는 아니지만 짧은 시간에 서로에 대해 알 만큼 통하는 부분이 많은 친구가 대운이다.

평소에 난 자주 그를 면박주고 예리할 정도로 그의 단점을 지적하는 친구지만 내가 그를 표현할 수 있는 단어는 존경이다. 나는 그에게서 많은 것을 배운다. 그리고 나이와 성을 떠나 그를 존경한다. 그는 참 괜찮은 사람이다.

제목을 단 다음 글들은 짧은 에피소드와 느낌으로 내가 그를 소개하고 그의 다른 면이 나타나는 얘기인데 그가 좋아할지 안 좋아할지 알 수는 없다.

양말 선물

나는 아주 가끔씩 그가 다리가 없다는 사실을 잊는다. 지난해 11월 일본 여행을 갈 때 나는 일본에 대해 잘 아는 언니를 믿고 아무 준비도 없다가 여행 하루 전 불안한 마음이 들었다. 그래서 일본 종단으로 많은 자료가 있는 그에게 자료를 부탁했다. 빌리는 것도 미안하여 내가 간다고 했는데도 굳이 그는 자기가 갖다준다고 하여 더욱 고마웠다.

그래서 일본에서 그에게 선물이라도 하나 사다 줘야겠다고 마음먹고 고르는데 마침 눈에 띄는 양말이 보여 고르고 계산을 하려다가 웃고 말았다. 그에게는 양말이 필요없는데 왜 나는 그런 사실을 순간 놓치고 말았을까.

그를 보면 뭐든지 혼자 잘해서 그를 나타내주는 가장 확실한 개성도 잊을 때가 많다. 그래서 나는 그를 방치할 때도 많다. 어디를 가더라도 혼자 차에서 내려 획 하니 가버리니 그는 가끔 "인정머리 없이 혼자 그렇게 가버리냐?" 하며 차갑다고까지 한다.

맨 처음 그를 봤을 때 난 그의 휠체어를 내려주려 했는데 그는 자기가 한다고 하여 그 다음부터는 신경 안 쓰고 행동했던 것이 내심 서운했나 보다.

그에게는 앞으로도 양말을 선물할 일은 없다. 단, 그때 진짜 양말 대신 산, 성탄 분위기가 물씬 나는 산타클로스 양말 장식은 앞으로 크리스마스 때면 그의 차 어딘가에 걸려 달랑거리는 것을 볼 수 있을 것이다.

용두사미

책을 쓰는 일은 그에게는 오랫동안 부담이었고 나에게는 내내 부러운 일이었다. 우리 나이에 자신의 일을 글로 써서 많은 사람들에게 보이고 감동을 주고 덤으로 적잖은 돈까지 벌기가 쉬운 일은 아니다.

그가 책을 쓰는 동안 내가 참견도 좀 하고 잔소리도 좀 했다. 출판사 사람들과의 약속을 지켜야 한다고 그를 약속도 안 지키는 사람 취급도 하고. 여하튼 나 때문에 스트레스 좀 받았을 것이다. 처음에 그는 놀맨놀맨이었다. 시간이 많다고도 느껴졌고 어떻게 써야 하는지 막막하기도 했던 것 같다. 그러다가 몇 개 썼을 때쯤 그의 컴퓨터에 있는 글들을 보여달라고 했는데 싫다고 했다. 글 쓰는 사람들이 자기 글을 남에게 보여주지 않는 것이 보편적이기에 책이 나오면 보라고 했다. 그런데 시간이 지나면서 그는 나에게 자기의 글을 들어보라고 읽어주며 때로는 나의 반응도 궁금해했다. 나중에는 내가 그만 읽으라고 할 정도였다.

그는 글을 잘 쓴다. 그는 그림도 잘 그려 미대도 다녔고 노래도 감정 넣어서 부르는 폼이 괜찮다. 그리고 운동도 잘한다. 내가 넌 재주 많아서 좋겠다 하면 재주 많은 놈이 굶어죽는다고 농담도 한다. 그의 글은 그가 걱정하는 것보다 훨씬 진솔하고 재미있고 감동적이며 메시지도 있다. 그런데 옥의 티라면 가끔 가다 용두사미가 된다는 것이다. 전혀 끝이 아닌 것 같은데도 "끝이야"라고 말해 황당할 때도 있다. 그렇지 않으면 끝맺음을 강조하는 것같이 어설플 때도 있고. 여하튼 중간에 비해서 모자람이 많다. 그럴 때마다 나는 용두사미야, 하고 놀린다.

그의 글을 들어보면 어떨 땐 감동으로 눈물이 나기도 하는데 (어머니께 드리는 편지) 그럴 때면 그가 "이것도 용두사미냐?" 해서 웃음을 주기도 한다.

책을 쓰는 동안 그는 걱정을 많이 했다. 과연 이 책이 많은 사람들에게 어떤 느낌을 줄 수 있는지, 어떤 메시지를 전해줄 수 있는지 등에 대하여. 그리고 나중에는 책이 잘 안 팔려 출판사 식구들에게 피해가 되지는 않을까 어울리지 않게 돈 걱정도 하였다. 그러나 나는 독자로서 그의 책이 참 좋은 책이라고 말하고 싶다. 오랫동안 고생해서 썼고 또 무엇보다 솔직하고 아름답다. 책을 쓰는 동안 그는 참 많이 수고했다. 솔직해지기 위해서는 많은 용기도 필요했으니까.

대운! 고생 많았어. 그리고 너무 걱정하지 마. 내가 늘 그랬듯이 가슴이 충만해지는 그런 글이었고 그리고 기본적으로 내가 열 권은 산다고 했잖아. 나같이 책 안 사는 사람이 열 권이나 산다면 이건 분명히 하반기 베스트셀러야!

따뜻한 햇볕이 나그네의 옷을 벗길 수 있어

박대운은 다혈질적인 면이 있고 욱하는 성질이 있다. 물론 그는 부당한 일을 당했을 때 옳지 않은 일을 보았을 때 그런다고 하지만.

지난번 사소한 일로 트럭 운전사와 다툰 일이 있다. 사실 불편하게 정차한 탓에 일차적인 책임이 그에게 있었지만 무턱대고 거친 말을 한 운전사 때문에 언성이 높아졌다. 그는 자기 잘못은 인정했지만 자기에게 욕설을 퍼부은 운전사의 경솔함 때문에 기분이 상해서 그랬다고 했다.

그는 공공 기관에서도 몇 번 싸운 경험을 이야기한 적이 있다. 자기가 봐서 잘못했다고 한 부분에 대해서 그는 싸움도 곧잘 하는 것 같다.

나는 그가 지금껏 살면서 많은 편견과 부당함, 잘못된 관행들에 대해서 싸워온 것을 안다. 그러나 나는 그가 조금 더 부드러웠으면 좋았을 것이라고 말했다. 그때도 그는 먼저 차분하게 자기 잘못에 대해 사과하고 그 다음 운전사의 잘못에 대해 사과를 요구하는 것이 더 좋았을 것이라고 말했다. 강한 바람은 나그네의 옷을 벗기지 못하지만 따뜻한 햇볕은 그것을 가능하게 한다고 어쩌면 맞지 않을 비유지만 덧붙이면서…….

나는 그가 우리 사회나 현실을 좀더 나은 방향으로 변화시키는 데 큰 역할을 담당하기를 바란다. 물론 작은 것에서 그가 생각하는 큰 문제까지. 그러나 여기에 덧붙여 그의 불타는 정의감과 조금은 급한 성질을 누그러뜨려주는 부드러움과 기술이 있었으면 한다.

대운! 요즘엔 그 욱하는 성질 많이 고쳐진 것 같아. 알고 보면 부드러운 남자라고 늘 말하고 또 나도 그렇게 생각하고 있는데…… 혹시 싸움이 생겨도 한 템포 죽이고 들어가는 것 잊지 말고.

이런 말 처음이야

박대운의 주변에는 다 좋은 말만 하는 사람만 있나 보다. 그는 내가 그에 대해 싫은 말이나 신랄한 비판을 하면 "나는 살면서 이런 말을 너에게 처음 듣는다"고 한다.

사실 그는 모범적이고 바른생활 사나이이며 멋지고 아름다운 청년임에 틀림없다. 그렇다고 그가 종교인처럼 일반인들과는 다른 생활을 한다거나 빈틈없이 바르다는 것은 아니다. 그의 나이에 맞게 적당히 즐길 줄도 알고 놀 줄도 알며 생각도 그리 틀리지 않다. 단 그래도 중심이 있고 가치관이 대견하다(?)는 것이다. 그런데 그는 사소한 일에 빈틈이 많아서 나에게 면박을 자주 당하는 편이다. 그럴 때면 그는 당황하는 눈치다. 어떨 때는 내가 너무 무안을 준다고 섭섭해한다. 그는 늦게 학교에 다녀서 항상 그보다 나이 어린 친구들과 다녔다. 사실 아무리 격의 없는 사이라 하더라도 나이 어린 친구가 나이 많은 친구에게 무슨 말을 하기가 쉬운 일은 아니라는 것을 나는 안다. 나도 대학교 때 나이 어린 친구들과 다녔기에…….

사실 내가 그에 대해 말해주는 것은 그냥 넘어가도 아무 문제 없는 작은 것이다. 예를 들면 전화 에티켓이라든가 운전하는 것이라든가.

내가 꼼꼼히 짚어주면 그는 처음엔 당황해하다가도 곧 이해를 하다. 그것이 또 그의 장점이기도 하다. 아마 내가 동갑이기에 그런 말들을 서슴지 않고 할 수 있는 것은 아닐까.

가뜩이나 본인이 참 잘난 줄 아는 사람(?)이 나에게 이런저런 충고 아닌 충고를 들으니 자존심이 상하기도 할 것이다.

대운! 전화 받을 때 퉁명하게 "누구야?"라고 하는 것, 전화 받자마자 "왜?"부터 말하는 것, 사람이 실컷 얘기하는데 딴 소리 해서 분위기 깨는 것 등등 고치려고 노력하고 있지?

성당에서

일 주일에 한 번 성당에서 그를 본다. 그는 전례부의 일원으로서 일 주일에 한 번은 꼭 뭔가를 한다. 신자들의 기도나 독서나 여하튼 그냥 넘어가는 법 없이 미사에 참례한다. 그런 그에게 난 '나서기'라고 놀리기도 한다.

나는 사실 무성의한 신자라서 성당에서 딴 생각을 많이 하는 편이다. 아무리 그러지 않으려고 해도 조용한 미사 시간은 내게 공상의 시간으로 딱 알맞다. 이것은 내가 고백성사 때 늘 하는 죄의 고백이지만. 그러다가도 박대운이 뭔가를 하는 것은 잘 알 수 있다. 그의 특이한 억양과 본인이 정성스레 쓴 기도문은 그를 단번에 알게 한다. 예전에는 삑 소리도 자주 냈다. 그러면 내가 읽기 전에 목부터 다듬지 그랬느냐고 한마디 또 했다. 그리고 긴장하는지 자주 버벅대고 끊어 읽기도 엉뚱하다. 그런데 요즘은 잘한다. 더 흥이 나는지 신자들의 기도도 보고서(?)처럼 체계적이다. 그도 나처럼 딴 생각을 하기도 한다고 한다. 어떨 때는 졸기도 했단다.

나는 처음 우리 성당에 그가 다니는 것을 알고 매우 반가웠다. 본래 가톨릭 신자들은 종교가 같거나 같은 성당에 다닌다고 하면 타지에서 고향 사람 만난 듯 아주 반가워한다.

보통 때 얘기해보면 그는 신앙심이 대단하다. 난 텔레비전에서 그의 어머니가 정성껏 기도를 드리는 모습을 보고 매우 인상깊었다. 그는 아니라고 말하지만 그는 신앙적인 면에서도 열심이다. 그런 것이 내가 부러워하는 면이다. 어떻게 보면 귀찮은 일인 전례부 활동도 기분좋게 해나가는 모습을 보면 내가 부끄러워지기

도 한다. 그래서 늘 말은 나서지 좀 말라고 하지만 그런 모습이
아름다워 보인다는 것을 그도 알 것이다.

그의 여자 보는 눈

한마디로 까다롭다. 그래가지고 장가 어디 가겠나 싶다. 예쁜
건 기본이고 날씬해야 한다. 거기다 손은 고와야 하고 귀도 잘생
겨야 한단다. 눈이 높아서 큰일이다.

지나가는 여자들에 대해 코멘트도 많이 한다. 그도 젊은 남자이
기에 이상하게 생각되진 않는다. 그래도 그는 꼭 역시 성격이 맞
아야 한다고 자기의 여성관을 피력한다.

그는 굉장히 개방적인 듯하지만 은근히 보수적이다. 누구나 다
그런 이중적인 면을 가지고 있긴 하지만.

텔레비전을 통해 얼굴이 알려지면서 그의 팬도 많이 늘어난 모
양이다. 이제 길을 가도 그를 알아보는 사람들이 꽤 많으니까. 거
기에는 여자 팬들도 많은 듯하다. 그는 그것이 매우 자랑스러운
듯하다. 그래서인지 그는 그가 매우 잘난 줄 안다. 얘기를 해보면
알 수 있다. 사실 잘난 것이 많다. 남들이 못 해본 것을 많이 해봤
고 재주도 많다. 그리고 얼굴이 잘났다는 말도 많이 듣는다.

그는 요즘 가끔 우렁색시가 있었으면 하고 말한다. 빨래하기 귀
찮거나 따뜻하고 맛난 밥이 먹고 싶을 때 그런다. 그럴 때면 여자
가 일하는 사람이냐고 면박을 주기도 하지만 그는 누구보다도 아
름답고 행복한 가정을 꾸리고 싶어하고 좋은 남편, 좋은 아빠가
되고 싶어한다. 그는 요즘 부쩍 더 많이 말하는 영화 〈인생은 아
름다워〉의 아버지 같은 따뜻한 아버지를 꿈꾼다.

나는 그가 입버릇처럼 말하는 예쁘고 날씬하고 손이 곱고 귀도 예쁜 마음 착한 여자와 예쁜 아들딸을 낳고 행복하게 살 날이 얼마 남지 않았고 그는 반드시 좋은 남편과 아빠가 될 것이라 믿는다.

그보다 훨씬 훌륭한 그의 어머니

나는 그의 어머니를 직접 뵌 적이 없지만 굉장히 훌륭하고 대단한 분이란 것을 알 수가 있다. 대운이는 어머니 얘기를 많이 한다. 어머니가 연세가 있으신데도 고생한다며 마음 아파한다. 그럴 때면 엄마에게 대하는 나의 행동에 대해 얘기하며 서로 웃곤 한다. 대운이는 어머니를 정말 사랑한다. 그는 나중에 예쁜 색시랑 애들이랑 어머니랑 같이 살겠다고 말한다.

대운이의 어머니는 멋진 분이다. 그를 떳떳한 사람을 넘어 자신감이 뻗치는 청년으로 키우셨다. 내가 닮고 싶은 훌륭한 무언가를 많이 가지고 계시다. 대운이가 용기를 가지고 모든 일을 하고 이루어나가는 힘의 원천은 바로 어머니다. 자주 대운이는 어머니에 대해 얘기하는데 내가 들어도 자식 교육은 저런 식으로 하는 것이 바람직하다는 생각을 들게 한다. 그가 어머니께 드리는 편지라는 제목으로 글을 쓴 것을 읽어주었을 때 나는 나도 모르게 눈물이 나왔다. 서로가 서로를 사랑하는 마음이 참으로 따뜻했기에. 다리를 잃은 아들을 생각하는 어머니의 마음이나 오히려 어머니가 마음 아파할까 배려하는 자식이나 참 내게는 거룩한 이야기가 아닐 수 없다.

대운은 내게 참 자랑스럽고 멋진 친구다. 늙은 나이(?)에 친구란 말이 어색하기도 하지만 참 짧은 시간에 많은 얘기를 하고 서로에 대해 많이 알게 되었다.

나는 그가 특별한 사람이 아닌 평범한 사람이길 바란다. 단지 다른 사람들보다 경험이 많고 이런저런 특별한 일을 해서 조금 특이한 사람 정도로만 생활하길 바란다. 물론 그는 자기가 조금 유명해졌다고 남의 눈을 의식하지도 않는다. 나는 그가 어떤 부담도 느끼지 않고 그저 그 나이에 맞는 생각과 행동을 하는 그런 모습을 보여주기를 바란다. 나이 서른 먹은 남자가 하는 행동, 갖는 생각, 고민하는 것들 그런 모습들이 자연스러우니까. 거기에 단지 좀더 보람 있는 일을 한다거나 남들과는 조금 다른 과정이 있을 뿐이다. 지금처럼 몸과 마음이 힘든 사람들에게 조금의 도움이 될 수 있는 정도가 그의 보람이었으면 한다.

그는 앞으로 또 뭔가를 하려 한다. 가만히 있으면 불안한지 꿈틀댈 준비를 한다. 어떤 일을 하든 용기를 갖고 잘하기를 바라며 스스로 만족할 수 있는 삶이 되기를 바란다.

그리고 이런저런 이유로(변명이 많지만) 못 받은 학점도 이번 학기에는 약속한 대로 끌어올리길 바란다.

꿈을 저버리지 않는 삶

호랑이는 죽어서 가죽을 남기고 사람은 죽어서 이름을 남긴다고 했다. 한 번 태어나서 자기의 흔적을 세상에 남기는 것이 삶에서 중요한 의미를 가진다는 얘기일 것이다. 살아온 날보다 살아갈 날이 더 많이 남은 나이에 책을 쓰는 행운을 얻었다. 남보다 잘난 것도 없고 내세울 만한 자랑도 없는데.

그리 대단하지도 않은 사람이 단지 장애를 가지고 좀 열심히 살았다는 이유 하나만으로 평생에 한 번 쓰기도 힘든 책을 채 서른도 되지 나이에 쓰게 되었으니 난 참 행운아다.

하느님은 내게서 두 다리를 가지고 가셨지만 그보다 더 값진 보상을 해주시나 보다. 사람들은 나를 보고 장애를 입었다고 말할지 모르지만, 나는 장애를 입은 것이 아니라 복을 받는 열쇠를 얻었다고 말하고 싶다. 나에게 있어서 장애는 불행을 안겨주기보다는 행운을 많이 가져다주었기 때문이다.

남들과 똑같이 두 발로 걸었다면 내 나이에 사람들에게 들려줄 만한 무슨 이야기가 있을까? 보통 신발을 신는 삶 대신에 바퀴 달린 좀 특별한 신발을 신는 삶을 살았기 때문에 그나마 특이한 면이 있어서 글로 이렇게 주절주절 떠들 수 있지 않을까?

나는 요즈음 한창 인기인 성공한 벤처 사업가도 게임을 잘하는 프로게이머도 아니다. 양다리 없는 걸 빼놓고는 너무나 평범한 사람이다. 아침잠이 많아 늦잠 자기 일쑤고, 일 년에 몇 번 금연을 시도하지만 매번 실패한다. 차를 운전하다 예쁜 아가씨가 지나가면 고개 돌려 쳐다보고, 공부하기보다는 놀기를 더 좋아하는 지극히 평범한 사람이다. 이런 사람이 책을 쓴다니, 세상 참 많이 좋아졌다.

책을 쓰면서 그리 길지 않은 내 인생을 생각하고 또 생각했다. 사람들에게 어떤 얘기를 들려줄까? 이런 얘기를 쓰면 내 책이 휴지가 되지나 않을까? 설렘 반 두려움 반으로 책을 썼다.

책을 쓴다는 것은 단순히 남에게 내 얘기를 들려주는 것뿐만 아니라 자신의 삶도 정리가 되고 또 반성이 되는 것 같다. 잘한 일보다 잘못한 일이 더 많이 생각났기 때문에 앞으로 더 열심히 살아야 한다는 자신에 대한 반성이 나 자신을 더욱 채찍질했다.

지금의 내 처지가 안정되고, 확고한 내 길을 가고 있다면 책을 쓰기가 좀 쉬웠을까? 정해진 길을 가고 있지 않고 걸어가야 할 길을 찾는 중이기 때문에 책을 끝맺는 것이 더 힘든 것일까?

사람들에게 "나는 지금 이런 길을 걸어가고 있어요. 앞으로 난 이런 삶을 살 거예요" 이렇게 단호한 입장을 나타내고 싶지는 않다. 솔직히 단호하게 나의 미래에 대해 정리할 만큼 확고한 무엇도 존재하지 않는다. 지금 이 순간도 나의 미래에 대해 고민하고 있는 중이며 어떤 길을 걸어가야 할지 확실하지 않다. 분명히 말할 수 있는 것은 희망을 버리지 않고 살겠다는 것이다. 아무리 힘들고 어려운 일이 닥쳐도 부정적인 면을 보기보다는 그늘에 가려진 태양을 보려고 노력하듯 긍정적이고 희망적인 면을 보도록 애쓸 것이다.

내 삶에서 희망과 꿈은 나 자신을 지탱하는 가장 큰 힘이었다. 그래서 앞으로도 꿈과 희망을 저버리지 않는 삶을 사는 것이 나 자신을 옳은 길로 인도하는 가장 확실한 좌표를 설정하는 방법이라고 생각한다.

사고를 당해 두 다리를 잃었을 때도 어머니를 실망시키지 않고 그분에게 즐거움을 안겨드려야 한다는 꿈이 나를 지탱했고, 나를 장애인으로 인식되지 않게 만들겠다는 작은 바람이 초등학교에서부터 대학교 때까지 적극적인 자세로 삶을 살아가게 만들었다.

살아가는 데 있어서 꿈은 나를 지탱하는 가장 큰 원동력이 되었다. 모형 비행기를 날릴 때는 누구보다도 오래 날리는 것이 나의 꿈이었다. 그 꿈을 실현하기 위해 수백 대의 모형 비행기를 만들고 또 만들었다. 그러면서 삶에 대한 강한 의욕을 보였다.

스물여섯 살 늦은 나이에 붓을 내리고 다시 입시 준비를 시작했다. 나의 장애에 갇히지 않겠다는 꿈을 위해서였다.

휠체어를 타고 미지의 세계를 누벼보고 싶다는 꿈을 실현하기 위해 아무도 시작하지 않았던 유럽 횡단 길에 올랐다.

내가 꿈을 키우지 않았다면 인생을 좌절과 비관에 빠져 살았을 것이다. 어쩌면 지금쯤 사회 보호 시설에서 폐인처럼 아무런 희망도 없이 밥이나 축내고 있을지도 모를 것이다.

나에게 꿈이라는 것은 실현될 수 있느냐 없느냐가 중요한 것이
아니다. 내가 키운 꿈이 실현되었기 때문에 나를 지탱한 것이 아
니라, 꿈을 간직하고 있는 자체가 나를 지탱한 것이다.

사람들은 나이를 먹으면 종종 꿈을 잃어버린다. 젊은 날 품었던
자신의 꿈이 무엇인지도 생각하지 못하고 살아가는 사람이 너무
나 많다. 눈앞의 삶의 멍에에 힘겨워하면서 그저 하루하루를 살
아가는 경우가 많다.

나에게 가장 두려운 것은 나이들어 아무런 꿈도 희망도 목적도
없이 살아가는 것이다. 마흔이 되어도 오십이 되어도 꿈이 있어
항상 열정적으로 살 수 있는 삶을 살고 싶다. 죽는 그날까지 가슴
에 꿈을 키울 수 있는 그런 삶을 진정 살고 싶다.

내게 없는 것이 길이 된다

ⓒ 박대운 2001

초판 인쇄	2001년 7월 23일
초판 발행	2001년 7월 30일

지 은 이	박대운
펴 낸 이	김정순
펴 낸 곳	(주)북하우스
출판등록	1997년 9월 23일 제1-2228호

주 소	110-795 서울시 종로구 운니동 98-78 가든타워빌딩 802호
전자메일	editor@bookhouse.co.kr
홈페이지	www.bookhouse.co.kr
전화번호	741-4145~7
팩 스	741-4149

ISBN 89-87871-89-4 03810

✻ 잘못된 책은 바꿔드립니다.

✻ 저자 홈페이지 www.pointi.net